中華文化思想叢書

文學地圖與文化還原

——從敘述學、詩學到諸子學

上冊

楊義　著

目次

下冊

代序
展開人文學之「返本創造論」
——治學答問

一　還原諸子的五條脈絡

　　問　最近您發表了一系列討論先秦諸子的論文，如《〈論語〉還原初探》《莊子還原》《韓非子還原》等，境界獨闢，新人耳目。這些文章在幾家重要刊物頭條發表後，《新華文摘》轉載時均列為封面要目，引起了大家的濃厚興趣。在寫完《中國古典文學圖志》後，為什麼您轉而研究先秦諸子？您的研究思路是什麼？

　　答　學問的追求，在於文明之真、智慧之妙和人生之美，因此突破畛域而轉變視野，就像風行水上，自然發生，是學術內在的精神邏輯和學理邏輯不得不如此延伸與發展的必然結果，不應該用人為的學科分割加以限制。我本來是研究中國現代文學的，返本求真的意識使我轉而研究古典文學，不知不覺已有20年。進入到古典文學領域，我先從熟悉的小說著手，進行敘事學和文化學的探討，但是，要想真正瞭解中國文化，還必須深入中國詩文，探究其中的人文意趣。所以，我又研究了李杜詩學、楚辭詩學以及宋元時期包括少數民族在內的文學。對於少數民族充沛的「邊緣活力」進入文學史的主流敘事，實在是我致力頗勤之處。這兩年，我的精力主要都放在了研究先秦諸子的發生學上面。就這樣，在明清、唐宋、魏晉、先秦分別以專家之學的方式「打了幾個樁」之後，我又開始思考文學的整體觀問題，進入到對文學、文化、文明相互關係的整體考量當中。因為只有站在貫通古

今、會通多域的角度上，才能揭示中華民族共同體的整個精神譜系是如何發生、如何形成以及如何變異的，它留給我們什麼，它昭示著什麼，從這個基礎上來思考中華文化的生命力和包容性，思考國學的深層脈絡及其精神內核，才是直指根源、有理有據的。

說到還原諸子，我覺得可以從五條「脈絡」入手，分別是家族脈絡、地理脈絡、諸子遊歷的脈絡、年代沿革的脈絡以及諸子的編輯學即成書的脈絡。發生和還原的關鍵點，是要回覆諸子生命的原本，這可以概括成兩句話：一是觸摸諸子的體溫；二是破解諸子文化的DNA。發生學就是返本學，返回事物發生之根本的學問。我們兩千年來諸子學史和經學史到底做了什麼呢？這些要心中有數，探知虛實，從眾流紛湧處，考察眾流所自的本源。這裏有一個重要的問題，就是首先強調文本的細讀和通悟，然後通過文本與多種材料、多種方法相互參證的綜合解讀，發現前人未曾涉足，甚至遮蔽了的可開發空間。「君子務本，本立而道生」，只有在根本處發現可開發的空間，才能窺見諸子之道是如何發生的。有創造性空間，才有研究者的位置。

根本之為根本，它是從土地吸收養分的，不能將它懸空而虛玄化。當我們追究先秦諸子創造思想的過程時，必須看到，諸子面對兩個系統的文化資源：一是書面文獻系統，但記述有限、流失嚴重。人類使用文字僅有三四千年的歷史，而人類開口說話已十萬餘年。民族回憶和民族想像，許多部族的起源、部族領袖的業績，其遷移、戰爭和文明創造，在漫長的歲月都是靠口耳相傳，甚至出現專門的巫師和歌手吟唱，這就形成了另一個更為原始、古老而不乏變動和想像的民間口頭傳統。過去疑古派的先生們忽視了或混淆了這樣一個民間傳統，把口頭傳統的記錄說成是假託的。諸子創造自己的思想，可以從文獻中尋找依據，但是先秦時代文獻很有限，史前的許多記憶靠民間口耳相傳。這個資源成為諸子汲取廣泛的民間智慧，超越官方傳統的

一個重要的文化支撐點。諸子不是先看了西方哲學史或者前人著作來寫書，而是要解決他的家族、部族、國家存亡問題和個人的安身立命問題，「救世之弊」，進而體驗天道、世道、人道。在體驗中，他們動用了許多民風民俗、口頭傳統，將之轉化為原創的思想，這種思想不同程度地具有原型的意義。

不妨打個比方，如果我們從單打一的角度看文獻記載，就像在水果攤上看水果，但是這個果子是怎麼來的？通過對發生過程的多學科、多角度的綜合研究，就能看到它怎麼生根、長葉、開花到結果的整個過程。過程是生命的演習，是思想生成的方式，往往比結果更為重要。

問　您在這些文章中又開始嘗試新的研究視角，您稱之為「於文獻處入手，於空白處運思」。也就是說，史料與史料之間的「縫隙」與「空白」，也一樣可以成為學術的生長點。請您具體談談。

答　研究先秦諸子學術，是對兩千年的學統亦步亦趨、陳陳相因，還是以新世紀的大眼光，發現和解決兩千年沒有解決，或未曾提出的深層的實質性的問題？這是當今一代學術命脈所繫的大關鍵。前人對諸子的版本、文字、義理已有不少堅實的研究，之所以提出諸子發生學的命題，是要在以往研究較為瑣碎，把文字當死文字來讀的偏頗之處，還原和把握先秦諸子的學術生命形態。做到這一點，我們起碼具備三個條件：一是可以利用許多新的資料，除了歷史文獻，還有大量發現的出土文物文獻、口頭傳統和文化人類學資源；二是以多維的研究方法，以現代意識把歷史考據、簡帛釋證與民族學、家族制度、姓氏制度、民俗學、禮學制度、年代學等研究方法相綜合；三是我們擁有博大的文化姿態，不是為了崇聖，不是為了製造某種潮頭，而是為現代大國打好文化根基。具備以上三個條件，我們就有可能發現和把握到前人沒有看到，或失之交臂的一些基本問題，尤其是透過

歷史煙塵和歷代學術的曲折，去弄清諸子是誰，不僅是血緣上「他是誰」，而且是文化遺傳、文化基因、文化脈絡上的「他是誰」。這是發生學研究諸子為道之本的關鍵點。世界不僅是既成事實的集合體，而且更是過程的集合體。既然諸子是以人類原始生存智慧和民族生存危機作為其創造思想的資源，那麼接下來的問題就是誰在創造思想，也就是創造主體的問題。只有瞭解誰在創造，瞭解其思想是如何起源、發端和演化，組合了何方、何樣的文化元素，才能在內在精神深度上，揭示諸子學說是這樣而不是那樣，做到「本立而道生」的。

由於諸子的家世、生平資料在先秦兩漢載籍中缺乏足夠的完整性，存在著許多缺失的環節，歷史留下的空白遠遠大於歷史留下的記載，這就使得諸子生命的還原成為學術史上難題中的難題。但是空白並不等於不存在，認真地考究為何留下這樣的空白，如《春秋左傳》為何不載孫武，《戰國策》為何不載屈原，《史記》為何墨子面目模糊，如何通過史料和考古材料上的蛛絲馬跡去破解這些空白，反而能夠得到更深刻的發現。這裏存在著一種重要的學術方法，以敏銳的感覺進入有意義的空白，清理和發現諸子的生命如何溝通著他的文本與他生存於其間的部族、家族、民俗、信仰、口頭傳統之間的聯繫，就是有可能進入思想原本的深刻處。

這種學術方法，就是「於文獻處著手，於空白處運思」。就拿莊子來說吧，莊子身份音影模糊。為何生長在宋國蒙地的莊子充滿著只有楚人才有的思想？有三個千古之謎需要回答：其一，為什麼楚威王會禮聘只是小小的宋國漆園吏的莊子去作大官而莊子還不願意？其二，在那個學在官府的時代，窮困潦倒的莊子知識從何而來？其三，地位低下的莊子憑什麼資格破衣襤褸地與諸侯將相打交道？「莊子是誰」的問題不解決，許多問題都難得要領。這就要調動各種考據手段，從先秦時期家族制度、姓氏制度的角度入手解決問題。據《史

記》記載，楚威王時期的將軍莊蹻是楚莊王之苗裔，這印證了莊姓得自於楚莊王的謚號。《通志》也說「莊氏出自楚莊王」。莊子乃是楚莊王二百年後的疏遠的後代，只是後來在殘酷的政治事件中，莊子的家族受到迫害，逃到宋國，所以莊子出生在宋國。時隔四五十年，王位兩次易手之後，楚威王想改正舊案，重新召回當年一些公族的優秀子弟為其效力，就想到了莊子。但是莊子卻說：「子獨不見郊祭之犧牛乎」？他的意思是與其回去當一頭祭祀用的牛，還不如做一隻在泥地裏爬的烏龜，話語包含了對家族歷史的痛苦感受。我們總說這是「莊子寓言」，但這類個人經歷的表述，如果沒有真實的底牌，那就有騙子之嫌。掀開隱藏的底牌，才能找到打開上述關於莊子身世之謎的鑰匙。當然，我們不是為考證而考證，而是為了返回根本之處，使考證指向深層的意義，通解莊子整個思想是如何發生的，其思想的內在精神脈絡、意義密碼、文化基因與楚人的信仰、禮俗、口頭傳統存在著何種關係。所以，我說要把過程的思想變成思想的過程。一個疏遠的逃亡貴族家庭在異國生子，這是莊子身世和莊子著書之間留下的不可能為官方文獻直接載錄的空白。《老子》說：「天地之間，其猶橐籥（風箱）乎！」風箱沒有空白就失去意義，空白也有哲學。我們用「空白哲學」來考察諸子文化基因的遺傳和變異問題，就可能發現空白的深處隱含著千古的奧秘和無限的意義。

二　蘊藏在文獻功夫和田野調查中的文化哲學

　　問　您在著述中徵引文獻的數量多、密度大、範圍廣，觀點與材料渾然一體。《中國現代小說史》徵引文獻5092次；《中國現代文學圖志》徵引2243次；《中國古典文學圖志》1828次；《中國敘事學》（圖文本）2272次……可否介紹一下您在學術研究中對文獻的處理方法？

　　答　文學研究中的文獻收集考證是個硬功夫，不銳意窮搜是不敢貿然下判斷的，但是透過文獻學看到它的文化意義是一種真智慧，不調動富有悟性的分析能力，所得也是有限的。方法得智慧而生，方法失智慧而死。要以高度的智慧面對重重厚積的文獻材料，從中化出深層的意義。我在談「重繪中國文學地圖」的三個學理問題時，曾經談到文獻的使用問題。我主張在文獻驗證、考證的基礎上，增強文化意義的透視。這是文學研究者應該認真處理的方法論問題。文獻的考證是一種硬功夫，硬在材料的搜集、整理和辨析上儘量做到「竭澤而漁」。前人使用過的材料，你在更深的層面上使用了；前人沒有發現其關聯性的材料，你發現其關聯性了；新出現的出土材料和檔案材料，你率先納入考察的範圍了；那些散失在群書中被隱埋、被遮蔽的材料，你使之重新發光，而且聯成一氣，進入學理邏輯之間了。進而言之，從文獻的考證中透視深層的文化意義，需要在學理創新上充分發揮感悟能力和思辨能力，這樣文獻就成了燃料，積累越厚，思想之光就越亮。應該看到，沒有意義的考證是一種死的考證，經不起考證的意義是一種空的意義。如果我們要建立一種有效的文學研究的操作模式的話，我覺得不妨提倡一種「考證型的透視」，或者「透視型的考證」，用考證提供透視的基礎，同時用透視來引導考證的方向。考證與意義連接到何種程度、何種層面、何種境界，實際上是檢驗一個人的研究能力的重要尺碼。通過這種文獻和文化的雙重努力，文學研究就可能做實了，做大了，同時又做得跨越文學本身的邊界，跟其它文化領域發生深度獨致的關係。

　　問　楊老師一直重視從新的層面、新的角度來闡釋文學現象和文化問題。同時，您也非常善於利用新材料。記得去年您去歐洲講學，當時，演講題目是《空間美學：神鳳與長江》，演講中就使用了很多戰國楚墓出土的文物資料，如鳳鬥龍虎刺繡紋樣、虎座鳳架鼓、虎座

立鳳木雕等。您對這些歷史文物的解讀，讓人大開眼界。為了收集材料，您還花了很多時間、精力去全國各地做「田野調查」。請您談談「田野調查」對於文學研究者的意義。

　　答　「田野調查」在民俗學、民間文學的研究中，在口頭文學研究中，是有它的傳統的。但是作為一般的文學研究，這個名目的提出，也許算得上是我的一種努力。古人講「讀萬卷書，行萬里路」，就是要用自己的腳去丈量歷史的脈絡，把「田野調查」看成尋找土地的靈魂。說到意義，至少有四點。

　　其一，可以踏勘歷史遺跡，增強學術研究的現場感。例如，研究歐陽修，到廬陵和不到廬陵感受是不一樣的。到了江西的廬陵（就是現在的吉水），看到歐陽修留下了一個祠堂，一個瀧岡阡表亭，睹物思古，怦然心動，就會很深刻地感受到中國農業文明的宗法文化、孝文化有著如此巨大的力量。歐陽修花了20年寫了一篇《瀧岡阡表》，寫他的父親很早就去世了，母親如何勤儉持家，有仁愛之心，怎麼教子有方，使他脫穎而出、光宗耀祖，母恩母德，念念不忘，這在《古文觀止》中被選注者評為至情至性的文章。廬陵那裏立了一座很高的碑，碑的前面是《瀧岡阡表》，碑的後面是他家族的譜系，蓋了一個高大、端肅而體面的亭子，就是瀧岡阡表亭，誰人見此，不為之動容？不到歐陽修廬陵故里，可能只注意歐陽修的名賦美文（如《醉翁亭記》《秋聲賦》等），但一到廬陵故里，你就會情不自禁地給這種宗法文化、孝文化寫上一筆。踏勘遺跡，就能進入歷史的情境，看歷史上哪些東西留下來了，哪些東西受到人家敬仰。假如來到蘇州的石湖，范成大的石湖別墅還在，范成大紀念館裏面還有《四時田園雜興》六十首，被刻在碑石上，寂寞地擺在那裏，但是幾乎看不到參觀的人影。石湖別墅不遠就是橫塘，橫塘是在宋代詩詞中發過光輝的地方。賀鑄的「淩波不過橫塘路，但目送芳塵去。試問閒愁都幾許？一

川煙草，滿城風絮，梅子黃時雨。」表達對幻美的追求和幻美失落後的惆悵。范成大也有一首名為《橫塘》的詩：「南浦春來綠一川，石橋朱塔兩依然。年年送客橫塘路，細雨垂楊係畫船。」錦心繡口的詩詞，描寫山川秀美，那種情感就像清泉在你心頭蕩漾著微妙的波紋。你現在去看橫塘，橋還在，塔依然，但是旁邊是一個什麼工廠，「綠一川」看不到了，「細雨垂楊」也無影無蹤了。通過田野調查品味歷史的滄桑，體察人和自然相處的狀態，你對如何留住詩的美就會有新的體悟。田野調查提供應該開闊的空間，啟動人的歷史透視和文化想像。

其二，可以收集地方文獻，增強文獻論證的豐富維度。文學的「田野調查」為研究者進入歷史提供了一種新的可能，到了當地，你可以看到很多別處不多見的文獻。地方一般都還是以本地的文學家這類歷史名人為榮的，所以對他們的著作，甚至流傳於民間的逸事整理得比較細緻，有的甚至出過全集，也捨得花力氣去精心搜集各種各樣的碑刻、圖像和畫集。要搞圖志，只要到了山東淄博蒲松齡紀念館，就可能買到兩三種蒲松齡的畫冊，裏面有幾十種名篇寫意圖和蒲松齡像，而且還可以看到他的故居、他的墳墓、他父母的墳墓和他的草僚，這些都會給你很深的印象，提供很重要的知識背景和地理的歷史的背景。到了劉邦家鄉沛縣的大風歌碑博物館，你還可以聽到與《史記》所載不同的另一個「劉邦斬白蛇起義」的故事，說劉邦在豐澤西斬白蛇時，白蛇開口說話了：「你斬我的腦袋，我就報復你的腦袋；你斬我的尾巴，我就報復你的尾巴。」劉邦揮劍把白蛇從中間斬斷了，結果出了一個王莽，把西漢、東漢從中間斬斷了。這個故事當然是東漢以後才出現的，它提供了一種對歷史命運的弔詭的解說，滲透著一種幽默的民間智慧。

其三，可以考察作家的家族狀況，增強對作家的文化基因的透

視。古代作家的後代可能還住在那裏，幸運的話還可以看到他的族譜，看他的家族是怎麼遷移、聯姻、形成文化家風的。例如，到曾鞏的故鄉江西南豐，就可以看到曾氏家譜，結合曾鞏和王安石的文集，就會發現曾家、王家，還有一個吳家，三個大家族的連環婚姻狀況。曾鞏的祠堂，曾文定公祠把他輝煌的家族史都展覽在那裏了。兩宋曾家出了51個進士，曾鞏的姑媽就是王安石的外祖母，這樣的關係對北宋的文學、政治（如黨爭）都產生過很深刻的影響。走近作家的家族，就走近了作家的文化血脈，感受到他們的鄉土資源、家教家風、意趣神采。

其四，可以跟地域文學的專門研究者進行全國性和地域性的對話，拓展研究者的思維空間。「田野調查」可以領略歷史遺跡的存廢，收集地方的文獻、畫冊、研究集，除此以外，還可以同地方文史的研究者就相關文化疑難、民風民俗之類的問題進行探討和商榷。當地的研究者對家鄉文化、家鄉名人多有一種自豪感，對這些血肉相關的領域研究得比較深細，可以和我們優勢互補。例如，河南文學院寫了一本《河南文學史》，開頭的第一句話就是「唐以前的中國文學史有一半是河南人寫的」，並且為這種地理的歷史文化優越感，列了種種的證據。你到了河南之後，就會由此思考歷史文化中心的轉移和由此形成的文化史分期問題。文化中心的轉移，往往聯繫著擁有詩書傳統的大家族的遷移。在南北文明的衝突中，家族遷移的軌跡如何？軌跡中又蘊含著什麼意義？晉朝永嘉衣冠南渡，河南陳郡的謝氏家族就遷移到南方，成了淝水名將、烏衣巷子弟以及山水詩開創者。山東瑯琊的王氏家族也遷移到南方，「王與馬（晉王室司馬氏），共天下」，王謝兩個家族有作品存世的文學家佔了南北朝的八分之一。王謝這樣的大家族之所以名人輩出，一是由於當時門閥制度下的教育條件；二是他們的詩文有抄寫出版的條件，得以傳世，家族的條件提供了培養

文學人才和傳承文學文本的經濟基礎。黃河自宋朝慶曆年間以後十年九患，造成中原生態環境的荒蕪和文化中心的南移，實地考察會加深歷史的滄桑感。我曾經去過李賀的家鄉，在河南西部偏遠縣份的一個鄉鎮裏，街頭有一個小亭，名為李賀故里紀念亭，旁邊牆壁上是一幅畫著大美人的摩托車廣告，不遠處一條幾乎斷流的溪流，覺得它可能就是昌谷。找到了當地的李賀研究會會長，一個地方農業銀行退休的幹部，熱心地帶我們去看李賀故居，找到了一座元代石碑，記載著李氏家族在哪在哪。碑體橫臥在地上，斷成兩截，農民還在碑身上曬大蔥呢。出了村子，我又看到一座乾隆時期的魁星樓，找到了一座唐代古塔。想當年，李賀騎著一頭瘦驢，沿著昌谷去尋找詩，有了好的句子就寫下來扔到口袋裏，此情此景，就進入了一種疏野荒涼的臨場感。在山西萬榮縣看秋風樓，就是漢武帝寫《秋風辭》祭后土的地方，「秋風起兮白雲飛」。古代最大的后土祠原本建在黃河的沙洲上，沙洲叫做「脽上」，脽就是屁股了。地在汾陰，是汾水和黃河夾著的沙洲，為生育之神所居，女媧摶黃土造人就在沙洲蘆葦蕩的深處。從秋風樓的小冊子和與當地文物部門人士的交談中，你對古人的信仰，古代的神話傳說都有了更直接的可以引起你考辨興趣的鄉土資源。與秋風樓隔著黃河相望，對岸就是陝西韓城司馬遷的祠堂，史學大師和女性祖神遙遙相對，看了之後就會體驗到許多書本上沒有的念天地悠悠的邈遠感受。

　　我提倡人文學科研究方式上的「五學」，即眼學、耳學、手學、腳學、心學，「田野調查」屬於腳學。文學的「田野調查」讓你進入情景，你會不斷地在天地山川的遼遠空間中，追尋著、思考著人與土地之魂。《老子》說：「道大，天大，地大，人亦大」「大曰逝，逝曰遠，遠曰反」。能遠，才能更深刻地返回根本。在前人曾經登臨懷古賦詩的地方，思考著歷史是否可以和如何能夠復原，情景現場產生了

「文化回音壁」的效應，遺址撞擊著心靈，訪談糾纏著思緒，文獻修補著殘缺，田野調查可以激發你對歷史的深層沉思和對文學的透徹感悟。

　　問　嚴耕望先生在《治史經驗談》中有一個說法，他說，真正高明的研究者「是要能從人人能看得到、人人已閱讀過的舊的普通史料中研究出新的成果」「看人人所能看得到的書，說人人所未說過的話」。在這一點上，您給人的印象深刻，比如李白、杜甫，研究成果汗牛充棟，經常感到話被前人說盡了，您在《李杜詩學》書中卻仍有那麼多話可說。如何在常見材料中開發「新生機」？

　　答　首先是讀書要讀出自己的感覺，要聯繫著自己生命上敏感的弦。啟動每一個材料，使之成為會彈撥的指頭，撥響你心靈的弦，催化你的知識生成機制，接納外來知識，使之生下知識之根，結出智慧之果，此根此果成為自己的精神關注點、學理生長點。例如，在文化地域性問題、「胡化」和漢化問題上，建立一條特別敏感的神經，讀到與它相關的材料就會眼睛發亮，比如說契丹文字是怎麼形成的？契丹的圖書館中有多少北宋版的圖書？金人是怎麼創造他們的文字的？金人把契丹人、回鶻人等都集合在黃龍府居住，他們共同的交往語言又是什麼？是漢語，漢語是他們民族之間交流的公共語言。對於這類材料，由於我有民族共同體意識作為關注的焦點，讀了之後就心弦顫動，迴響著材料內蘊的「胡化」或漢化的方向、軌跡和脈絡的微妙聲音。有感覺才能把材料化入自己的血肉，把很多材料組合到你的文化闡釋體系中，給它們以合適的位置，使它們都活起來。你不斷地讀書，你的精神脈絡就會不斷地生成，不斷地伸展，一旦有新的材料，你的精神脈絡就會更加活躍和深入。李白《朝發白帝城》中有一句：「朝辭白帝彩雲間，千里江陵一日還。」這個「還」字就很關鍵，讀懂這個「還」字就讀懂了李白。李白59歲流放夜郎遇赦，他總共活了

61歲，若是農業文明中的人，他應該落葉歸根，「還」到蜀地的青蓮鄉。但他是客商之後，故里沒有高門巨族，一還就還到江南，漫遊洞庭湖，客死當塗縣。曾經稱李白為「謫仙人」的賀知章寫過：「少小離家老大回，鄉音未改鬢毛衰。」這一回就回到故鄉會稽，因此李白的「還」和賀知章的「回」是具有不同的精神指向的。李白的潛意識中有「胡地」的因素和或商或俠的成分。

其次研究某個問題，一定要對目錄學、文獻學多有關注和廣為儲備，對這個領域及相關領域有哪些重要的書、重要的研究成果，心中有數，直至瞭若指掌。這樣再調動或彈撥心靈那根弦，以你的關注焦點照亮材料的縫隙，在聯想、比較和貫通中啟動材料的生命，讓材料立起來、蹦出來和你對話，同時也要做一些筆記，要把讀有心得的材料記錄下來，加以歸類，標出關鍵，日積月累，就可分出層次，理清邏輯，深化思想。讀十遍不如寫一遍，一旦動筆為文，你就得苦思冥想，追問這些材料的價值何在，從什麼角度才能發現其真正的價值，須動用自己既有知識的哪一部分與之構成對話關係，經過不同層面和角度的反覆追問，才可能把看似無生命的材料化入你的知識網路之中，昇華你的智慧境界。你只有具備了這個網路，這些關注點，這根弦，你才能夠把材料讀好、用好。一個人的精力是有限的，面對那樣浩瀚的文獻材料，你不可能都讀完，但對你而言具有重要性的材料，就不可不讀，而且要帶著問題讀，讀出感覺來，讀出生命來。那些材料經過記錄整理和消化之後，你就忘不了，因對過話，混合著你的血肉。你不只看到了材料的面，而且看到了材料的根、材料的心。所以，我覺得消化材料的辦法在於不斷思考。可能開頭思考的時候，你設想的弦拉得有點偏離，但是讀而思的時候有弦勝於無弦，此弦可以根據新的材料不斷地調整，或者進行糾正、延長，甚至分叉成網，這都很正常。我的同題講演，這次講的比上次講的可能多出了那麼幾句

話，或者增加了幾則材料，增加了新的分析、新的發揮、新的引申。出現這樣的情況，就是因為有一根弦在那裏，張弦以待，事過留聲。所以，我說我這個人比較笨，不是靠一兩篇文章暴得大名，而是靠不斷地寫，不斷地往前走，總是今天看著昨天的東西不太行，過個三年五年之後，就會發現某個問題還有很多新材料可用，或者說還應該說得更好，做更深入的引申。你原來的知識體系、解釋體系布滿著很多弦，而且不斷地增生，發生著新變，你的神經、觸覺更加敏銳。以思想彈響材料的弦，又以材料彈響思想的弦，弦弦對彈，妙音自出，這對讀書很重要，對材料的選擇和運用也很重要。

問　在《現代中國學術方法通論》一書中，您對馮友蘭先生的《中國哲學史》曾有專門評說，您說馮先生「神游冥想於古代材料的神髓脈絡之際，使一部中國哲學史不是僅有空架子，而充盈著血肉生命……」這不免讓人聯想到您個人的學術風格。您近期在研究先秦諸子時，又有「觸摸諸子體溫」的提法，為什麼如此強調學術研究中的「生命體驗」與「悟性透入」呢？

答　我曾說過，我之研究文學，非常推崇悟性。文學是人的表達，它本身就充滿了異常靈性，研究文學而沒有悟性那是不可想像的。感悟是個奇妙的東西，在我看來，它是中國智慧和思維能力的傳統優勢所在，是中國文化中的一種詩性的潛哲學，它在本能、認知、情感和理智等許多層面，都曾給中國文化的發展提供了不少奇妙的融貫和昇華的通道，在做詩、治學和求道中，感悟運用得妙，就能使你的智慧潛力在剎那間得以敞開，就可能知天地之道，覺天地之心，察天地之機，正如錢鍾書所言：「學道學詩，非悟不入。」

做學問，不僅要知道歷史上、文本上或文學史上客觀地存在什麼，更重要的是要捕捉到你看見了什麼，所以要重視自己讀書時的第一感覺。應該認識到，第一感覺是閱讀者活生生的生命的瞬間閃現，

如電光火花，雖然零零散散不成體系，但包含著思想的新芽，因而是非常寶貴的，要重視它，抓住它，論證它，展開它，而不要急急忙忙地招來很多重重疊疊的概念，蒙蔽了自己的眼睛，使第一感覺褪色，不經意地溜走。第一手材料和第一感覺，我們有必要爭這兩個「第一」。現在有不少博士論文缺乏創見，一個重要的原因就是閱讀材料缺乏感覺，對自己的第一感覺重視不夠，卻用別人（尤其是外國人）的感覺代替自己的感覺。他分析一部作品，老是說別人如何如何講，直到最後也沒有寫出自己的感受。他分析一個問題，老是說20年代怎麼講，三四十年代怎麼講，50年代怎麼講，現在的人又怎麼講，同意哪個不同意哪個，但到最後就是沒有寫出自己的感覺，以別人的東西淹沒自己作為研究者應有的感覺；有些人離開外國拐杖就走不了路，從一個又一個外來概念出發，然後找一些本土材料來做例證，概念既不是他的發現，又是西方那套話語體系的皮毛，於是立論就不知不覺地做了概念的俘虜，唯獨沒有自己的創見。原創的思想是新生的草，能開鮮麗的花；販來的概念是曬乾的草，老吃乾草是會便秘的。這是非常令人不安的治學路徑，必須引起大家的警覺。首先要重視第一感覺，那是自己的內在生命與材料所蘊含的另一個內在生命進行對撞的精神振盪，振盪波中有感悟的通道、思想的胚芽。

但是，僅有這個「悟」行不行呢？不行。感悟應該建立在閱讀大量原始材料和研究資源的基礎之上，把學術研究首先當做一種鍥而不捨、持之以恆的艱苦磨煉，非從讀書破萬卷的深厚紮實的材料文獻功夫開始不可。缺乏材料文獻之米的巧婦是難為無米之炊的。馮友蘭先生在談論中國哲學史史料學時，提出了搜集史料要「全」，審查史料要「真」，瞭解史料要「透」，選擇史料要「精」，這全、真、透、精四字訣，值得認真記取。陳垣先生做學問，過去在廣東時接觸到《四庫提要》，恨不得要把四庫全書都讀一遍，後來到北京當眾議員，又

當教育部的次長，遇上承德文津閣的四庫全書移到北京，他大喜過望，整整花了十年時間，一有時間就從早到晚到那裏去，把中國文史文獻的家底摸了一遍。這樣他再做什麼選題，材料了然於心。當然，十年時間尚不可能把四庫全書全讀一遍，但瀏覽是很重要的。有些文獻要精讀，甚至背下來，有些文獻必須瀏覽一下，知道哪個地方有這類材料，派上用場的時候就能夠左右逢源。胡適不是說，為學要如金字塔，要能廣來要能高嗎？像金字塔一樣，底下很大，尖端的研究才能高而不危。學術要成大器，首先要在文獻功力上固本強基。

　　問　陳寅恪先生有一句眾所週知的名言，「一時代之學術，必有其新材料與新問題」，請問楊老師，在您看來，20世紀中國學術出現了或者說面臨著哪些「新問題」？

　　答　20世紀以來的中國學術發展，長期處在頻繁的思潮變換和激烈的中西文化碰撞及對話之中。眾聲喧嘩，各種文化思潮和學術體系以不同的聲音、言語、觀念，訴述著自己的合理性，於是熱鬧中求深沉，一些視野開闊的學者面對豐富的智慧閃光和思想要素，開始了不同形式的創造性綜合或綜合性創造。學術在質問和反觀自身時，它發現自己的生成和存在方式發生了實質性的變化：第一，視野和視野中的對象改變了。現代世界視野的形成，西方數百年，尤其是近百十年歷時性發展而生成的各種思潮、術語和思想要素紛紛湧入，經過譯介、解釋、應用和轉換，在中國思想學術界沉積成或篩選出一種共時性的文化思想材料的佈局，一種互為矛盾，又可以互相折射和吸收的思想回音壁。這種思想回音壁的效應，提供了異常開闊的思想空間和文化闡釋的可能性，在七嘴八舌中把中國數千年的思想文化資源驚醒了，啟動了，它要求對話，要求創造性的解釋，要求在去蕪存精中再振自己的當代價值。第二，學術的身份和價值改變了。也許某些學者心中還有「名山事業」的情結，但媒體和學府講臺的存在，使許多學

術著作的稿本和講稿未及精心打磨，即以比較明白有趣，甚至摻上水分的方式面對社會公眾和莘莘學子。學術成為人師或業師的文化手段，在世俗的層面上，它甚至成了稿費和職稱薪水的交換物。第三，學術的生產場合也改變了，寂寞的書齋之外，還有熱鬧的會場。會場有政治性的，有文化思潮性的，也有學術交流研討性的。學術也由此出現了啟蒙性、開拓性、建設性和投機性等不同的流品。相應的，中國傳統學術的關注中心也發生旁移，由經學而諸子而佛學，再移至史學、雜學、俗學，逐漸淡化和消解了原本以儒家道統為中心的價值結構。

有新問題、新層面、新角度，則學術變活；無新問題、新層面、新角度，則學術變死。死活之機，不可不究。西方自文藝復興、啟蒙運動到20世紀的思想文化思潮如波浪式起伏湧進，拓展了新的思想維度、話語形式和學術科目。據統計，到了20世紀90年代，中國的人文社會科學的一級學科23個，重要的二、三級學科100個以上。百科並存，從根本上改變了中國學術的生態系統，改變了天下士人皓首窮經、注疏經籍、苦練制藝的單調封閉狀態。知識的多樣性刺激了對之進行多方探索的欲望以及進行融會貫通的要求。一方面，深度的知識學科分割，對於原生形態的文化生命的整體性是傷筋動骨的，分門別類的知識精深化隱藏著某種人為的、機械的文化割裂；另一方面，人文學術是中國人借鑑和接受西方知識分科的方式，重新清理、闡釋和認識自身文化的學術體制，新的學術框架既拓展知識開發的巨大可能，又帶來了對中國經驗和智慧的概念性把握，在或大或小的程度上，有時是帶根本性的錯位與誤讀的。這就在歷史的深處，提供了對新世紀學術的既是返回根本的，又是追求原創的內在欲望和動力。由此可知，返本自身，蘊含著真實的創造。知我者其惟返本、融通、創造乎！罪我者其惟返本、融通、創造乎！

三　「文學地圖」的學術史意義

　　問　有幾個詞彙，經過您的持續闡發，已經產生了全新的學術意蘊，成了人文學科的熱門「關鍵字」。在學術期刊網上檢索後發現，您的相關觀點被廣泛引用，如「感悟」「重繪中國文學地圖」「邊緣的活力」等。您有一枚閒章，上刻「繪中國文學地圖人」，為什麼要「重繪中國文學地圖」？

　　答　「重繪中國文學地圖」是一個旨在以廣闊的時間和空間通解文學之根本的前沿性命題。它並不以拼貼時髦概念或追風逐潮為務，而是堅持一點真誠，對中國文學文化的整體風貌、生命過程和總體精神進行本質還原，以堅實的建設引發革命性的思路，在博覽精思中參悟挑戰性的見地，藉以為中華民族的全面振興，提供富有生命活力和美學情懷的人文學術根據。這個命題的提出，本意就是要在強調知識的堅實性、可靠性、淵博性的同時，再向前走兩步：一步是文學史融入智慧；一步是文學史進入過程。

　　我們之所以要「重繪」，在於繪製中國文學地圖，這不僅涉及文化態度和學術方法的改革，而且涉及對地圖的基本幅員和基本風貌的認知，涉及我們對整個中華民族的文明發展與文學發展的整體看法，具體有三個層面的原因：第一，以往的「繪」是不完整的，基本上是一個漢語的書面文學史，忽略了我國多民族、多區域、多形態的、互動共謀的歷史實際。第二，以往的繪製不同程度地存在著唯一的、簡單的模式化。相當數量的文學史基本上沿襲了時代背景、作家生平、思想性、藝術性和他們的影響這麼「五段式」的寫作，忽略了文學發展和存在的網路形態以及對其多層意義的具有現代深度的闡釋。第三，以往的文學史過多地套用了一些外來概念，不同程度地忽視了中國文學原創智慧的專利權。所以，我們要拓展研究對象發生和存在、

發展和變異的可開發範圍，在博學深思上做到文學與文明互訓、中原與邊緣互動、文獻傳統與口頭傳統互生、古代與現代互貫。以這四個「互」，或者說四個文化系統的互文性，來展示文學——文化——文明的整體性，就必須革新我們原來的文學觀念，必須確立一種新的文學史觀，賦予文學生命的感知形態以一種「天地與我並生，而萬物與我為一」的內在穿透性。

　　問　這樣一種新的文學史觀，您給它取了一個名字，叫「大文學觀」。可見，「重繪中國文學地圖」不只是單純的呼籲，它已經內在地包含了一種新的文學觀與方法論。請您談談「大文學觀」的內涵。

　　答　中國文學觀念已經走了三步：其一是古代文史混雜、文筆並舉的「雜文學觀」；其二是20世紀從西方借鑑來的、承認文學的獨立價值，既推動其個性化、流派化，又使之成為獨立學科而與其它學科分離開來的「純文學觀」；其三是20世紀和21世紀之交應對全球化潮流，正在崛起的「大文學觀」。

　　大文學觀的要點，是它以「大」和「文學」組合成詞的方式，蘊含著一種在新的時代思想高度上綜合思維的形態。一方面，它以「文學」二字，標誌著汲取20世紀引進西方純文學觀念的實踐結果，強調文學的獨立價值和學科的科學性，並且在這種價值認知和科學思辨中嚴密而深入地展開對於文學個性、流派和分類學上的邏輯體系；另一方面，它以一個「大」字，標誌著對20世紀純文學觀念的實質性超越，走出純文學觀，看取無限廣闊而豐富的人文存在，超越在提純過程中對文學與整個文化渾融共處的自然生成形態的人為閹割。《莊子》說：「天地有大美而不言。」大文學觀就是要以「海納百川斯成其大」的態度、懷抱和方法，還原此「天地之大美」。它追求由雜之美、純之美，上升到大之美。在這一點上，它以否定之否定的形式，在新的思想高度上相容古代雜文學觀的博大，從而在現代理性的綜合

思維中，創造性地還原出文學──文化生命的整體性、豐富性和多樣
性。也就是說，大文學觀去純文學觀的閹割性而還原文學文化生命的
完整性，去雜文學觀的渾濁性而推進文學文化學理的嚴密性，並在融
合二者的長處中，深入地開發豐富深厚的文化資源，創建現代中國的
文學學理體系，包括它的價值體系、話語體系和知識體系。巍巍乎大
哉，此之為美也。

四　「創造與建設並重」的人文學

　　問　您曾對杜甫詩句「讀書破萬卷，下筆如有神」中的「破」字
有過解釋，認為它有三重含義：一是破爛之破，喻讀書之勤；二是破
解之破，喻讀書之多思和深思；三是突破之破，喻讀書之有原創精
神。當然，「破」還有另外的含義，也就是與「立」字意義相對的那
個「破」。在我們的閱讀印象中，您較少在「破」字上做文章，如您
較少批判中國文化中的負面因素，而是始終挖掘並闡釋中國文化的正
面意義。在您這裏，闡幽發微是為了探求新路。持有這種建設的立
場，您的出發點是什麼？

　　答　我們既然把事物看做一個過程，過程本身就包含著新陳代
謝，不是單方面地講批判，而是批判與新創並重。學者要活在當代
中，以認識當代來認識思想學術。當代是什麼？當代是過程中的此
在。當代是中國經過30年的高速持續發展，已成為世界第三大經濟
體。根據國家統計局公佈的資料，2007年中國經濟總量已經超過德
國，經濟規模已是改革開放之初的70倍。2008年，當美國華爾街金融
風暴震撼世界經濟體制的時候，中國被看做「全球少數具有經濟彈性
的國家之一」，期待中國作為「世界經濟發展的引擎」給世界經濟的
重振帶來信心和希望。這種當代中國的風範，應該有可能，也有責任

轉化為思想學術的風範，即應了劉勰《文心雕龍》之所謂「心生而言立，言立而文明，自然之道也」，不然，就是我們思想學術上的無能，或未盡責任，違背了為文明立言的自然之道。所謂現代大國的學術文化風範，就是深厚博大，充溢著原創的精神、進取的銳氣和智慧的魅力。然而深厚博大，須下苦功夫、硬功夫，積學深功，融合中外古今，悟道深湛而立論經得起歷史的考驗。進取的銳氣，則崇尚打破陳規，揚棄淺陋，發前人所未發之覆。原創的智慧，則需要眼光巨大，識見超卓，以創造性的話語和學理打開文化新局面。如果連自己國家的原創性學術見解和學術成果，都不能以坦坦蕩蕩的胸懷加以承認，加以肯定，那還有什麼大國學術風度可言？漠視自身的學術原創，而對一些並不成熟、並無根基，甚至隱含著特種的價值偏見的標新立異的外來說法追逐唯恐不及，這如果不是學風浮躁，就是「西方中心主義」思維積習未改，甚至是文化奴性的體現。這就使得更有必要以站著而不是跪著的姿態，以鄭重的而不是空浮的態度，認認真真地檢討一下，這些年哪些學術開創取得了實質性進展？哪些學術成果對整個民族的文化振興有益？哪些學術見解既有思想的萌芽又有迷誤？哪些學術智慧是有根底而又能產生長遠影響的？哪些學術炒作是泡沫？這些都要認真總結，總結是一種導向，總結得好，就會把學風導向堅實，把學術前景導向光明。一個對當代世界思想文化負責任的大國，是應該以自己的眼光和魄力，對自己五千年的文明史、一百年的奮鬥史、三十年的振興史，給出一個真實深刻的「自己的說法」，從而推動人類的學術、思想和智慧的繁榮發展。我們應該對「五千年」「一百年」「三十年」這三個基本問題，一日三省：你給出屬於中國特色的說法了嗎？你汲取了當代的創造智慧了嗎？你為這個源遠流長而又活力強健的文明立言了嗎？這應成為我們「文化自覺」的標誌。

　　一位前輩哲學家說，中國的現代化進程不僅要治貧，而且要治

愚。治貧的利器是科學技術、經濟管理；治愚的關鍵在於發展先進的、健康的、適合中國國情而深入人心的人文學術。這就是英國哲學家培根為什麼說：「歷史使人聰明，詩歌使人機敏，數學使人周密，自然科學使人深刻，倫理學使人莊重，邏輯學和修辭學使人善辯。」的原因這包含著對人文學科在人之所以為人的價值的理解，而且是打通人文社會科學和自然科學而言之的。《易經》說：「觀乎人文以化成天下。」這種人文化成的思想，是社會穩定、和諧、充滿文化元氣地發展的必經之路。試想一下，如果離開了人文化成，思維中缺失哲學，記憶中缺失歷史，人生中缺失詩意和美，這樣還能談得上人之為人、文明之為文明嗎？多年來，我的研究領域漸次拓展，由中國現代文學到古典文學，由敘事學到詩學，由漢語文學到少數民族文學，由現代上溯到唐、宋、元時代，再上溯到楚辭學和先秦諸子的發生學，旁及中外比較和方法論，演習著一種「路漫漫其修遠兮，吾將上下而求索」的學術歷程和心路歷程。這大概與我年輕時遭遇「文化大革命」，缺乏科班訓練，文史哲經胡亂讀的讀書習慣有關，但到底也是受了時代精神、元氣及其提供的歷史條件的刺激，意欲追蹤現代大國的學術品格，在現代中國的思想文化發展中尋找自己的歸屬、價值和責任，以此提升和開啟自身的智慧源泉。

　　問　對中國文化的過去和將來，您一直持樂觀態度，其實悲觀的人更多。您之所以如此樂觀，除了不願人云亦云以外，顯然有更深層的考慮。請談談您的想法。

　　答　我曾經講過所謂「三字訣」原則，就是對比「從、比、化」三個字的語義學內涵，進而討論如何調整和端正學術文化心態。我們在文化上應該走出狂熱的「從西」和遲暮的「從古」的姿態，走出「從」字而採取「比」字，如《說文解字》所說「二人為从，反从為比」，採取與世界民族比肩而立，比較進取，比比創新的姿態。不是

有個詞語叫「比比皆是」嗎？「比比」就是多，就是採取開放相容的態度博採廣納，以資創新。首先要在深度開發本土核心的經驗、智慧和血脈的基礎上站穩腳跟，同時放開眼光，敞開胸懷，接納世界文明的成果和精華。文字學上還有一個「倒从為化」的說法，就是「从」字右面的「人」字倒過來，就成了「化」字，原來的事物翻一個筋斗就進入化境。因此，無論對傳統文明，還是外來文明的成果，中國語義學上相互關聯的从、比、化三個思維程序都是饒有深意的，从以深入，比而對話，化出新創。

在思想文化領域創造中國自身的價值體制和學理體制，需要我們保持良好的文化自覺，積學深思，探本究源，開拓出新的境界。在世界現代視野和中國創造的立場上，滋養一種類乎「為天地立心，為生民立命，為往聖繼絕學，為萬世開太平」的文化魄力，並對之注入充分的現代開放意識和開拓意識。對外來思潮加以分解消化，選擇借鑑，而不能代替自主創造，更不能用它來貶抑自主創造。近些年，既然上升著的文化自信心已使國學升溫，那就要潛下心來融通經史諸子，出入「四庫之學」和「四野之學」，考究民族與地理、考古與民俗、傳統與現代，把國學做深做厚做大，力戒那種沸沸揚揚的公關、搶灘的評價體系以及熱衷炒作的勢利行為。現代形態的國學，應有立國之本的尊嚴，海納百川的博大，開創新境的鮮活，甚至可以說，尊嚴、博大、鮮活應成為現代形態國學之「三德」。這是應該提倡的，「三德」具備，便生「三得」：國家形象有所得，國民素質有所得，國家軟實力有所得。

五　民族能力應該與時俱進

問　三卷本《中國現代小說史》完成於1990年，自那以後，您轉

入古代文學領域。20年間，您也經常就中國現代文學領域的不少話題發表意見。您近年發表的《中國現代文學圖志・新序》《文學翻譯與百年中國精神譜系》等，視野宏闊，見解獨到。再提兩個與「現代」有關的小問題。第一個問題：去年是五四運動90週年，五四既是中國現代文學這一學科的歷史起點，也是20世紀中國最重要的精神資源。在您看來，五四之於中國文化的獨特意義是什麼？

答　五四運動到現在已經九十餘年了，已經有足夠的時間和空間讓我們來進行創造性的反思，來重新看待五四，重新思考這樣一個問題──一個現代化大國應該如何建立自己的文化精神？五四是偉大的，同時五四也是一個偉大的未完成。它的偉大在於給中國的思想、文化和社會開了個頭，而它的未完成也是因為它僅僅只是開了個頭。只靠一次思想啟蒙運動不能解決中國所有的問題，還要有社會體制的革新以及整個社會經濟的發展。所以說，五四留下了巨大的空間讓我們去創造，而我們既要還前人應有的偉大，同時也要給現代人充分的創造空間。

中國是個文明古國，經過漫長的積累，文化肌體難免逐漸僵化，也產生了很多廢物，就像老一輩的人連破銅爛鐵都捨不得丟掉一樣，屋子裏的廢物太多了，新的、有用的東西就不能進來。而五四在思想文化上大刀闊斧地除舊布新，為我們在遍地荊棘中開闢了一個新的發展空間，在團團迷霧中打開了遠大的視野。五四代表著中國文化形態和文化命運的新的可能性。人類在現代化的進程中創造了很多物質財富和精神財富，我們要瞭解、要吸收。五四讓我們看到這個世界很大、很有挑戰性，不能關起門來發展，同時，五四還開通了新時代的潮流，催促我們勵志革新和創造。思想文化和社會體制各個方面都要進行革新創造，都要決然毅然地大步向前走。五四又為我們提供了一個新的思考問題的維度，從此以後，我們可以思考革命與保守、啟蒙

與救亡、科學與民主等一系列問題，這些都是隨著五四的潮流湧進來的。打開思路很重要，我們從中國自己的需要、中國自己的問題、中國人自己的感受，甚至包括中國人自己的尊嚴出發，憑藉本有的根基和外來的新知，把我們的知識重新清理、編碼和組合，將人文主義、科學主義所提供的思維方式與思想成果納入我們的知識系統，重新理解，重新創造。這一點做好了，那麼被充分釋放出來的中國人的聰明才智，就足可以使我們的國家走向新的天地、新的輝煌。

「掃蕩廢物，催發新生」，是魯迅對五四精神的概括。他講的是掃蕩廢物，而不是一般地掃蕩舊物。廢物自然在舊物裏面，東西過於陳舊了，也容易廢，但是廢物不等同於舊物。到了一定的時候，我們還要在舊物中重新挑挑揀揀，選拔有價值的東西。魯迅對於五四是憂慮重重的。在這樣一個轟轟烈烈的大事件過去之後，有種種人對它的成果加以種種宣傳，而不完全是革命與保守的問題。魯迅擔心的是「五四失精神」，因為很多人會陷入到一個「殺人放火受招安」的遊戲模式中，以獲得新的權力。在五四剛剛過去的時候，頌揚五四的人，可能是想在這場運動中的功勞簿上排座次的人；而憂慮五四的人，卻是真正遵循五四精神的人。看看20世紀二三十年代的中國知識分子的精神史，他們創造了各種神話，其目的就是為自己找到一個座次。相反，對五四感到彷徨迷茫的人，倒是因為愛之過切，憂慮生焉。魯迅在解釋五四精神的時候，強調過兩個問題：一個是白話文運動；一個是文體的革新。魯迅認為白話文運動是成功的，但是白話文既可以做進步思想的文章，同樣也可以用來做腐朽思想的文章，所以還需要思想革命。魯迅認為，最後還要進行社會改革，而這些都是在為社會改革作先導。五四時期，嘗試了很多新文體，小說的地位被抬高了，而且小品文的成功還在小說、戲劇、詩歌之上。莎士比亞作為戲聖，並沒有引起大家很大的興趣，倒是大家都說易卜生好，究其原

因，就是因為五四是一個探索性的、個性活躍的時代，而不是經典性的時代，產生真正的經典還要經過努力。

五四作為一個偉大的開端，啟動了中國向現代文化和現代社會的整體性轉型，這是它的偉大之處，但是它並沒有完成，也沒有給整個轉型設計好方案。今人應該有更高的創造，而不是去重複它。五四精神就是要向前開拓，不向前開拓的重複，不能算五四精神。應該有這樣的自覺，整天在文化上吵吵鬧鬧，不搞經濟建設和社會革新，很多問題是不能解決的。我們要充分肯定五四的價值，它是我們偉大的遺產，它沒有完成的一些命題需要我們繼續努力；同時，現代社會的發展還需要很多新的創造，不是五四那一代人就完全規劃好的，我們應該在新的時代發展中適時地提出新的命題，進行新的思想文化創造。魯迅當年反覆地講，他有一種濟世之感，那種感覺是他那代人憂國憂民的責任感。一代人有一代人的思維方式、感覺方式，我們不應過度沉醉舊夢而坐失歷史時機。我認為，在五四開創的現代文化方向上進一步往前走，開創現代大國的思想文化體系，以此在新世紀推動現代中國人的百年強國夢的實現，這難道不就是對五四文化精神最好的繼承嗎？

問　第二個問題：中國現代學者（尤其是五四一代）不論是研究西學還是研討「國故」，總是與現實保持著密切的對話與互動關係。例如，胡適撰寫《白話文學史》是為了應對反對陣營的質疑，通過證明白話文學自古即為「中國文學之正宗」以提倡新文學，從而促使故步自封的中國文化在新的時空條件下煥發生機。在讀楊老師的著述時，我們常常會想到五四一代學者，開闊、自信、大方，不肯受舊格局之束縛，堅持讓「古董」揚棄舊體系，帶上新意義，進而介入當下的精神生活，使古代成為「現代之古代」。魯迅、五四、世界視野，這是您的文章中反覆出現的關鍵字。為什麼如此強調「現代意識」？

答 現代文學的學者去搞古典文學，思維慣式在於考察古代文學的當代價值。那麼反過來，探討現當代文學，我們應考察現代文學對於一個民族整體文學來說它的位置在哪兒，進而思考如何建立一種無愧於五千年偉大民族的文學大國的風度，促使我們的文學創作和文學思想以高昂的姿態獨立於世界民族之林。有了古代文學的視野，再回過頭來關注現代文學，就會高度關切中華民族文化的古今相貫、多民族多區域共構的整體性以及它在現代化進程中和面對全球化背景時的與時俱進的文化姿態和文化戰略。現代文學的價值也在於把這麼一個大的文明加以血脈承傳和現代性改造，同時在吸收西方的現代智慧，以啟動自己的創造潛力。這種潛力，也不排除與現代文化創造存在著豐富的古今文化資源相關。但是艱難也在於這個地方。接受了西方的一些啟迪和影響之後，怎麼樣來重建我們的大國文明？這個東方文明在自己的傳統裏能繼承和轉化哪些東西，而在西方文明中又能汲取和消化哪些什麼東西？在中學西學碰撞、對質、溝通、融合的過程中，有可能產生哪些文化合金和思想創造？思考一個文化根本以及多個文化間的問題，思考整個文明、整個文學的整體性問題，當是文化自覺的題內之旨。

文化在根本上是個過程，應該作為動詞來理解文之化，變化，演化，開化，化成，都是動詞。動才有生命，才有力量，才有前途。沒有五四這步，我們的文化也不是現在這個樣子，可能還有很多昏聵的思想，還有很多遺老、遺少氣味呢。走到這個與當代世界息息相通的地方，我們又要重新反省、重新思考我們現在要做什麼。並不是說五四條條都是真理，我們不苛求它，同時也不要認為它就能包打天下，好像在文化問題上後人就可以無所作為了。五四一代在突圍的時候帶著焦急心理，既然國家命運這麼沉重，文化活力這麼糟糕，那麼就要允許那一代人的奮起，甚至帶有幾分偏激情緒，這完全是可以理解

的，甚至是必要的。偏激是沉重的生存和發展壓力下爆發出來的生命力，一種批判形態或者反抗形態的生命力。沒有強烈的批判和反抗，是不能撼動盤根錯節的舊勢力，不能有效清除習以為常的文化廢物的。但是到了和平建設時期，你還要像李逵那樣到處揮板斧，就有點不合時宜了。在新的情境中，李逵的板斧比不上魯班的板斧適用，都是砍砍劈劈，但它要造出一個文明的奇蹟。所以文化建設和新創的問題，一個是要擺到歷史的大視野中看，一個是要擺到世界的大視野中看，很多問題是要在這種「雙視野」合觀中做出新的歷史理性的解釋的。我們誰也沒有資格說：啊，五四簡直一文不值。他們那代人能不那樣做嗎？他們以自己的歷史形式，做了一件很偉大的事情，扛住一座黑暗的沉重的閘門，把我們放到光明上路、合理做人的文化空間上來了。我們都是五四精神的受益者。但是我們這代人現今已經在遼闊的曠野上了，舊的閘門已經距離相當遠了。新的閘門可能是另外一種閘門，不是，至少不一定是五四時候那種閘門了。把什麼壞事情都記在古人的賬上，只能說明我們現代人無能。一代人有一代人的存在價值和責任。我們個人都要講個體的價值和責任，一代人能不講一代人的價值責任？這樣不是很不符合邏輯麼？五四那代人的價值和責任，在於他們不失時機地做了他們那代人應做的事情，其偉大之處稱得上千古不滅。然而，現在的人需要自覺地做現代人應做的事情，為中國文化開拓現代大國的新路，不能裹足不前，或邯鄲學步，那是沒有出息的。每一代人都應該沒有例外地創造自己時代的文化命題、文化姿態和文化步伐，不然就會誤解歷史、迷失自我。所以，我在十幾年前曾經提出，我們要繼承五四，走出五四，走向現代大國更加恢弘渾厚，更富有自主創新能力的文化境界。今日文化應有的主題是：在返本的基礎上創造，在創造的前提下返本，使我們民族的文化創造力在面對全球化趨勢的挑戰時更加根基深厚，積極創新，生機蓬勃。民族

能力應該與時俱進，捨此別無出路；質諸高明，難道這不是我們人文學科的道之所在嗎？

上　篇
學術方法與文學地圖

現代中國學術方法綜論

一　以學術史材料做方法論文章

　　方法是人類面對世界時自信的微笑和沉著的出招。具體到學術研究領域，學術方法的思考、選擇和設定，對於任何一個想有作為的學者來說，都是至關緊要的。它是進入學術領地的一把鑰匙，一張入門券。不少人在學術領地的門外探首探足，逡巡難進，飽嘗未窺門徑的苦惱，很重要的一點就是他沒有找到合適有效的學術方法的鑰匙或途徑。其實，20世紀中國的一批傑出的學者，早已用他們的奇妙的手指，不知點破了多少學術難題的窗戶紙，開拓了各有千秋的學術門徑，操持著各有勝算的學術手段。其行之有效的學術方法，存在於他們成就斐然的學術經典或名著之中。所謂「學術」，分而言之，學為原理，術為方法。在20世紀早期，梁啟超就引西方學者的話，強調「學者術之體，術者學之用，二者如輔車相依而不可離」[1]。這就是說，閃亮的「學」的銅幣的另一面，就是精心設計的「術」的紋樣，就看你能不能運用出色的智慧，把這個銅幣正面看了又翻過看背面，在正反參詳中窺破學術方法的玄機。

　　我們的基本旨趣可以歸結為一句話：以學術史的材料做方法論的文章。在這個學術史行列中，行進著嚴復、梁啟超、王國維、吳梅、胡適、魯迅、周作人、陳垣、陳寅恪、傅斯年、顧頡剛、錢穆、俞平

1　梁啟超：《學與術》，載《國風報》，1911（15）。

伯、聞一多、朱自清、朱光潛、馮友蘭、宗白華、郭沫若、吳宓、錢鍾書、季羨林以及與他們的學術有淵源關係的一些學者。對這批曾經使中國學術發生現代性轉型的學者的學術成就和學術方法進行逐漸深入的考察之後，留下了一個深刻的印象：一部學術史內蘊著一部彌足珍貴的學術方法開拓和嬗變的歷史。這種系統而專門的學術方法的考察和融貫，前人似乎沒有提上議事日程，因而有必要作一點交代。「思想的過程」結晶出「過程的思想」，這種「過程的思想」可以通過某種可操作性的程序，開拓自己的道路，形成自己的成果。把這些「過程的思想」及其操作程序萃取出來，加以方法論的意義論定和功能規定，則可以在接觸新材料、新思想的時候，釋放出許多合理有效的學術思路。這樣的學術思路和學術方法，在不同的學術領域具有可供選擇的通約性，往往能夠發揮著舉一反三的效應。它由此產生了雙重的超越：一方面超越了一般性的依靠概念演繹的方法論建構從博大精深而又個性豐富的學術實踐資源中，發現思想的出發點和學術入門的途徑，從而以有血有肉的材料考察其方法的特質、結構、分類、程序和功能，使我們在這個過程中領略方法的操作方式和操作這些方法的一代名家的風範。另一方面超越了學術史材料只能按照學者、學派的時間維度排比章節，論其文化背景、思想傾向和歷史地位的學術史寫作模式，以「橫斷學科」的方式，在學術成就最豐厚的一些典型事例上切取特定的橫剖面或縱剖面，考察其間帶著生命熱氣的學理軌跡和方法論脈絡，從而弄清這些學術名家名作是以什麼樣的方法寫成的，從何入手，如何入手，入手後如何運用材料形成問題，進而使之進入破解問題的途徑、手段和過程之中。然後又組合多種剖面的方法論考釋，進行分類貫通，形成具有不同程度的普遍價值的通則。這種從「過程的思想」到方法通則的學術實施過程，實際上也是本書以學術史材料做方法論文章的「方法之方法」。

　　但是由於採取翻轉銅幣以「學」觀「術」，這裏更為注重的是考察這些名家名作是如何發揮方法論的中介環節的作用。首先是考察它們如何以現代的科學分析能力從複雜紛紜的文學現象中提取關鍵性的「文化因」，從歷史連續性的承接與中斷中分離出文學範式，輔以銳意窮搜的史料學的分類處理以及知識譜系學的軌跡跟蹤，從而使其中的諸多學理判斷都綱目嚴整、根本牢靠、脈絡通徹，儘量避免那種找來幾個時髦術語而不計中間環節地生硬地對豐富多彩的材料貼標籤的做法。同時考察它們的話語原創的文化機制，考察它們是如何恰如其分地把握文學範式，鎔鑄學術名目，使原創話語深刻地聯繫著傳統的語源語義而不失其根本，又開放地聯繫著外來的思想論證而注入現代性的內涵。此外，由於這些名家名作往往是並置著進行比較考察的，這就造成一種特殊的語境，能夠從方法論的角度揭示王國維的《宋元戲曲史》不同於吳梅的《中國戲曲通論》的學術生命力的秘密，也能夠從錢鍾書1932年發表對《新文學源流》的質疑性批評和1933年寫成《中國文學小史序論》、1940年刊出《中國詩與中國畫》的反覆質疑中，提供一個不同於周作人的「載道言志循環起伏」模式的另一種文學史敘述法。經過以上的處理，「學術方法通論」的第一個層次，是在不同名家的同類著作中求「通」，會通它們從萃取「文化因」「文學範式」到進行話語原創的一些行之有效的學術方法通則。

　　學術方法通論的第二個層次，是在不同的學科和學科分支之間求「通」。現代學科對各自的研究對象、研究規範、術語形態和學理體系的嚴密界定和嚴格分工，使學術趨於專門化和職業化，使人類知識在各個領域取得了許多突破性的深刻、透徹、條理整然的成果。德國思想家馬克斯・韋伯早在20世紀初就感歎：「學術已達到了一個空前

專業化的階段,而且這種局面會一直繼續下去。」[2]專業化的學術在堅實精進的同時,則有可能對人類知識的完整性實行閹割。因而做了60年的歷史和文化研究的錢穆又有另一番感慨:「文化異,斯學術亦異。中國重和合,西方重分別。20世紀初期,中國學術界分門別類,務為專家,與中國傳統通人通儒之學大相違異。」[3]其實,講專門和講會通,是中西學術內部長期存在的張力,只不過在由古至今的時間過程中,中國與西方存在著不同的起點和歷程。兩種集體潛意識,在其起點上一者重分析,一者重融通,但它們應該採取開放的發展態度,由分析走向融通,由融通走向分析,建立融通與分析互動互補的文化創造機制。學科之間的能力和方法的移植借用,往往能夠產生在原先學科相對封閉的狀態中,難以想像的綜合效應。

二 途徑、工具及方法論的靈魂

學術方法通論的第三個更高的層次,指向和進入總體方法,甚至元方法,對方法論進行更深入的哲學思考。在此有必要對人類的方法論思想作出一些必要的歷史反思。從總體意義上說,方法是人看世界的眼睛以及應對和改造世界的手足,直至作為手足功能之延長的工具。總體方法是由具體方法集合而成的,是它們在本質上的集合。總體方法變了,人所看到的世界圖像,包括看見哪些圖像,以及被看見的圖像的特質、結構、關係、功能和演化的方式,都發生了深刻的變化。方法既存在於歷史過程中,其自身又是能夠不斷地展示新維度、新層面的存在。

2　皮〔德〕馬克斯·韋伯:《學術與政治》,馮克利譯,23頁,北京,生活·讀書·新知三聯書店,1998。
3　皮錢穆:《現代中國學術論衡》,1頁,長沙,嶽麓書社,1986。

　　凡事都應究其本原，本原中存在著作為出發點的本質。在本原上，中國人對方法的認識，渾融多種學科而強調價值判斷；西方人對方法的把握，則往往側重分析思維，潛蘊著追尋途徑的欲望。比如《說文解字》就把方法與價值判斷，甚至與刑律斷案相聯繫：「灋（法的古字），刑也。平如水，從水；廌，所以觸不直者去之，從去。」[4]這裏以水、以神獸比喻執法，解釋方法，強調公平地考究功過、是非、曲直的價值準則。與此相對照的是西方世界講方法，語源希臘文，為「遵循某種道路」之義。一者重以主體的規矩量天地，一者重以外在的途徑供遵循，本原上的差異，潛在地影響了中國與西方的方法論發展的方向和形式。

　　儘管本原和發展存在著差異，但無論中國和西方，對於方法的認識和運用都非常重視它的工具性，或者說，在其主流發展中都以「工具性」作為關鍵字。孔子說：「工欲善其事，必先利其器。」（《論語‧衛靈公篇》）工具的發展，是為了事半功倍的目的。荀子認為：「假輿馬者，非利足也，而致千里；假舟楫者，非能水也，而絕江河。君子生非異也，善假於物也。」在行為與目的之間，假借工具而改變行為方式，是可以增加達到目的的手段和能力的。古希臘亞里斯多德的後學，他把《範疇論》等六篇論文，輯錄成邏輯科學和方法論的專書，取名《工具論》。兩千年後，到了17世紀，近代方法論的開拓者之一的英國的培根，參照這條思路撰成方法論著作《新工具》。他把重三段論推理的亞里斯多德翻轉了半面，主張感覺是知識的源泉，只有歸納法才能使人獲得真正的知識。與他雙璧交輝的法國的笛卡爾，卻把他再翻轉了半面，把自己的著作徑稱《方法論》（原題《更好地指導推理和尋找真理的方法談》），痛斥感覺欺人，只有理性

4　〔清〕段玉裁：《說文解字注》，470頁，上海，上海古籍出版社，1988。

演繹法才能得到真正可靠的知識。他們選擇了不同的方向和維度，一者重實驗和歸納，一者重理性和演繹，從而使方法論處在運動和競爭的狀態，把它做大了，做活了，做得引人注目了。反覆翻轉半面，就在翻轉中給新的思維方式騰出了創新的空間，這實在是方法論創新的極佳方法。這種方法工具說，在一二百年後還得到了以辯證法大師而馳名的德國的黑格爾的呼應和發揮。黑格爾認為：「在探索的認識中，方法也就是工具，是主觀方面的某種手段……絕對的方法（即認識客觀真理的方法）不是起外在反思的作用，而是從它的對象自身中採取規定的東西，因為這個方法本身就是對象的內在原則和靈魂。」[5]這也就是說，方法即便是介於主體和客體之間的工具，它也是活的工具，是有「內在原則和靈魂」的活的工具。它不是靜止的中介，而是運動著的傳導著生命認知的中介。之所以稱方法是人看世界的眼睛，而且是人以科學的方式改造世界的手足以及作為手足之延長和功能之強化的工具，就是因為它內在貫通著一條感應神經。其價值在於使人不可狹隘地把方法等同於雕蟲小技，而應該在文化總體運行中思考方法，並且在方法論思考中指向文化發展的本原、趨勢、基本原則和總體特徵。這也可以為方法通論進入總體方法或元方法的層次，提供思想的支持。

現代中國學術面臨的總體方法或元方法是雙構性的，它以世界視野和文化還原二者作為富有內在張力的基本問題。這也是它的總體方法的「內在原則和靈魂」，只有把世界視野和文化還原相結合，才能使學術踏實明敏、登高望遠，在反思自己自何而來，向何而去的基礎上，明古今之變，察中西之機，外可以應對全球化的挑戰，內可以堅持自主性的創造。這樣的學術才是有大國氣象的學術，才能找到自己

5　〔德〕黑格爾：《邏輯學》，下卷，532頁-537頁，北京，商務印書館，1976。

的生長之機，創造之魂，才能在克服抱殘守缺，或隨波逐流的弊端中，實現一種有根的生長，有魂的原創。

三 世界思潮與本土血脈的雙構性

方法論既然是一個歷史範疇，它的雙構性也就是一種動態的雙構性，它會隨著歷史時段的向前推移出現不同側面消長、起伏、隱顯或交融的現象。現代中國學術方法論不乏這種交替性或層面性的消長起伏的經驗。身為留日學生的魯迅就曾經提出過關於「世界之思潮」和「固有之血脈」的雙構性文化方法論的構想：「明哲之士，必洞達世界之大勢，權衡校量，去其偏頗，得其神明，施之國中，翕合無間。外之既不後於世界之思潮，內之仍弗失固有之血脈，取今復古，別立新宗，人生意義，致之深邃，則國人之自覺至，個性張，沙聚之邦，由是轉為人國。」[6]雙構性的文化命題在這裏表達得非常精彩，它既以血脈、思潮的表述，暗示著何者為內質、何者為新機，又主張於內外古今之間比較權衡，去蕪存菁，在凝聚化合中創造出一種新的文化精神和文化體制。在這番表述中，保存固有血脈和接納世界思潮的重要性是並列而言的，但是由於一個文明古國要走出封閉、跨越沉淪，進行根本性的改弦更張，它在戊戌變法到五四新文化運動的覺醒初期，當務之急還是不遺餘力地打開自己的現代世界視野。相對而言，文化還原的意識還處在非主流的，甚至受到壓抑的，但依然取得堅實成果的位置。

對於一個偉大的文明古國，不應該長時期地簡單化地以「激進」「保守」一類上綱上線的術語，來處理世界視野和文化還原的雙構性

---

6 魯迅：《魯迅全集》，1卷，56頁，北京，人民文學出版社，1981。

方法論問題。因為,第一,這是用源自西方的單邊主義價值觀來看待應該多元共存的世界文化結構;第二,它忽視了一種本土文化經驗在充分掌握現代世界視野後,還存在著深度開發自身的經驗和智慧,使之成為他者文化的世界視野的必要和可能。世界就是這樣奇妙,別人的經過現代化的本土經驗,可以成為我們的世界視野;我們的本土經驗經過現代化的開發和改造,也可以成為別人的世界視野。道理就是那麼簡單,在我們把別人當成「老外」的時候,別人也把我們看做「老外」,就看你這「老外」的風采和智慧如何了。唯有超越那種過度講究激進、保守的偏見淺識,在深思遠慮的雙構性方法論中,認識世界視野的相對性和文化還原的必行性,我們才能充分拓展精神空間,解放自身學術創造的能力、手段和資源。

應該看到,世界視野和文化還原的雙向對質與融合,存在著現代學術博大精深發展的極其重要的動力學原理。沒有文化還原的世界視野,是空泛的世界視野;沒有世界視野的文化還原,是盲目的文化還原。我們之所以特別推重陳寅恪在八面來風時代的學術風骨,就是因為他不僅宣導「獨立之精神,自由之思想」,而且把王國維古史研究中取地下出土之新材料,補正紙上文獻之材料的「二重證據法」演繹為「三參證法」,強化了世界視野和文化還原的雙構性方法論的可操作性。這「三參證法」是:「一曰取地下之實物與紙上之遺文互相釋證」「二曰取異族之故書與吾國之舊籍互相補正」「三曰取外來之觀念與固有之材料互相參證」。它以文化還原撐起世界視野的脊樑,具有不容置疑的方法論價值。

有一點是可以肯定的,沒有世界視野,文化還原就不可能在現代意義上獲得實質性的突破和深入;反而言之,沒有文化還原,世界視野也不可能在中國化的過程中真正生根發芽。它們二者是相互賦予生命的。錢穆提倡一種唯文化史觀,認為文化是歷史發展的原動力,決

定著或規定著歷史的形態，左右著民族國家的盛衰榮辱。「對其本國已往歷史有一種溫情與敬意」，是錢穆史學進行文化還原的基本態度，其旨趣可同陳寅恪的「瞭解之同情」略似。他的通史研究力圖貫通時間的連續性，來表達他經世致用的「現在性」，因此格外重視蘊藏於頭緒紛雜的歷史現象之中的文化血脈：「研究歷史，所最應注意者，乃為在此歷史背後所蘊藏而完成之文化，歷史乃其外表，文化則是其內容。」歷史似乎在與人們捉迷藏，魯迅在20世紀初提出的關於「世界之思潮」和「固有之血脈」的雙構性文化方法論的構想，前者在五四新文化運動中得到胡適的張揚，後者在40年代西南聯大的通史講席上聽到錢穆的迴響。由此可知，文化大於政治，它在許多方面聯繫著政治意識，又超越著政治意識。

四 「雙構四點一基礎」的方法論總綱目

至此，我們庶幾可以，而且應該談論現代中國學術方法的總綱目了。不妨這樣設想，學術方法論的綱為「雙構」，目為「四點」。前面著重討論的方法論上的世界視野和文化還原的雙構性，是派生出眾多具體可行的學術方法的元方法。二者之間是互動的，現代世界視野可以啟動和開拓文化還原的領域、思路、手段和程序，文化還原可以推進現代世界視野的充實、深化、多樣和完整。在雙構性的精神空間中，方法論的運作，存在著四個功能性的點：一是立足點，立足於中國文化的本原；二是著眼點，著眼於參與世界文化的深層對話；三是關鍵點，關鍵是推進學理的原創；四是歸宿點，歸宿於建立博大精深又開放創新的現代中國的學術體系和體制。這四個功能點，不是孤立、靜止的，而是相互作用、相互化生、相互深化和相互推移的，形成了有點類似於春種、夏長、秋收、冬藏的生命過程的運行體制。作

為現代中國學術方法總綱目的「雙構四點」，共同組合成一個非常開放、又相對完整的學術方法工作系統和結構以及系統和結構各個部分相互作用的過程和方式的機理，打一個比方，它就是現代中國學術方法的上下四方的「六合」。

學術方法四個功能點的相互作用和推移，要求我們從機理層面去把握和理解它們間的綜合性功能。首先，在處理學術的立足點和著眼點的死活之法，不可不辨融會貫通的機理。融會貫通，本是中國學術的一種傳統。朱熹有言：「舉一而三反，聞一而知中，乃學者用功之深，窮理之熟，然後能融會貫通。」[7]隨著近代以來的西學東漸，舊學更新，傳統的價值體系和知識體系的結構崩解而重組成新學科，外來思潮衝擊著和質疑著傳統價值和知識的現代合理性。這就給人們在選擇現代學術的立足點和著眼點上，提供了如何融會貫通的新的挑戰和機遇。胡適主張：「為學要如金字塔，要能廣大要能高。」[8]他曾經告誡自己：「學問之道兩面而已，一曰廣大（博），一曰高深（精），兩者須相輔而行。務精者每失之隘，務博者每失之淺，其失一也。余失之淺者也，不可不以高深矯正之。」大量的外來思潮和知識的湧入，容易使人在廣泛接納而未及消化中，變得腳跟輕浮，因而胡適之言具有自警和警世的價值。

其次，在處理著眼點和關鍵點之間的機理時，有必要在強烈的文化對話欲望中注入自覺的原創意識。只要自我意識覺醒了，異質文化間的對話碰撞，適可成為原創精神迸發的極好契機。王國維青年時代東渡日本，借研習日、英、德文的機會，廣泛涉獵西方哲學、教育學著作，對康德、叔本華的哲學尤有心得。由此而以理性的思辨，批判

7　〔南宋〕黎靖德：《朱子語類》，卷二七，四庫全書本。
8　胡適：《讀書》，載《京報副刊》，1925-04-18。

了宋明理學「未有天地之先，固有先是理」的基本命題，對理的先驗性概念作了邏輯學上的理由和理性的分析。同時又不完全局限於康德、叔本華的思路，而是基於自古希臘以來的西方哲學的多元化用，用以重新審視中國的程朱學說的。儘管王國維的哲學研究和古史研究，屬於他的學術生命發生轉折的不同階段，但是不應該否認，他的中西對話的早期哲學訓練以及由此清理出的對事物客觀規律及其存在的充足理由的認識，也為他日後的古史研究的方法論的形成，發揮了潛在的、深刻的建構作用，從而使他的原創精神的迸發獲得了一種形式的載體。潛在的對話意識，使王國維處理學術問題的時候極能把握關鍵。一部《人間詞話》，就把握住了中國詩詞之學的關鍵字──意境。篇幅不長，卻贏得俞平伯稱許「此中所蓄幾乎是深辨甘苦愜心貴當之言，固非胸羅萬卷者不能道」。王國維一生，集中闡釋的古代文論的術語就是這個「意境」，他使「意境」一詞根植於現代文論的知識體系。這也給人一個深刻的方法論的啟示：對古代文論術語的現代闡釋，不能眉毛鬍子一把抓，而要選擇關鍵作重點的縱深的突破，遵循著「與其傷其十指，不如斷其一指」的通則。

最後，在處理關鍵點和歸宿點的機理時，應該把握住話語原創這個從學理論證到體系建立的中介環節。原創性的話語作為富有文化內涵的學術亮點，它是一種理念和智慧的載體，本身就內蘊著價值配置、精神特質和思維取向。在文化思潮湧動中，發亮的原創性話語成了學者、學術、學派的徽記。赫胥黎宣傳和發揮達爾文學說的那部系列講演集如果按照當時的日本漢字譯名是可以直譯為《進化論與倫理學》的。但深切地感受到19世紀末國際強權競爭中的深重的民族危機的嚴復，偏要以「一名之立，旬月踟躕」的苦心，把中國的「天」的觀念介入其間，把它改譯為《天演論》，並配以「物競天擇，適者生存」等一系列話語。灌注於其間的那種濃鬱的民族危機意識甚至命運

意識，若用「進化論」一類譯名表達出來，是難以有如此強烈的震撼人心的效應的。話語原創，是一切要屹立於世界民族之林而思有所作為者的權利和能力所在，並不是哪一個持有話語霸權的民族才有這種權利和能力。問題在於當我們把這種真正有價值的原創話語建構出來了，持同一語言的學人要尊重它、珍惜它、認同它，而不要抱著一種似自傲實自卑的畸形心理漠視它，甚至壓抑它。也不可不計較它的原創性的特質，如把「天演論」簡單地回譯為「進化論」一樣，把它的亮點淹沒在另一話語體系之中。原創話語也需有尊重話語原創的知識界的土壤。

即便對學術方法論的總綱目「雙構四點」進行如此仔細的清理，我們也不能說這些綱目是萬能的。學術研究首先是一種鍥而不捨、持之以恆的艱苦磨煉，非從讀書破萬卷的深厚紮實的材料文獻功夫開始不可。材料文獻是米，方法只是巧婦的烹飪術，缺乏材料文獻之米的巧婦，是難為無米之炊的。材料文獻無疑是學術方法不可或缺的基礎，在這種意義上說，傅斯年稱「近代的歷史學只是史料學」，「一分材料出一分貨，十分材料出十分貨，沒有材料便不出貨」[9]，是非常發人深省的。馮友蘭在談論中國哲學史史料學時，提出了搜集史料要「全」，審查史料要「真」，瞭解史料要「透」，選擇史料要「精」[10]，這全、真、透、精四字訣，同樣值得認真記取。因此，學術方法論的總綱目還須加上材料文獻的基礎，匯總成「雙構四點一基礎」才算得完整。說是完整，也是相對的，學術方法論在本質上是開放的、發展著的，是一個充滿著個性選擇和創造的世界。

---

9 傅斯年：《歷史語言研究所工作之旨趣》，載《歷史語言研究所集刊》，1928（第一本第一分）。

10 馮友蘭：《三松堂全集》，6卷，312頁、313頁，鄭州，河南人民出版社，1989。

關於古今貫通的方法論問題

一 大文學觀下古今貫通三原則

　　古今貫通與大文學觀之間存在著相互為用的關係，講古今貫通必須具備大文學觀的視野，講大文學觀必然追求古今貫通的方法。文學觀的問題，首先是一個文化視野、文化態度和文化胸襟的問題。大文學觀的提出，主要是給文學研究提供一個大視野、大資料、大邏輯，把文學研究做大、做厚、做深，同時又把它做活。我們傳統的文學觀是個雜文學觀，雜文學觀就是文史不分，文筆並舉──孔門四科的文學。20世紀中國人接受了西方的文學觀，也就是純文學觀，讓文學從很駁雜的狀況下獨立出來，有了自己的學科形態和知識體系。但是任何一個把文學獨立出來的做法，如果獨立得過頭，就可能對文學存在跟整個文化的聯繫進行剝離和閹割。所以在20世紀和21世紀之交的時候，我們就發現純文學是從西方的知識系統中產生出來的，用西方剝離東方，跟我們的文學實際、文學經驗以及文學智慧存在著錯位或偏離。雜文學觀使文學被經史吃掉了，只有附庸的地位；純文學觀使文學被西方智慧吃掉了，它與文化的聯繫變得歪歪斜斜，或者殘缺不全。所以我們要使文學完完整整地被吐出來，必須把這個拔出來被純化的文學觀重新放回到它原始的狀態，這樣就需要有一個大文學觀。這就是說，大文學觀講究還原，講究非剝離化。

　　大文學觀的學術戰略，就是既相容了純文學觀的嚴格的學科體

系，又吸收了雜文學觀的那種博學精思和融會貫通的思路，用這種內精純而外淵博的觀念來看古今貫通和中西融合的問題。過去大學裏面的情況也值得反思──古典文學、現代文學、當代文學──這麼一種學科設置其實是使我們的整個文學的整體性和它們相互之間的關係被割裂了，把一個完整的知識進行分隔，然後在分隔的狀態下加以深入。因此研究現代文學的人和研究古典文學的人，可能常常感到隔行如隔山。所以要還中國文學的整體性，就有必要作古今貫通的研究。只有古今貫通才能夠把肢解了的片段直線綴合成複雜生動的完整曲線，才能夠看到我們中國文學的整個血脈貫注和形態流變。

那麼古今貫通要怎麼樣去貫而通之？它不是簡單的一加一等於二，不是說學了古典文學，再學了現代文學就貫通了。在這裏一加一是大於二的，就是要貫通它內在的血脈，還原它本來的生命，托出它多重的價值。這就必須用大文學觀來重新認識中國文學的學術文化背景。毫無疑問，把握文學存在的大學術文化背景，是古今得以貫通無礙的基本前提。過去搞現代文學的人往往受到海外學者的影響，認為現代文學跟古典文學斷裂了，用這一點來指責五四新文化運動使我們民族的文學傳統斷裂了。實際上這是沒有從整個中國文學的文化學術背景來考察問題的一個結果。如果我們把中國文學的發展放回到中國自身的大學術文化背景下來考察的話，我們就會發現中國的傳統學術實際上是「二四之學」──兩個「四」。

第一個是「四庫之學」，按照王朝的價值系統，像四庫全書一樣按「經史子集」的學術框架建構知識形態。與「四庫之學」相對應的還有一個「四野之學」，就是所謂「禮失而求諸野」[1]，就是被四庫全書的知識系統邊緣化了的或者在這個系統的視野之外的一種學問資

1　〔東漢〕班固撰：《漢書》，卷三十，六冊，1746頁，北京，中華書局，1962。

源。比如說在20世紀初期，發現了敦煌文獻，敦煌文獻實際上提供了跟四庫全書不同的另一種圖書館。如果按照四庫全書的價值系統，敦煌文獻如果在乾隆年間出現，很可能就流失了，因為按照那種價值系統來衡量，幾萬種的敦煌文獻也就只有那麼百十種能夠進入四庫全書的視野。正是因為在20世紀之初知識界對「四野之學」——民間的學問開始重視起來，所以「敦煌之學」才有可能逐漸發展成為一門顯學。如果這樣去看中國的學問，那麼我們對五四時期的所謂「斷裂」就另有所見，就能超越「斷裂說」的遮蔽，進入異常複雜的文化演變的深層。五四的很多先驅者，實際上舊學的底子是非常好的，但是他們不是站在四庫全書的立場而是站在「四野之學」的立場。魯迅就曾經嘲諷過：「現在中西的學者們，幾乎一聽到『欽定四庫全書』這名目就魂不附體，膝彎總要軟下來似的。」不是說四庫全書的修纂對於保存傳統文獻沒有規模性的貢獻，而是說那「欽定」體制給它衡文取捨的標準注入了深刻的王朝官方的價值體系，如魯迅所說：「清的康熙、雍正和乾隆三個，尤其是後兩個皇帝，對於『文藝政策』或說得較大一點的『文化統治』，卻真盡了很大的努力的。」[2] 這種對「四庫之學」的王朝官方的文化統治的批判，是採取民間的「四野之學」的立場的。而且在近代以來由於西學東漸，大量外來的思想文化湧入，又出現了一個學問——我叫它做「四洋之學」。這樣就構成了處在不同的思想文化和文化層面上的「三四之學」的大學術文化背景。新文化運動的這些先驅者，基本上是站在「四野之學」的立場上，應用「四洋之學」瓦解了「四庫之學」的價值結構，對整個文學進行了一個重新的整合和轉型。

比如說魯迅，我們能夠說他對傳統的學問不深嗎？但是他對自己

2　魯迅：《魯迅全集》，三卷，138頁，北京，人民文學出版社，1981。

的傳統學問，不是按「四庫之學」的價值系統來結構。他的很多學問比如史學，浙東之學在清代就提出「六經皆史」，也就是把經學史學化，魯迅就進一步把史學野史化，他認為野史可以看到一些往事的真相，正史卻塗飾太多，裝腔作勢。史學野史化了的同時，他又加入了雜學，浙東之學很多是雜學，魯迅在這方面的學問應該說是非常獨到、非常深刻，而且也是非常淵博的。他用這種欣賞其野、不拘其雜的學問，再根據西方的思潮比如19世紀末的個人主義的思潮，或者突出精神作用的思潮，把它們加以選擇、梳理、闡釋和應用過來，在這個大知識背景中重新建構了中國的文學體系和知識體系。我們讀了魯迅的書可能有一個印象很深的東西，魯迅在1925年回答《京報》副刊的時候寫了一份《青年必讀書》，其中說青年人最好是少讀或者不讀中國書，這其實就是一個讀了很多中國書、學術修養精深的人交上的一張白卷。那我們對這個問題應該怎麼理解？這份白卷就像宋元山水畫一樣，空白的意義要從「有」中去獲得，解釋問題的關鍵依然在於大學術文化背景。在1925年前後，整個中國不但讀古書的風氣很濃，而且仍然按照古老的思維方式讀古書的習慣尚未根本改觀，在大多數的教育機構裏還沒有建立起按照現代意識來消化古書的教學科研體制，在這種情況下就有那麼一些文化學者，比如梁啟超和胡適都在大做「青年必讀書目」。胡適有一個最低限度的國學必讀書目錄，光是文史類推薦的書就有一千多種，就像一個小圖書館，估計胡適本人是不是全都讀了尚有疑問。當渾水尚待澄清，新機尚未啟動，青年人還沒有獲得如何去讀古書的能力的時候，你就鋪天蓋地地給他壓上這麼多古書目錄，這就可能像一個活埋庵一樣把青年埋在裏面，透不過氣來。魯迅講青年人少讀或者不讀古書，第一是針對當時的文化狀況，給青年思考文化問題一個權宜性的空間；第二也只有魯迅才有資格來講這個話，如果要其他人比如說林語堂這樣的人來講，那人家就會問

你讀了多少古書。也就像元代江浙人可以說近體詩講究格律是害人的，但少數民族詩人就不敢講這個，因為人家會問你懂格律了沒有。所以魯迅以翰林之孫、日本留學生、古書雜書讀得極有體會的多重資格來講這個話，要挽狂瀾於既倒，要改變這種潮流，就另有一種分量。

但是魯迅是不是主張青年人一概不讀古書呢？不是這麼回事。魯迅有一個朋友叫許壽裳，他是魯迅的哥們兒，是情同手足的朋友。許壽裳的兒子叫做許世瑛，1930年二十歲時，考上了清華大學的中文系，請魯迅給他開了一個中文系學生要讀的書目。魯迅開了十二種，我統計了一下，總共是一千零八十一卷線裝書。[3]這個讀書量大概也只夠入門書的數量。分析一下這十二種書目，會曉得魯迅希望青年人怎樣讀古書，有些什麼樣的教訓，因為他是給他最好的朋友的兒子寫的，是父輩對子弟的垂訓。裏面最大的一本書《全上古三代秦漢三國六朝文》，這是七百四十六卷的書，中華書局影印出來是十六開本的四大卷，是清人嚴可均編的。嚴可均因為沒能參加朝廷主持的一個國家項目叫做《全唐文》的編纂，他自己個人就下了個決心：唐以前的我來編。「斯事體大，是不才之責也」，所以他花了二十七年的時間編出了這部巨大的總集。這部書就把從上古到隋朝的所有的文章都收到裏面，當然有一些流行的本子像四書五經它是不收的。從魯迅開出的書單首列這部書，可以看出，第一是他主張青年人如果要研究文學史就應該讀全部的文章，不可讀選本，魯迅沒有推薦《文選》，選本看到的是選家的眼光，被選家刪落的文字往往隱藏著被歷史煙塵遮蔽的文學原貌，在新的眼光下又可以重新放出光彩。第二是他沒有選《全唐詩》和《全唐文》，那是御編的，帶有王朝的價值體系在裏邊。嚴可均的《全上古三代秦漢三國六朝文》是私家編纂，不同程度地偏離

3　魯迅：《魯迅全集》，八卷，441頁，北京，人民文學出版社，1981。

王朝的價值體系，比如說孔夫子在這七百四十六卷裏頭只收了二十七個字，第一條是魯國都城城門失火了，孔夫子為魯哀公寫的一個救火的告令；第二條就是吳國的季札兒子死了，孔夫子給他寫了一個題墓詞。這兩條加起來二十七個字。所以它帶有某種民間的立場，其他的三教九流、外國翻譯的文字不少，可以供你在華夷、雅俗的多重視野中參照閱讀。魯迅還推薦了一本《四庫全書簡明目錄》，《四庫全書簡明目錄》不是《四庫全書提要》，提要總共是二百卷，簡明目錄只有二十卷，是把它縮編了。魯迅在推薦這部書的時候加了一個注，說這是至今為止現有的較好的一本書籍批評。就是說他主張研究文學史要讀目錄學的書，但是又說不要忘記它是「欽定」的，提醒你在價值體繫上不能夠完全按照欽定的標準，對它應保持分析的態度。另外他還有其他一些書，比如說《世說新語》，注明從中可以知道當時是怎樣清談的，還有哪些書是可以知道當時的科舉制度的，哪些書可以看到當時的士人風習。所以魯迅開的書單具有獨特的選書標準和敘述方式，目的是要教會你怎麼樣去讀書，他是把讀什麼和怎樣讀放在同等重要的位置一併思考的。他主張研究文學史一是要看目錄學的書。二是要看全書、全集，要在全面系統地搜集文獻資料的基礎上作出判斷。三是要從社會風氣、士人風習、科舉制度等多維角度去研究文學。他這種文學觀就很接近我們所講的大文學觀，要講古今貫通是應該在這種大文學視野中求貫通的。這就是「能大始貫」的道理。

　　如果能從大文學觀的角度來看魯迅的話，我們的魯迅研究可能就會有很多新的認識。比如說認識到「有識方貫」的文化原則。魯迅對魏晉的文章是很喜歡的，他還在廣州作了一個《魏晉風度及文章與藥及酒之關係》的講演，也是魯迅準備寫的文學史中的一章。三千年的文學史從魏晉切入，這隱藏著魯迅深刻的魏晉情結。過去我們講魯迅和魏晉的關係，往往說是受了章太炎的影響，章太炎當然喜歡魏晉的

文章，魯迅受他的影響也是應該注意到的。但魯迅是紹興人，紹興的
「越中山水」實際上就是魏晉山水，魏晉人所活動的地方比如蘭亭、
山陰道、鑒湖、天姥山為此流芳千古。講浙東文化，應該注意人文地
理學問題，兩晉之際永嘉南渡，很多士族由於北方的「八王之亂」和
五胡十六國的動盪都往南跑，當時東晉的首都是在建康也就是南京，
王謝子弟在南京有烏衣巷，但是他偏偏還要跑到紹興去建別墅。謝東
山，也就是謝安，高臥東山，為什麼要到紹興去？首先，當然從安全
考慮，因為首都在北面，相對比較安全，如果連會稽都保不住，那麼
整個朝廷就要滅亡了。南宋渡江，是跑到杭州，跑到臨安，但是有些
士族不在臨安停下來，反而跑到紹興。這裏面很有文章，紹興文化也
就是「越文化」，不是王朝正統文化，但又是跟王朝發生緊密聯繫而
且有深厚根底的偏鋒文化，這種特點非常值得深思。謝東山在紹興的
東山高臥，就是有距離、有迴旋餘地的觀世、入世和濟世。如果他在
烏衣巷，皇帝哪一天高興就一紙詔書到烏衣巷把他宣了。他在東山
呢？東山要兩三天的路程才能夠到，到了之後他如果不願見你，他可
能去遊山玩水了，你還找不到他。這種文化關係是很重要的，它培養
了越中文化觀世的深刻和濟世的老到。其次，「越中山水」實際上就
是魏晉山水，魯迅小時候所走到的這些地方，都是魏晉人逍遙吟詠過
的地方。魏晉文化通過山光水色就自然而然地進入了他少年時代的精
神世界。明朝有個袁宏道，袁中郎先生，他曾經寫過一首詩叫《山陰
道》，他把山陰道，把「越中山水」同杭州西湖相比較，他認為「六
朝以上人，不聞西湖好」，六朝人所知道的好山水是在紹興、在越
中。「彼此俱清奇，輸他得名早。」杭州是唐宋以後發展起來的，而
且那種勢頭超過了「越中山水」。魯迅是通過他的家鄉的因緣、地理
的因緣接觸了魏晉。

　　但是魏晉文化是一個大的集合體，在這個大的集合體中，魯迅沒

有選擇王羲之談玄的名士派的傳統，也沒有選擇謝靈運的山水詩的傳統，而是選擇了嵇康和阮籍，他的器識、氣質、時代感受和精神選擇在這裏起了很重要的作用。我們過去講魯迅的精神結構，往往講尼采、易卜生、克爾凱郭爾、斯蒂納的影響，應該承認尼采對魯迅的影響較深，易卜生他也知道得較多，但對於克爾凱郭爾和斯蒂納，魯迅僅知道其名而已，沒有專門的研究，他不過是把他們當做西方的世紀末思潮——張揚個性、推重精神、爭天抗俗的潮流中人予以介紹。也應該承認，有這種世界知識和思潮的背景，極為關鍵，它使魯迅的知識結構在「四野之學」「四庫之學」以外，又增加了「四洋之學」的維度。然而對魯迅的精神結構影響最深的還是嵇康。我過去講魯迅的文章中有「嵇康氣」，唐弢先生當時就覺得是非常重要的見解。魯迅花了二十多年的時間校勘《嵇康集》，而且現在手稿都還有三部，從頭到尾把《嵇康集》抄三次啊，用了七八個本子來校勘，從而成就了最有特點的《嵇康集》的精校本。以他積學深功的著重點來看，他對西方很多哲學家的瞭解遠遠不如他對嵇康的瞭解。嵇康實際上跟紹興也有著深刻的因緣。根據魯迅對他家鄉的文獻的收集，其中有一部虞預《晉書》裏面講了嵇康，說嵇康的祖上是會稽人，後來遷移到安徽的銍縣，為了不忘記他的祖宗之地，把紹興的「稽山」兩個字合成一個字作為姓氏，以表示不忘本。以一個姓氏勾連著跟魯迅的深刻的鄉土淵源，這也是很有意味的事。

　　魯迅深知魏晉，他那篇《魏晉風度及文章與藥及酒之關係》的講演，講得最出神入化的是哪一部分呢？講得最出神入化的是關於魏晉的名士服用五石散這種有毒性的藥。他說到服了五石散之後，身體就要發熱，發熱之後就要出去行散，還不能夠穿新衣服，不能穿緊身的衣服，要輕裘緩帶，衣服又不能經常洗，洗了之後容易擦破皮膚，所以很髒，裏頭長了很多蝨子，「捫虱而談」，抓了蝨子一邊咬一邊在那

裏談學，於是孟子的地位得到了顯著的提高。魯迅為什麼要這麼說呢？魯迅是學過醫的人，他懂藥，懂得藥性！重要的不僅在於存在著什麼東西，而且更在於你發現了什麼東西。如果換一個懂音樂的人去講嵇康，可能就講《廣陵散》的妙處，講「聲無哀樂」的道理，他注意的是音樂。文學和文學研究是包含人的生命體驗的，這種生命體驗按之人情物理，古今有相通之處，因此我們可以引申出「知性求貫」的文化法則。魯迅懂藥言藥，就連他講拿來主義，也拿來了他的童年記憶設喻。《拿來主義》中說有個大宅子，裏面有魚翅，有鴉片煙，有煙燈煙槍，還有姨太太，就看你以什麼態度、什麼原則去分別處理，處理得當，就是好的繼承者和創造者，處理不得當就成敗家子。比如對於鴉片就有三種處理方法：一種是走進臥室去當吸毒者；一種是當眾扔到廁所裏，以顯示徹底革命；還有一種是送到藥房裏面去，用做治病的藥材，卻不必大肆宣揚什麼「祖傳藥膏，賣完即止」，不要到處炒作做廣告。事物的用途當然和它的材質有關，但也可以用理性態度和科學手段對之進行轉化，化害為利，變廢為寶。不妨進一步細想一下，這個大宅子在哪兒？不是恭王府，不是王公貴族的府第，沒有金銀珠寶、金碧輝煌，也不是農家，擺滿犁耙鋤鐮、豬狗雜物，大概是魯迅故里的紹興東昌坊口新臺門那種大宅子。就是說它是一個將要破落的士大夫家庭裏的宅子，反映了宅子裏面的家庭結構、經濟狀況和行為方式。這在清朝末年的舊式家庭裏面是很典型的。只要研究過魯迅家世的人都會知道，鴉片煙和姨太太對魯迅這個家族的敗落起到了什麼樣的作用。他的祖父就是兩妻三妾四個僕人。所以一個人的童年記憶包含著他生命的原始印痕，在此後的寫作中會經意或者不經意地流露出來。拿來主義不是隨便拿來的，順手掏著自己心窩，可能不經意地把原始記憶拿出來了。所以我們研讀古今典籍，要獨具慧眼地看到典籍背後存在一個活生生的人，唯有深入人性人情，才能溝通古往今來。

以上考察了「三四之學」，考察了大文學觀視野中的中國文學的學術文化背景。在這種「三四之學」背景下的文學研究的古今貫通，存在著「能大始貫」「有識方貫」「知性求貫」等文化原則。這些原則是在研究作為古今貫通的關鍵人物──魯迅的時候得出的，反過來我就用這些原則開發出很多新的文化資源，並且在新的視野和新的邏輯中深入地清理古今各種文學元素運行的軌跡、組合的方式和變異的形態。

二　古今貫通的時間和空間維度

古今貫通既是大文學觀的一項題內之義，同時又只有用大文學觀才能「斟酌古今，貫通條理」，貫通得順暢而且深厚。從語義學上說，貫的本義是錢串，古代銅錢用繩子穿起來，以千錢為一貫。通的本義是道理通達，《易經・繫辭上》說：「一闔一闢謂之變，往來不窮謂之通。」《孫子兵法・地形篇》更接近本義：「我可以往，彼可以來，曰通。」貫可以是縱貫，也可以是橫貫；通可以是左右通，也可以是前後通，它們都存在時間和空間的維度。但不是說，簡單地在古代找個什麼文學現象，在現代又找個類似的文學現象，然後加以連綴就算貫通了。貫通是朱熹論學的常用語，這當然是從程顥、程頤兄弟那裏來的，《二程遺書》卷十八就有這樣的話：「若只格一物便通眾理，雖顏子亦不敢如此道。須是今日格一件，明日又格一件，積習既多，然後脫然自有貫通處。」朱熹的《四書或問》卷二、《朱子語類》卷十八，幾乎重複了二程的同樣的話，說明為學必須循序漸進，在積累既多中達到豁然貫通。朱熹還進一步強調貫通的深度，他在評議治學的「四旁中央之喻」時說了這樣的話：「蓋曰不極乎四旁之所至，則不足以識中央之所在，故必由四旁而識中央，如因博以求約

也。此其意亦善矣。然四旁中央終成兩處,不若以貫通言之之為密也。」對於「四旁中央之喻」的貫通的空間性,他並不排斥,但更追求的是貫通的精密的內在性。他接過話頭,這樣談論「因博求約」的命題:「貫通處便是約。⋯⋯積累多後,自然脫然有貫通處。積累多後便是學之博,脫然有貫通處便是約。」又說:「大凡觀書,從東頭直著築西頭,南頭築著北頭,十穿八透皆是一理,方是貫通。古人所以貴一貫也。」[4]這些論述,呼應著《論語・里仁篇》孔子所說「吾道一以貫之」的思維方式。由此也可以明白,貫通不僅有時間性的古今、空間性的彼此,還有穿透性的內外,它存在著三個維度。

首先,考察一下貫通的空間維度。錢鍾書講,他的《管錐編》的方法是「求『打通』,以中國文學與外國文學打通,以中國詩文詞曲與小說打通」「『打通』而拈出新意」。[5]這種「打通」是跨文化、跨文體的橫向的,呼應著這種學理思考:「東海西海,心理攸同;南學北學,道術未裂。」[6]所謂攸同、未裂,講的是涉及東西南北的貫通的空間性。《管錐編》中講了一個「不識鏡」的故事,講的是有一個人買了一面鏡子回到家裏,他家裏人不認識鏡子,他的妻子拿著鏡子一看,大叫起來說:不得了了,我丈夫怎麼帶回來一個漂亮的女子!他的丈母娘跑過來說:給我看看。她拿過來一看,發現不僅領回一個漂亮女子,連丈母娘都領回來了。行文又在鏡花水月上繼續引申,講了一個古希臘的水仙花的故事:一個美少年,看到的水裏有一個美少年,不知是自己的影子,對他很是愛慕,最後跳到水裏死了,變成了水仙花。西方就把自戀症叫做水仙花症。錢鍾書說中國人的水仙花症

4 〔南宋〕朱熹:《四書或問》,卷三十三;(南宋)黎靖德:《朱子語類》,卷四十九、卷五十七,均據四庫全書本。

5 鄭朝宗:《管錐編作者的自白》,載《人民日報》,1987-03-16。

6 錢鍾書:《談藝錄・序》,1頁,北京,中華書局,1984。

其實是山雞症，他從六朝的兩本志怪書中找了兩個例子：一個是說一隻山雞看到鏡子中有它的影子，它們就比賽跳舞，跳得越來越歡，最後累死了；還有一隻山雞非常喜歡自己的羽毛，整天到水邊照自己的影子，照得頭暈目眩，最後栽到水裏淹死了。[7]這樣中外就打通了，不同文體也打通了。但是這種空間打通，同樣存在著內外穿透的問題，就是說，古希臘的水仙花症或者自戀症，在西方的知識系統中已經進入了主流部分，進入了文化的主體結構；中國的山雞症如果不是博學如錢鍾書先生提醒我們，可能我們很多人還不知道，它還處在文化結構的邊緣部分。一個同樣或近似的文化要素，到底是處在文化結構的核心部分還是邊緣部分，它所具有的價值和它所發生的功能是很不一樣的，結構中的位置制約著文化因素的功能意義。比較文學不要光找到兩個相似的東西就算完事了，而要在找到之後進一步考察它處在這個文化結構的哪一部分，它又是如何發揮它的功能的。這就是貫通的穿透性。

貫通的穿透性關係到貫通的意義深度，是我們搜尋到中外的或古今的文學要素的相似點而進行比較闡釋時，必須著重用力的問題。比如說中國人講時間叫「年月日」，西方人講時間叫「日月年」。並不是說我有的你沒有，同為地球上的人類對天地日月運行的時間節奏感，不可能沒有共同之處。但是我們還須往深處穿透，看到中西時間表述的順序不一樣，順序不一樣就是意義不一樣。為什麼這樣講呢？思維過程中的第一關注點不一樣，你首先關注的是年，還是首先關注的是日；關注之後的思維方向不一樣，你是由大而小還是由小而大；思維方向上前後的銜接方式不一樣，你是用年統率月，月統率日，還是用日積累成月，月積累成年。這就分析出了一系列存在文化差異的問

7　錢鍾書：《管錐編》，二冊，751、752頁，北京，中華書局，1986。

題。文化之為物不是要你找一個很偏僻的材料去證明它，文化是滲透到你的日常生活中，使你習而不察，習慣成自然。這個「年月日」和「日月年」就涉及中西方不同的時空觀念和時空結構的方式，是統觀性的時間觀念，還是分析性的時間觀念，是以大觀小的時間結構方式，還是以小觀大的時間結構方式。所以中外或古今貫通的問題，並不是簡單地找幾個例子比較一下就了事，而應該在比較的同時進行深度的學理追問和意義穿透，從而把握文化和文學的本質特徵。

其次，考察一下古今貫通的時間性。古今貫通可以由古通今，也可以由今通古，研究現代文學的人可以進行探流溯源，在時間上節節往上推；研究古典文學的人可以順流而下，考察後世的承續、接受和變異。因為雖然自然時間總是往一個方向走的，但是知識的時間卻是可以倒回去的。這就既有往上追蹤的溯源之學，又有往下跟蹤的譜系之學，共同構成古今貫通的很重要的兩個思維方向。

但是如果我們要溯源，或者要進行譜系的跟蹤，就涉及一個問題，就是要把一種文學現象或者文學成果，分離出很多文化的因子（文化因），比如說分出一個情節的片段，或者分出一個意象，以此作為知識質點進行溯源和跟蹤。比如說王國維的《宋元戲曲史》，實際上是怎樣寫成的呢？在搜集資料和寫作的過程中，他是把元雜劇分成很多個文化因素，比如唱詞、表演、臉譜、角色這麼一些文化因，然後從先秦的文化，從楚國的《九歌》、女巫的表演，一直追蹤到漢唐，追蹤到宋元，把每一個文化因的線索勾勒得一清二楚，看它在每個時代呈現什麼形態，增加了什麼，丟失了什麼，從民間和外來文化中吸收了什麼，相互間又是如何組合。對每個文化因都下了一番硬工夫，自然全書就寫得很紮實。比如說角色是中國戲曲系統中最具民族特色的文化因，王國維為此專門作了一部《古劇角色考》，追蹤和考辨唐宋以來戲曲中「生旦淨丑」是如何演變過來的線索。僅一個

「旦」角，他遍引古書，列出十四種名稱；對於「淨」角，他認為在唐朝叫參軍、蒼鶻，到宋朝變做副淨、副末兩個角色，「淨」是參軍角色急促發音所致。所以王國維的《宋元戲曲史》是把一個完整的文學成果或者文學現象分析成若干文化因，然後對之進行探源學或者譜系學的貫通研究的典範。

　　如果分切和提煉出來的文化因是意象，在意與象的組合和添加中，就牽動了非常豐富的社會心理和審美情趣。比如現代文學研究中，過去幾年由於受海外研究角度的影響而湧來了一個「張愛玲熱」。張愛玲有篇小說叫做《琉璃瓦》，講的是有一戶人家姚先生生了七個女兒，人家就笑他的太太是瓦窯，因為中國古代生男孩叫「弄璋」，生女孩叫「弄瓦」，所以他的太太得了「瓦窯」的綽號。但姚先生另有說法：「我的女兒可是很漂亮的，個個素質都很好，所以我那是琉璃瓦，不是一般的瓦。」接著就展示他和女兒之間在選擇對象的標準上所存在的差異。大女兒好像還跟隨著他，由他來選擇，他選擇把他女兒配給印刷廠老闆的獨生子，姚先生是印刷廠廣告部的主任。結果老闆怕人家講他搞裙帶關係，反而給姚先生降了一級，原來是廣告部主任現在變成廣告部副主任，他為此窩了一肚子氣。二女兒以後就不受她父親的擺佈了，自作主張嫁給了機關裏的三等秘書，還嘲笑爸爸干涉女兒婚事，落了個「話柄子」。姚先生無奈就想把三女兒嫁給一個杭州綢緞商人的獨生子，去接受那份財產。杭州的綢緞商人的兒子來跟他女兒相面的宴席間，有個北大預科的學生，他女兒就看中那個白面書生了，還諷刺富商子弟是木頭人、椰子腦殼，「頭髮朝後梳，前面就是臉；頭髮朝前梳，後面就是臉」。活活把姚先生氣得躺在床上歎氣。這種充滿戲劇性的情節，從婚姻家庭的角度考察了父女兩代的代溝。正當姚先生氣倒在床上的時候，他的太太的肚子又大了，人家說姚先生明年就五十大壽了，剛好湊滿一個八仙桌，八個女

兒，八仙上壽。《琉璃瓦》的故事透視了上海灘十里洋場近代生活的變遷，「父母之命，媒妁之言」的舊式婚姻制度逐漸瓦解，父女兩代文化出現了裂痕，終身大事已經滲入了書香與銅臭相混雜的困惑和煩惱。

如果把琉璃瓦作為意象往上追蹤，就可以聯想到《詩經‧小雅‧斯干》裏面就有生男生女，「弄璋」「弄瓦」的古老風俗。再往下追蹤，班昭，就是班固的妹妹寫的《女誡》裏面也對這個「弄瓦」作了一番解釋：「古者生女三日，臥之床下，弄之瓦磚，而齋告焉。」《詩經》的「弄瓦」，按經學家的說法，是以鎮壓紡織機的瓦磚作為玩具，因為男耕女織是農業社會基本的性別角色分工。古詩中說生女為「弄瓦」的地方不少，大體上還是按照儒家傳統解釋來使用。到明代文人遊戲筆墨，有個叫陸粲的，寫過一部筆記，叫做《說聽》，這「弄瓦」的意象就變成了「瓦窯」的意象。他是這樣寫的：有一個叫翟永齡的人，他滑稽多端。無錫有個叫鄒光大的人，年年生女兒，生了之後都請翟永齡去喝酒，翟永齡就作首詩跟他開玩笑：「去歲相招云弄瓦」，去年你招我去喝酒說是「弄瓦」了；「今年弄瓦又相招」，今年你又「弄瓦」了，又來找我去喝酒了；「寄詩上復鄒光大」，就是說我寄首詩給你鄒光大；「令正（你的妻子）原來是瓦窯」。這種重男輕女，對生育女孩不夠尊重的遊戲筆墨，被清代褚人獲的《堅瓠集》轉載而擴大了影響。另一位清人鄭方坤的《全閩詩話》卷六引了《笑史》中的一則明代笑話，說福建建陽的王申有才而淺薄，鄉人遊必舉連生兩個女兒，都舉辦「湯餅會」，王申每次都赴宴。到遊必舉生第三個女兒不請客的時候，王申就寫了一首詩挖苦他：「數年生女必相邀，今度如何不見招？但願君家常弄瓦，弄來弄去弄成窯。」這已是有點缺德的惡作劇了。不過，「瓦窯」的意象依舊沿襲。清代蒲松齡《聊齋誌異》有一篇叫《翩翩》，說落魄浪子羅子浮為容貌若仙的翩翩收留，後有花城娘子來訪，說是又生了一個小婢子，翩翩就譏笑

她：「花娘子瓦窯哉！」[8]似乎「瓦窯」已成為常用語，譏笑中並無多少惡意。其後，李汝珍《鏡花緣》第六十二回，寫多九公帶著一批才女到長安赴考，住在寬敞的紅文館，多九公誇耀自己找住處的功勞說：「據說卞府有七位小姐，孟府有八位小姐；因他生的小姐過多，所以卞、孟兩位夫人，人都稱做『瓦窯』。還有許多親眷姊妹，連他兩府，約有三四十位，因此才備這所大房。」[9]晚清王韜等寫的《淞濱瑣話》，也記載南昌貴公子張瑞仙出三千金為妓女脫籍，迎回家當妾，卻連生了三個女兒。張公子無奈歎息道：「此真瓦窯也。」此妾從此失寵。在宗法社會中，婦女因生子而貴，如果只生女兒，她的地位就會一落千丈。

但是我估計張愛玲沒有這麼多的學問，她的「瓦窯」意象也許是依據常語，也許是從張恨水來的。因為張愛玲說，對於前輩作家，她最喜歡的一個是英國的毛姆，一個是張恨水。張恨水的《金粉世家》第十六回中，就有一個不太重要的人物叫做余正，這個人有幾房妻妾，無奈都是「瓦窯」，左一個千金右一個千金，使余先生當了大半生的「瓦窯主人」。我估計張愛玲是從《金粉世家》這麼一個插曲性的描寫中發揮了「琉璃瓦」這個意象。在這個意象譜系之中，可以看到原始意象是「弄瓦」，到什麼時候出現了「瓦窯」？而「弄瓦」和「瓦窯」又怎麼變成了「琉璃瓦」，在意象更迭中隱含著的意義是什麼？在這幾種的變化中，由原來可能是重男輕女的、男尊女卑的價值體系裏邊出現的「弄璋、弄瓦」，變成了歧視生育婦女的「瓦窯」，後來又變成父親以為奇貨可居，實際上隱含著父女兩代的不同價值選擇的「琉璃瓦」，這個意象譜系折射了一種精神史過程。因此，意象的追蹤，實際上成了精神史的追蹤。

8　朱其鎧主編：《全本新注聊齋誌異》，三冊，445頁，北京，人民文學出版社，1989。
9　〔清〕李汝珍：《鏡花緣》，六十二回，456頁，北京，人民文學出版社，1979。

　　從精神史的角度追蹤意象譜系，是古今貫通的極佳方法。研究古典文學的人可能都知道一個事實：《楚辭》無梅，杜詩無海棠。杜甫的詩沒有出現過海棠的意象。杜甫四十八歲到四川，五十七歲離開重慶的奉節（夔州），在四川整整待了十個年頭，而四川在古代有「香海棠國」的美譽，他在海棠最盛最名貴的地方待了十年，竟然沒有寫過海棠。宋人很不理解，但是這又是事實，比如王安石有一首詠梅花的詩就這麼說：「少陵為爾牽詩興，可是無心賦海棠。」蘇東坡跟歌女交往，經常給人家吟詩作賦，有一個叫做李宜和他交往了很長時間，他卻沒有作詩給李宜。李宜有意見，東坡就給她寫了一首詩：「東坡居士文名久，何事無言及李宜？恰似西川杜工部，海棠雖好不吟詩。」——不是你不漂亮不姣美，杜甫也沒有給姣美動人的海棠花寫詩嘛。所以杜詩中無海棠，很讓喜歡海棠又很尊敬杜甫的宋朝人不理解。有兩三部詩話就說了這麼個原因：杜甫的母親小名海棠，為了避諱所以不寫海棠。那麼實際情況是不是這樣呢？實際情況是杜甫沒有寫過海棠，李白也沒有寫過海棠，元稹、白居易、韓愈、柳宗元都沒有寫過海棠。盛唐和中唐前期只有王維寫過一篇《左掖梨花》，左掖就是門下省，管理最高政令的審議批改，在王宮的左邊辦公。《文苑英華》作了個注：「海棠花也。」不是王維本人而是後人作的注，可見王維所處的盛唐時代，海棠花還叫做梨花——海棠梨。所以杜甫的母親，一個河南的老太太，在比盛唐還要早的年代不可能以海棠來作為她的小名。海棠花作為詩人的意象是中晚唐以後。中唐有一個王建，他寫過《宮詞一百首》，其中一首寫道：「元是我王金彈子，海棠花下打流鶯。」就是說，原來是我們的國王，如今卻用他的金彈子在海棠樹下打黃鶯鳥。這是很美的景象，但還沒有形成意象。到了鄭谷已是晚唐了，他到四川就寫了《蜀中三首》，其中有一句話是這樣的：「卻與海棠花有約」，他跟海棠花有約定了；「數年留滯不歸人」，

海棠花把他迷住在那裏幾年都回不來。所以晚唐五代宋以後，海棠花才逐漸寫火了，成為詩人常用的意象。至於宋人寫海棠花，比如蘇東坡「東風嫋嫋泛崇光，香霧空蒙月轉廊。只恐夜深花睡去」，他怕夜裏海棠像個美人一樣要睡覺了，「故燒高燭照紅妝」。蘇東坡流放到黃州的時候，住在定惠寺，東山上有一株非常茂盛的海棠花，年年海棠盛開的時候他都到那裏去喝酒。他非常感慨，海棠本來是四川名花，是哪一隻鳥把它的種子銜到這個山溝溝裏來的，而且這麼好的海棠花在山溝溝裏也沒有人來欣賞它們，真是天涯淪落如海棠啊！海棠就是東坡，東坡就是海棠。宋人還作過《海棠譜》，秦觀還把海棠作成曲子叫做《海棠春》。宋人把海棠做大了，再返回去就覺得杜甫這個老祖宗為什麼不寫海棠，才編出關於他母親的故事。但是在盛唐時期，詩人的意象不是海棠而是牡丹，是鷹，是馬，是這麼一些雄偉、陽剛的意象。海棠是在晚唐五代宋之後才進入詩人的意象系統，只有到了中晚唐之後人們的感覺才這麼纖細，心儀姣美，這跟文人詞的崛起同步，詞體本多女兒腔，實際就是詩歌文體中的海棠。所以這麼一分析，海棠意象的出現和流行實際上包含著歷代詩人的感覺史及詩人的精神史。

　　既然海棠意象蘊涵著詩人詞客對姣美的纖細感覺，那麼在20世紀三四十年代那樣的社會災難和民族危機中，它就不可能獲得作家格外的青睞，即便偶有光顧，意象內涵也會發生時代性的變異。比如秦瘦鷗1941年在上海《申報》副刊《春秋》上連載的社會言情長篇《秋海棠》，寫伶人的愛情是如何毀於殘暴的軍閥的。男扮女裝唱旦角的京劇藝人吳鈞，取藝名為「秋海棠」，並且對這種名花情有獨鍾，乃是另有緣由：「中國的地形，整個兒連起來恰像一片秋海棠的葉子，而那些野心的國家，便像專吃海棠葉的毛蟲，有的已在葉的邊上咬去了一塊，有的還在葉的中央吞嚙著，假使再不能把這些毛蟲驅開，這片

海棠葉就得給它們蠶盡了⋯⋯」因此他畫了一幅毛蟲吃海棠葉圖，題上「觸目驚心」四字，配上鏡框，掛在牆上以自勵。海棠意象之象發生變異，由花變為葉，也帶動著它的意義的變化，由愛憐嬌美變做追求堅貞、韌性了。所以意象的追蹤，實際上追蹤了一個精神上的、感覺上的歷史，古今貫通也須憑藉意象變異的時間性指向而穿透精神史的深層。

三　古今貫通的四種管道

既然古今貫通存在著時空結構和內在深度，貫通的方式就必然在其立體的縱深中展開豐富而複雜的管道。文化資源的浩繁深厚，思維方式的創造更新，以及研究者的知識結構和個性，都從不同的角度影響貫通管道的多樣性。就我淺陋的知識和經驗所見，起碼有四個管道可能具有相當的普適性和可操作性。

第一條管道是對原型思維的把握。因為人的思維受一定生產生活方式和社會文化方式的制約，經過長久的沉積和經典的作用，可能形成一些群體潛意識或原型思維方式。這種原型思維或群體潛意識涉及宇宙模式、時空想像、圖騰約定、心理定勢、色彩象徵、意境體驗，因而給古今貫通提供了中介環節。我講一個很簡單的例子，《三國演義》《水滸傳》《西遊記》，這三部書都是從民間產生而經過文人的整理成書的帶有史詩性的章回小說。我們讀這三本書的時候，可能會發現一個問題：這三本書的主要人物的結構都是主弱從強，就是第一把手比較懦弱，跟隨他們的那幫人很強。劉備和諸葛亮、關羽、張飛、趙雲是這麼一個模式，宋江跟吳用、林沖、李逵也是這麼一個模式，唐僧跟孫悟空、豬八戒、沙僧也是這麼個模式。主弱從強，如果光是在一本書中出現也就罷了，但是三本書都出現類似的問題，這就很值

得注意和深思。到底是什麼樣的原因呢？當然它有敘述策略、講個好
故事的原因，因為如果說在《西遊記》中，唐僧像孫悟空那麼神通廣
大，一個筋斗就翻到西天去了，《西遊記》還有什麼寫頭啊？就是因
為唐僧比較懦弱，不辨人妖，不僅如此，他還長了一張娃娃臉，還長
了一身據說吃了之後長生不老的嫩肉，這就引得沿途的男女妖精垂涎
三尺，招災惹禍，才需要孫悟空去解決這些妖精，破災解難，從而產
生一種充滿張力、曲折和莫測感的敘事過程。同時孫悟空、豬八戒和
沙和尚的角色配置，也充滿大智慧。因為在古老的《大唐三藏取經詩
話》中只有孫行者，在元朝以後才配齊豬八戒和沙和尚。孫悟空是一
個野神，野性不馴，而豬八戒是個俗神，七情六欲各種世俗的欲望都
很發達。這哥倆碰在一起，就出現了很多喜劇性。比如孫悟空就說：
八戒你去巡山吧，看看有沒有妖精。這豬八戒去巡山，巡了半天，哪
裏有妖精，乾脆他就在一塊石頭上面睡覺了。孫悟空就變成一隻啄木
鳥去啄他的鼻子，八戒就說：這個瘟鳥總以為我的鼻子是根朽木頭，
裏面有蟲子。他就把長嘴拱在袍子裏面睡覺了。猴哥、呆子就這麼互
相捉弄，互相使壞，使取經的長途化險惡為戲劇性和幽默感，這種手
法真高明。還有一個沙和尚，他的用處就是無用，如果沙和尚也像悟
空、八戒那樣有本事、有個性，就擺不平了，也那樣打打鬧鬧就不可
收拾了。但是如果沒有他的無用之用，師傅一給抓走，孫悟空可能就
回花果山了，豬八戒就回高老莊當回爐女婿了。就是因為有一個沙
僧，他的作用就是沒用，但講的話都很在理，是一種黏合劑、潤滑
油，這裏抹一抹，那裏抹一抹，東抹西抹，九九八十一難就走完了，
從來的小說都未見有如此出色的性格、本領長短互動互補的敘事技
巧。但是我們不妨進一步深思：三本由民間產生的書，都有一個主弱
從強的人物結構，難道僅僅是為了敘事的熱鬧出彩，就沒有深層的文
化意義嗎？原來這裏隱藏著中國人的一種原型的文化結構，一種對仁

與智、勇之間的關係的潛在認識。仁賦予智和勇以價值，智和勇賦予仁以動力。如果沒有唐僧這種很虔誠的信仰來賦予孫悟空、豬八戒他們以價值的話，孫悟空、豬八戒他們只不過是妖精。如果沒有劉備的仁政愛民和正統觀念賦予諸葛亮、關、張、趙雲以價值的話，諸葛亮不過是一個謀士或策士，關羽、張飛、趙雲只不過是一勇之夫。同時智和勇又給仁以一種動力，沒有這種動力，仁就沒有實現的可能。而且仁對智、勇的駕馭，是以柔克剛，以柔來駕馭剛的。可能就是中國民間文化有這麼一個原型的心理形態，才會在明代三部奇書中自覺或不自覺地產生這些類似的人物結構。似中求深，是破解原型的重要方法。

這種原型思維滲透到很多方面，比如說對顏色的滲透，就很值得考究。魯迅在《臉譜臆測》一文中，引述一位戲劇評論家認為臉譜採用象徵手法的觀點，「比如白表『奸詐』，紅表『忠勇』，黑表『威猛』，藍表『妖異』，金表『神靈』之類，實與西洋的白表『純潔清靜』，黑表『悲哀』，紅表『熱烈』，黃金色表『光榮』和『努力』」，都屬於「色的象徵」，雖然比較單純、低級。但是以什麼顏色象徵什麼意義，中西之間有很大差異。魯迅對這種觀點並不滿意，他只是藉此作為由頭，從而展開社會批評。魯迅嘲諷說：「富貴人全無心肝，只知道自私自利，吃得白白胖胖，什麼都做得出，於是白就表了奸詐。紅表忠勇，是從關雲長的『面如重棗』來的。『重棗』是怎樣的棗子，我不知道，要之，總是紅色的罷。在實際上，忠勇的人思想較為簡單，不會神經衰弱，面皮也容易變紅……黑表威猛，更是極平常的事，整年在戰場上馳驅，臉孔怎會不黑，擦著雪花膏的公子，是一定不肯自己出面去戰鬥的。」[10]這就以階級分析的方法，來解說顏色

10　魯迅：《魯迅全集》，六卷，133頁、134頁，北京，人民文學出版社，1981。

的象徵了。但是在不同的民族、不同的領域，顏色象徵的意義存在不同的模式。黑色在中國五行說中對應水，屬於北方之色，但在莎士比亞的戲劇中卻有這樣的句子：「黑色是地獄的象徵，是地牢之色，是黑夜的衣裳。」顏色給人的心理刻痕和精神暗示，是非常深刻的。德國大詩人歌德寫過《色彩論》，在破解顏色心理迷宮時，提出與心理感受相聯繫的「眼睛的顏色」的說法，他甚至說過：「一個俏皮的法國人自稱，由於夫人把它的內室裏傢俱的顏色從藍改變成深紅色，他對夫人談話的聲調也改變了。」可見顏色深刻地聯繫著原型思維，不斷地製造了心理定勢。

因此，馬克思說：「色彩的感覺，是一般美感中最大眾化的形式。」這就是說，顏色是我們對世界發生感覺的最基本的形式，色彩詞的妙用，可以重現我們感覺世界的心理過程。杜甫的一首詩中有個句子：「綠垂風折筍，紅綻雨肥梅。」他和朋友到一家園林裏遊玩，頭一天晚上颳風下雨，今天看見「綠垂風折筍」，綠色垂了下來，風吹折了竹筍。人感覺世界首先看到了顏色——綠，第二步看到顏色的姿態是垂下來的，然後才去追究它的原因，原來是昨天夜裏風把竹筍刮斷了。這就是詩，詩的思維是要感覺先行，你要說「風折筍兮綠垂」那就是另外一種賦體了。紅色的綻開——「紅綻」，原來是雨把梅花喂肥了。「紅綻雨肥梅」，就是他先看到的是紅，看到顏色，然後才看到顏色的姿態，看到綻開，最後才想到它的原因是雨把梅花給喂肥了。所以顏色的感覺處在人與世界發生關係的整個程序的前段。

顏色對於人認識世界和感受世界的重要性，在於推動人把顏色進行神話化、宗教化和審美化。佛教把人間的萬象都叫做「色」，與「空」相對。顏色具有很強的象徵性，在日常生活和審美生活中，紅色可能象徵「革命」「剛烈」或者「赤誠」，黑色可能象徵「黑暗」「沉重」或者「悲哀」等。民族群體的潛意識，使顏色原型化。五四

時期喜歡寫田園詩情調的小說家廢名的作品，就散發著顏色象徵的氣氛。他映襯人物的青春氣息多寫翠竹，烘託古樸的鄉風民俗常用楊柳，諷刺農村的世態人情出現了槐樹，用的都是綠色，但有翠綠、碧綠和蒼綠的區分。至於寫理想境界，則用了粉紅色的桃園，這可能受了陶淵明《桃花源記》的影響。可以說，廢名的現實世界是綠色的，理想世界是桃紅色的。沈從文的長篇《邊城》裏面到處都是綠色，連女主人公的名字「翠翠」都是從這一派綠色中撿來的，在遍地竹篁的青山綠水中蕩漾著人與自然和諧的靈性。上海的新感覺派的顏色選擇，就沒有這種翠綠色的靈性。他們筆下的都市風景線，都像霓虹燈那樣五光十色，變幻而且破碎。穆時英寫的《夜總會裏的五個人》，追逐著十里洋場燈紅酒綠的光潮，用過敏緊張的神經末梢去感受聲色的刺激。在大馬路商場霓虹燈的映照下，報童一會兒張著藍嘴、藍牙、藍舌，瞬間又變成紅嘴、紅牙、紅舌，在斑駁陸離的變幻中，把顏色破碎化和魔鬼化了。在皇后夜總會的跳舞場裏，顏色又被切割得黑白分明：白的臺布，白的臺布，白的臺布，白白白；臺布上擺著的黑的啤酒、黑的咖啡，黑黑黑；然後旁邊的男子穿著禮服，黑的白的，又一大堆黑頭髮白臉，黑領結白襯衫。這篇小說用很強烈的顏色碰撞，把人的穩定性、完整性碰碎了，碰得傾斜了，在顏色變幻中走火入魔，托出了一個騷動不安的夢魘。像這樣一種顏色的遊戲，製造出了現代消費都市的光色原型。

　　第二條古今貫通的管道，是對地理情結的透視。我曾經提出文學地理學的研究維度，有感於過去的歷史地理學主要是研究山川城鎮的名稱疆域的歷史沿革，有必要以文學地理學的方式在歷史地理學這樣一些硬邦邦的知識上，加入一點人的體溫，關注人。《孟子‧盡心上》說「居移氣，養移體」，《荀子‧勸學篇》說「君子居必擇鄉，遊必就士」，《荀子‧儒效篇》又說「居楚而楚，居越而越，居夏而夏，

是非天性也，積靡使然也」，因為中華文明的主體文明是一種農業文明，地理的情結是帶根本性的精神根脈，我們從古到今的很多書都是以地理來結構的。例如，《詩經》的十五國風就是用周代中原諸國的地理因素來結構的。《楚辭》以江漢湘沅間的楚國原始巫風思維和民間歌謠入詩，它的第一個字「楚」，就是用地理國名來命名的。像《國語》《戰國策》和《山海經》，都是以國別以及山川走向、陸海方位來結構全書的。所以，人文地理的因素，在一個國土廣闊、民族眾多，民族、家族人口不斷遷徙的文明中是產生豐富多彩的民風民俗、民族地域文化的非常關鍵的因素。研究沈從文的小說中「湘西世界」的若夢若幻的浪漫情調，包括《神巫之愛》中巫師和啞女的神秘愛情，《龍珠》中部落王子與寨主的千金唱歌求愛，都可以體驗到湘西沅水流域的《九歌》遺風，用沈從文的話來說，就是從古老的井裏面汲取新鮮透明的泉水。研究沈從文這類作品不分析楚風的影響，就很難觸摸到他的文化之根。

研究魯迅小說的茶館酒店文化，故事新編形式以及雜文中的野史雜學和民俗戲劇因素，都不能脫離其中非常深厚而獨特的浙東文化之根，都有必要考察越文化堅實而強勁的流脈。人文地理在自然地理之上增加了流動性。浙東文化內蘊著中原文化向江南流動的過程。浙東重要的思想家比如說漢代的王充、宋代的呂祖謙、明清之際的黃宗羲，屬於這個文化流動的過程，又屬於江南文化的東南翼。像這樣的一些文化現象是不能簡單地套用一些現代文化概念的。比如分析王充，說他哪句話是唯物主義的、哪句話是唯心主義的，當然你可以這樣去辨析，但這種見解是缺乏對具體地理生存環境中的動態過程的深入分析。甚至不看你的書就知道你所描述的王充是什麼，他是唯物主義，你一定會說這樣的話；他一些論述帶有辯證法，是樸素的辯證法；他的歷史觀是唯心主義的，但是有一些是很精彩的、可取的地

方。用許多材料講述一個常見的，甚至不讀也可以知道的思想，跟那些立足於豐厚的史料之上，又有創新思維，可以讓人反覆閱讀的書，是處在不同的學術文化檔次的。千篇一律最要不得，第一個人這樣講就可以了，但不要一個人一個人都跟著這樣講。首先要給王充進行學術文化的定位，王充所生活的東漢時期是古文經學和今文經學之間在爭論，古文經逐漸取代今文經成為主流的時代。王充是獨立於潮流的，他師事史學家班彪，即班固的父親，不是經學家，不屬於主流文化中人，而是站在經學外面去懷疑經學的。其次是地域文化定位，他回到家鄉會稽上虞縣之後，「以為俗儒守文，多失其真，乃閉門潛思，絕慶吊之禮，戶牖牆壁各置刀筆」，才著有《論衡》。[11]會稽離洛陽很遠，如果沒有蔡邕去把他的書帶到長安，可能人家還不知道有個王充呢，所以他是站在經學主流外面的一種寫作。南宋呂祖謙把朱熹和陸九淵組織到江西鉛山鵝湖寺，就「為學工夫」進行辯論，呂祖謙不是朱熹也不是陸九淵，他是融合了兩者的「道問學」和「尊德性」，同時又對中原的文獻學用力極深，退居金華辦麗澤書院，宣導「講實理、育實才而求實用」的學風。他異於朱熹，不是屬於主流文化的核心部分，但又相容多端而使浙東文化變得很深厚。黃宗羲、萬斯同他們是搞史學的，萬斯同去修《明史》的時候以布衣的身份，審定史稿貢獻最大，但不願意當官，不署銜，不受俸，因為他懷念明朝，以遺民自居，守節不仕。清朝初年就有這樣一批為文化守節義的人，他們就不像後來的紀曉嵐那樣帶有一點御用性質。所以浙東之學這種重史學、重氣節的特點，對魯迅等現代作家有著不容忽視的深刻影響。

　　文學地理情結的形成，還緊密地聯繫著民族、家族以及文人外任

11　〔南朝宋〕范曄撰：《後漢書》，卷四十九，1629頁，北京，中華書局，1965。

貶官一類地理遷徙，他從這個地域到那個地域的民俗反差和精神體驗。這種文學地理學的角度，甚至可以用來考察王安石變法和司馬光復出後全面否定新法的元祐更化，以及由此形成的新舊黨爭。過去的研究往往從政治的角度去分析，分析他們政見的不同，一個要改革，一個要保守祖宗的遺訓，這主要是一種前進或倒退的時間維度。文學史或者文化史的研究除了時間維度之外，還有一個層面豐富的空間維度。除了政見不同之外，新舊黨派之間實際上還存在著南北的問題，南方家族和北方家族的問題。就是說王安石周圍這些人都是江西、福建人，像呂惠卿和後來的蔡京都是福建人，曾布也就是曾鞏的弟弟，是江西人。南豐曾氏和王安石的家族存在親戚關係，曾鞏的姑媽就是王安石的外祖母。曾鞏和王安石是無話不談的朋友，所以在王安石開始變法的時候，曾鞏就勸他不要搞那麼大的動作，王安石不聽。神宗皇帝問曾鞏王安石這個人怎麼樣，他用了八個字叫「勇於為事，吝於改過」。所以王安石當參知政事也就是副宰相的時候，曾鞏就要求到外地去當官，當了十幾年州通判或者知州，十二年後才回汴京，也就沒有捲入這場黨爭。曾鞏的弟弟曾布跟他同一科考中進士，和呂惠卿一起變成了王安石的左右手，後來曾布一直當到宰相，跟蔡京不和，結局很慘，被《宋史》歸入奸臣傳。王家、曾家還有個吳家，這三家是江西南豐、臨川的三個家族，互相聯姻。曾家在兩宋時期出了五十一個進士，是個很大的家族。司馬光周圍的人多是北方的家族。北方的家族安土重遷，晚唐五代這麼亂他們都不走，潭深魚聚、根基深厚，同時也趨於守成、保守。南方的家族是從北方遷移過去的。王安石的上五代可能是太原王氏，從太原南遷過來的。不要小看「遷移」兩個字，對一個家族而言，遷移是大事，遷移就是家族性格。一個家族遷移到新地方就必須要有開拓性、冒險性，甚至有投機性。潮汕人跑到南洋去，或者山東人闖關東，出不出去，闖不闖，就是一個家族

的性格。這樣形成的文學地理情結包含多個層次。一個是作家的軌跡問題，一個是家族的問題，一個是地域文化的問題，一個是文化中心轉移的問題，它們為文學研究的古今貫通提供了豐厚的文化資源。

第三條古今貫通的管道，是對精神譜系的梳理。譜系學本是一門研究家族淵源和歷史的學問，鄭樵《通志》說：「自隋唐而上，官有簿狀，家有譜系。」[12]五代兩宋以後，世族門閥制度衰落，衍化為《百家姓》和族譜。英語則稱譜系學為 genealogy。這裏借用為知識領域的精神傳承和演化。由於中國歷史很長，作家及其流派很多，人們在評判他們的時候往往對之進行精神譜系的定位和分類。比如說道的系統，就有堯舜禹湯、文武周公、孔孟程朱的道統傳承。文的系統有韓柳歐蘇等唐宋八大家以及桐城派的方劉姚，曾國藩中興桐城派而開闢湘鄉派。詩的系統比如說陶謝王孟韋柳的山水田園詩，以及江西詩派以杜甫和黃庭堅、陳師道、陳與義為「一祖三宗」。中國人的歷史意識甚濃，在知識領域也利用精神導向和風格類型來疏通血脈，探索源流。金代的作家元好問著有《論詩絕句》三十首，過去的研究都覺得他的《論詩絕句》好像文學史家一樣，在進行系統的詩歌史批評，是文學批評史上的重要史料。由此忽視了一點，實際上元好問寫《論詩絕句》的時候二十八歲，二十八歲的詩人還沒有到四平八穩地進行文學史創作的時候，他有很深的「中州情結」，是在清理「中州」詩脈，尋找自己的精神源頭。《論詩絕句》不是從《詩經》《楚辭》講起，而是從漢魏寫起：「漢謠魏什久紛紜，正體無人與細論。誰是詩中疏鑿手，暫教涇渭各清渾。」他以「詩中疏鑿手」自命，疏鑿出漢朝樂府和建安風骨這種「中州詩」的源頭，另外他還把《敕勒歌》作為又一個源頭：「慷慨歌謠絕不傳，穹廬一曲本天然。中州萬

---

12 〔南宋〕鄭樵撰：《通志》（一），439頁，杭州，浙江古籍出版社，1988。

古英雄氣，也到陰山敕勒川。」《敕勒歌》是北齊斛律金所唱的鮮卑語歌謠。[13]像元積、元好問都是鮮卑族的拓跋氏後人，鮮卑族在北魏時期改用一百多個漢姓，他的王族拓跋氏就姓「元」。很明顯，元好問把北方少數民族的歌謠和漢魏時期的樂府歌謠以及建安風骨加以疏通開鑿，作為自己的精神譜系的源頭。清代已有詩人感覺到元好問《論詩絕句》有「南北之見」，但他採取反對的態度，其實若從精神譜系學上考察，這對理解中華文化共同體的漢胡互化、南北融合，是大有裨益的。

我們研究現代文學也應該注意古今貫通的精神譜系。比如京派作家往往從陶淵明或者從晚明小品中尋找精神源頭。廢名講周作人，用「漸近自然」四個字來形容這位「知堂先生」，說他好像在拿一本自然教科書在作參考。「漸近自然」這個詞語，如果我們要追蹤的話，它是哪裏來的？原來是陶淵明給他的外祖父，東晉時候名士孟嘉寫的傳記裏面說的。[14]其中寫到孟嘉好飲酒，但不亂性情，任懷得意，寄情悠遠。大將軍桓溫問他：「酒有什麼好處，你為什麼這樣嗜好？」孟嘉回答：「只是明公您不知酒中趣味罷了。」又問他聽歌伎音樂，為什麼「絲不如竹，竹不如肉」，絲竹管絃那些樂器，都比不上人的歌喉，回答就是這「漸近自然」四字。魏晉的名士風度，講究擺脫禮法束縛，思想行為也就追求隨任自然。但是京派作家使用「漸近自然」這個詞語，就改變了陶淵明的原意，就是說他接受了陶淵明同時又改變了陶淵明，而使陶淵明的這個話更近於道家的「道法自然」的思想體系。精神譜系研究在古今貫通中，既考察文化基因的遺傳，又考察文化基因的變異。看到一個現代作家推崇某些古代作家，就要考

13　〔北宋〕郭茂倩編：《樂府詩集》，卷八十六，1212頁，北京，中華書局，1979。

14　〔東晉〕陶淵明：《晉故征西大將軍長史孟府君傳》，見袁行霈：《陶淵明集箋注》，490頁-492頁，北京，中華書局，2003。

察他接受了什麼，推崇了什麼，誤讀了什麼，他在推崇中加入了什麼私貨，在誤讀中流失了什麼成分，他側重於哪一方面，又遮蔽了哪一方面。在文化基因的增刪得失中可以窺見精神史的複雜曲折的變遷脈絡。陶淵明的外祖父的名士風度，不可能完全照搬到現代北京名教授周作人的日常生活中，周作人在進行精神對位的時候，必然由於時代和個人的差異而對陶淵明有所誤讀。所以我們在古今的貫通之中要看到精神譜系的貫中不貫、通中不通之處，要看到龍生九子，存在著許多肖與不肖的複雜形態。

第四條古今貫通的管道，是對歷史疑似的昇華。中國歷史悠久，治亂更迭，合久必分，分久必合，盛久轉衰，衰極重振，表現了一種百折不撓的異常堅韌的生命力。在多種多樣的盛衰治亂之間，出現了某些歷史相似點和可疑點。作家或借古諷今，或以古擬今，增加了寫作的自由度和精神深度。同時，歷史上世俗文風隨社會穩定和王綱解紐而起伏，引來後世文人指認為心理同構而發生共鳴。周作人1932年在輔仁大學作過一個《中國新文學的源流》的講演，認為中國古代「言志」和「載道」兩股文學潮流競相起伏，造成了一部中國文學史。而晚明公安竟陵派的文學運動，與五四新文學運動很有些相像的地方，胡適之的「八不主義」復活了明末公安派「獨抒性靈，不拘格套」和「信腕信口，皆成律度」的主張。只不過又多加了西洋的科學哲學各方面的思想，遂使兩次運動多少有些不同了。而在根本方向上，則仍無多大差異處。[15]這就是周作人從明末公安派的文章中，感受到歷史的相似性和精神同構性。錢鍾書就在《新月》雜誌發表文章和周作人辯論，說「言志」和「載道」不是一個思潮的問題，而是一個文體的問題。「詩言志，文載道」，所以詩人要寫文章的話，也是載

---

15 周作人：《中國新文學的源流》，57頁，上海，華東師範大學出版社，1995。

道的；文章家要寫詩的話，也是言志的。[16]錢鍾書的分析帶有更多的學院派特點，周作人的說法卻更帶有思潮派或者文學運動者的一種自我論證的特點。那麼周作人交代，他憑什麼理由講「言志」和「載道」此起彼伏形成了中國文學史呢？他說，他根據的就是《三國演義》開頭那句「合久必分，分久必合」的歷史循環論的格言，他從歷史的盛衰分合中，感受到跟過去的時代的共鳴點。

　　時代共鳴點固然由於這些時代存在某些相似性或同構現象，同時也由於作家的立場、觀念和個性有異，共鳴的層面和共鳴的方式存在諸多差別。魯迅就覺得他所處的20世紀二三十年代還是在宋末，讀五代、南宋、明末的野史，驚心動魄於和當時民國的狀況「何其相似之甚」[17]。所以他的雜文中常把宋朝末年、明朝末年的野史和現實的怪現狀相比較，體驗他那個時代的特點，揭露黑暗社會的吃人筵席、專制政治的剝皮酷刑、動亂時世的屠殺暴行。魯迅的歷史透視眼光是非常犀利和深邃的，他曾經設想：「可以擇歷來極其特別，而其實是代表著中國人性質之一種的人物，作一部中國的『人史』。」[18]因此他在《故事新編》中寫了女媧補天，后羿射日，大禹治水，墨子反對侵略戰爭，宴之敖者以及眉間尺的復仇。後來他又說：「近幾時我想看看古書，再來做點什麼書，把那些壞種的祖墳刨一下。」[19]於是寫了《采薇》《出關》和《起死》等歷史速寫，調侃伯夷、叔齊等古代賢人和老子、莊子等思想家，針砭當時社會避世、空談和泯滅是非的思想作風，並且以古今雜糅的敘事時空方式開拓了以古諷今的歷史小說雜文化的潮流。

16 錢鍾書：《「中國新文學的源流」》，載《新月月刊》，四卷，四期，1932。

17 魯迅：《魯迅全集》，三卷，17頁，北京，人民文學出版社，1981。

18 同上書，五卷，235頁。

19 同上書，十三卷，4頁。

　　施蟄存則在都市的燈紅酒綠中體驗怪異，他喜歡李長吉李賀，說李長吉「使我愛不忍釋」，他年輕的時候模仿李長吉作了很多詩詞怪句險句。這種敏於險怪的精神結構，使他在接受西方思潮的時候，格外垂青佛洛伊德精神分析法這種險棋。他把西方思潮和中國典籍相聯繫，在寫都市生活的時候，一再地聯想到《聊齋誌異》《閱微草堂筆記》中的妖魅和鬼影。施蟄存的歷史小說《將軍的頭》，以佛洛伊德學說解釋一員猛將與一位邊疆少女的生死愛情。這位猛將花驚定是唐朝平定了四川動亂的名將，他之所以長久留在我們的記憶中，是因為杜甫曾經給他寫過一首題為《贈花卿》的絕妙絕句：「錦城絲管日紛紛，半入江風半入雲。此曲只應天上有，人間能得幾回聞。」對於這首絕句，明清時代的一些詩評家認為杜甫在諷刺花驚定的僭越，超過禮樂標準用了朝廷才有資格使用的音樂。《論語》記載，孔子反對魯國大夫季氏用了周王才能用的八八六十四人的「八佾」舞。孔子對季氏說：「八佾舞於庭，是可忍也，孰不可忍也？」既然聖人早已率先垂範，反對禮樂制度上的僭越，那麼被明清人奉為「詩聖」的杜甫，也要反對花驚定採用「此曲只應天上有，人間能得幾回聞」的音樂標準上的僭越了。但是杜甫還寫過一首詩《戲作花卿歌》來歌頌花驚定，說花驚定非常會打仗，把四川的叛亂都平定了，把叛軍首領的首級都砍下來了。詩中讚揚花驚定的武功「絕世無」，「既稱絕世無，天子何不喚取守東都？」指責朝廷為什麼不讓花驚定到中原去平定安史之亂。花驚定可能讀了這首詩，感到杜甫這位老詩人是知音，就請他來吃飯，還用非常好的音樂來招待他，如果杜甫為此還諷刺花驚定僭越，那麼杜甫的心理也太不正常了。應該說這是感激花驚定的詩，同時也是一首很有感慨的詩。他為什麼感慨呢？他在成都竟然聽到以前只能在「天上」即長安朝廷上才能聽到的音樂，可見朝廷的音樂人才、有「皇帝子弟」之稱的梨園藝人風流雲散，盛唐的紅日已經沉沒

了。施蟄存的《將軍的頭》在題目下就引用了杜甫《戲作花卿歌》的開頭兩句：「成都猛將有花卿，學語小兒知姓名。」顯然他是讚賞花驚定的，還特意補敘了花驚定有吐蕃武士的血統，他的祖父從吐蕃到長安定居，與漢人通婚，使他不能忘情於「武勇正直」的「吐蕃人的靈魂和力量」。施蟄存自述，《將軍的頭》「寫種族和愛的衝突」。如此複雜的混血將軍，卻被朝廷委派去討伐他的祖父之邦吐蕃。他整肅軍紀，殺掉一位企圖玷污大唐邊疆少女的部下，本人卻被「少女的天真的容貌，她的深而大的眼，純黑的頭髮，整齊的牙齒，凝白的肌膚」誘惑得細胞都在震動，甚至夢魇般幻見少女裸著的肉體。直到兩軍對陣，他被吐蕃將領砍下首級，這位「滿身是血」的「沒有了頭的花將軍」，依舊沿著溪水來到他「所繫念的少女」面前，少女給他一種「漠然的調侃的態度」，使他突然感到一陣空虛而倒下去了。這種怪異淒厲的愛情結局，是帶有極大衝擊力的性心理和意志的審美昇華，令人聯想到神話中「以乳為目，以臍為口」而不改其初衷的刑天，但這無頭將軍已是帶有佛洛伊德學派意味的刑天了。這種怪異想像與李長吉詩的險怪相通，但又何嘗不是讀了杜甫《戲作花卿歌》讚揚花卿武功「絕世無」，讀到花卿對叛將首級採取「子璋骷髏血模糊，手提擲還崔大夫」的處理方式所產生的心靈震撼所致呢？據說杜甫這兩句詩是可以令人出汗治病的。《唐詩紀事》說，有人得了瘧疾，杜甫說，我的詩可以治病，你就讀一讀「夜闌更秉燭，相對如夢寐」。那人讀了，病並沒有起色。杜甫說，再讀我的詩：「子璋骷髏血模糊，手提擲還崔大夫」。那人讀了，果然病就好了。這也說明，古代文學對人的精神產生震撼，引起共鳴的方式是多種多樣的。

　　以上講了古今貫通的四種管道，是分開來講的。實際上，既然大文學觀是要展示非常開闊的文化資源、文化視野和文化邏輯，那麼古今之間的聯繫就存在著千頭萬緒和千姿百態的可能，因而對之進行溝

通的四種管道就應該交叉配置，綜合使用。交叉可以相互激起波瀾，綜合可以共同匯成巨流。最後講一講，大文學觀把古今貫通的多種管道進行交叉和綜合之後，可能會對文學研究產生什麼樣的影響。

這裏專門以古今文獻中老虎的故事為例。中國的小說和文章中寫了很多老虎，形成了龍為神聖、虎為威猛，或者龍為君、虎為臣的象徵系統。追溯起來，上古的中原，老虎不少。我們從殷墟的甲骨文中發現一些關於獵虎的占卜，商朝的國王打到老虎，還在老虎的骨頭上刻字來留念。古羌族往南遷移的這支，包括巴人，包括現在的彝族和納西族，南移移到中西部山區的這些少數民族基本上都是以虎為圖騰的，這說明中國古代老虎分佈的區域相當廣泛。現在我們看到的關於虎的記載，比較成熟的出現在春秋戰國時期。先秦時候最著名的有三個老虎。第一個是《禮記・檀弓篇》裏面的泰山老虎，「苛政猛於虎」中的老虎。孔夫子從泰山旁邊經過的時候，看到有婦人在哭泣，說老虎吃了她的丈夫三代男人。如果我們從單純的政治維度去看，這個故事當然是反對暴政的，泰山裏有虎害，但沒有苛政，所以冒險也要跑到這裏來。實在是苛政猛於虎，孔子的歎息體現了仁政愛民的思想。但是我們如果放進地理的維度，可能會感覺到新的問題。這是齊魯之地的老虎，人的政治和經濟的活動迫使一部分人把家搬進了泰山，妨礙了老虎的生存環境，所以老虎和人發生了對抗。第二個有名的老虎是「三人成虎」，這是魏國的老虎，魏國就是現在山西的南部和河南省這塊地方。中原之地，老虎在城市裏已經沒有了，但是估計在遠郊的山區裏還有，要三個人傳說有老虎你才相信有老虎，一個人說還不行，要三個人說，老虎逐漸稀少了但是還有，我們現在即使有十個人傳說有老虎也不會相信有老虎。三人成虎，表明在中原地方人和老虎已經發生了對抗使虎遠離城市，相對稀少了。第三個故事是楚國的故事，狐假虎威，是楚國的江乙對荊宣王說的。人在談論著狐狸

和老虎，人對老虎的態度看不出多少緊張和對立，老虎周圍還有很多小動物奉它為百獸之王，說明它不用跟人去爭食物，人是抱著一種欣賞的、靜觀的態度來看著它的。這是南系的老虎，楚國的老虎。這就是說，中原的老虎和長江一帶的老虎，即北系老虎和南系老虎存在著與人不一樣的關係。

為什麼出現這種情況？西漢時期的《鹽鐵論》裏面有一句話值得注意：「南夷」多虎象，「北狄」多驟驢和駱駝。[20]長安的官員和賢良文學之士在討論鹽鐵和酒的管理政策的時候，說南夷多虎象，說明中原的老虎比較少了，你講南方多就意味著北方少，南方丘陵山地，老虎還有生存空間，人跡相對稀少。因此在北方人虎發生對抗的時候，南方丘陵地區的人虎關係還保留著一種山林曠野的清新氣息。比如說晉代干寶的《搜神記》，寫了江西吉水（古稱廬陵）的一隻老虎。有一天一隻老虎把一個會接生的老太太叼到山裏一處荒僻的墓地，看見有一隻母老虎正在生孩子難產，痛苦欲絕，仰頭向她求救。她因為會接產，就把母老虎的三個虎崽給接產下來了。老虎把她馱回家後，隔三差五地給她叼一些小動物，給她提供肉食品。你看這老虎通人性，還懂得誰會接產，而且還知道報恩，這是南方人虎關係的神秘感及人情味。另一個故事見於《劉賓客嘉話錄》，劉賓客就是劉禹錫，劉禹錫被貶為廣東連州刺史，後改為朗州司馬當了很多年，朗州就是現在的湖南常德。他講了一個故事，有一個老太太在山上走路的時候，碰到有一隻老虎在地上爬行，爬到她面前向她有些哀求的樣子伸出爪子來，爪子上釘了一根很大的芒刺。老太太幫它把芒刺拔掉了，老虎很慚愧沒能馬上報恩，吼幾聲就走了。此後每天晚上，這老虎都給老太

---

20 〔西漢〕桓寬撰：《鹽鐵論》，卷八《崇禮第三十七》，見《諸子集成》，七冊，40頁，北京，中華書局，1954。

太家裏叼些兔子、狐狸、麋鹿，這老太太就過上了溫飽可以吃肉的生活了。有一天老太太的口風不嚴，人家看她吃得白白胖胖的，她就跟親戚鄰居講老虎給她叼肉的秘密。老虎可能通人性，把我們的秘密告訴人家，那還行啊，下一次叼了個死人放她家裏，害得老太太就吃官司進牢房。她解釋這是老虎叼來的不是我殺的人，官府就把老太太放了。回家之後那個晚上，老虎又叼小動物來了，老太太爬在牆頭上說，我向虎大王叩頭啦，你下次可不要叼死人來了。你看人和老虎這種知恩報恩、心靈感通的關係，你把我們的秘密洩露出去，我還要跟你惡作劇，開個玩笑。一個很值得注意的現象是：南系老虎總是跟老太太打交道，老太太體弱心慈，這種關係多人情而非英雄主義的。黃山的老虎算是南系老虎了，明朝謝肇淛的《五雜俎》就把黃山的老虎寫得非常弔詭。有一批文人在黃山雪峰喝酒閒談，聞虎聲而說老虎，說是有個壯士在山裏看守水碓，跑進來一隻老虎，把他一抓坐在自己屁股底下，把壯士嚇得暈過去了。老虎看著水車在轉動如飛，不知道怎麼回事，就看得入迷了，忘記屁股底下坐著一個人。壯士不久就醒過來了，感到手腳被壓得不能動彈，心想怎麼逃跑脫身。一看，看到老虎的陽物翹翹然就在他的嘴旁邊，他一口就狠狠地咬著老虎的陽物，老虎大吼一聲就跑掉了。這個壯士就成為英雄，把老虎都嚇跑了。所以謝肇淛就評論說：「昔人捋虎鬚，今人乃舔虎卵」。這類南系虎話具有消解英雄的功能，老虎帶有小孩一般的好奇心，迷戀著飛轉的水車，壯士帶有懦夫式的恐懼心，在僥倖中脫險。講述者對老虎並無惡意，對英雄反生譏誚，折射著南方民間對自然的神秘想像，以及淳樸民風中弔詭思維的幽默感。

　　北系虎話的思維方式傾於剛猛強悍，在人虎關係中存在著你死我活的對抗關係，因而它是宣揚英雄主義的。五胡十六國前秦方士王嘉的《拾遺記》記載曹操的兒子黃須兒曹彰非常勇武，精於擊劍，射箭

能夠左右開弓，準確到能夠射中頭髮。當時樂浪郡進貢一隻斑斕大虎，關在鐵籠裏，強壯勇猛的人見了都膽怯幾分。曹彰卻把老虎尾巴揪來繞在胳膊上，把它制服得俯首貼耳，大家都佩服他的神勇。北方老虎故事中最具英雄主義氣質的，莫過於《水滸傳》中「景陽岡武松打虎」。宋朝羅願的《爾雅翼》說，老虎的性情最兇猛，被人追逐，還徘徊顧步，撲殺生物只用「三躍」的方法，「三躍」達不到目的就放棄了。《水滸傳》把這種「三躍說」展開為「一撲、一掀、一剪」，在景陽岡上描寫了一場人虎之間千鈞一髮的殊死搏鬥。連金聖歎也連聲叫好，在三千年中獨以才子的名聲許給施耐庵。[21]對比南方虎話消解英雄的傾向，北方虎話的英雄主義氣勢在這裏表現得淋漓盡致了。

當我們把這種南北兩系的虎故事，加進地理環境的甚至民族民俗的視角之後，它們之間消解英雄或宣揚英雄的功能性特徵，就更加突出。即便同一個故事，它在南北各地的不同敘述，也相當精彩地展示了它們不同取向的特徵變異。景陽岡上武松打虎那驚心動魄的「一撲、一掀、一剪」，流傳到紹興，轉變為目連戲插曲《武松打虎》。魯迅在《門外文談》中說，甲乙兩人扮戲，甲很壯乙很弱，甲扮武松乙扮老虎，武松把老虎打得要死，老虎就說，你為什麼把我打得這麼厲害？武松說，我不打你，你不吃掉我嗎？老虎就說，我扮武松，你扮老虎。結果老虎強啊，又把武松咬得不得了。武松就責怪老虎，你為什麼把我咬成這樣？老虎就說，我不咬你，你不就打死我了。這種翻轉式的敘事消解了英雄，人打老虎，老虎也打人，這是北方的老虎故事南傳後的變異，山東的打虎英雄到了紹興就變味，高粱酒變成了花雕。我聽過揚州評彈的《武松打虎》，說武松喝了十八碗老酒之後上岡來了，這酒勁兒一發作，他就躺在青石頭上睡著了。忽然聽到一陣虎吼，武松驚出一身冷汗來，到處看不見老虎，老虎則躲在灌木叢裏

---

21 陳曦鍾：《水滸傳會評本》，424頁，北京，北京大學出版社，1987。

說：「嘿嘿，武松你沒有看見我，我可看見你了。」老虎像個頑童一樣，跟人捉迷藏。武松呢就跟老虎開打了，一躲一閃，棍子不是在松樹枝上打折了，而是一棍子打到了老虎的面前，老虎歪著腦袋說：「這是什麼啊，是香腸吧。」唏嚓咬掉了半截棍子。清朝喀爾喀翻譯過《水滸傳》，它怎麼翻譯武松打虎呢？

地理因素是一種混合因素，混合著自然生態狀況、民族生存情境和民間風俗信仰，因而它的加入，就把老虎區分出北系的和南系的，民族的和民間的多種多樣的形態。時代推進和階級矛盾的激化，也使老虎形態發生了深刻的變化。現代文學中《林海雪原》的老虎和改編成現代京劇《智取威虎山》「打虎上山」中的老虎，都屬於北系的老虎。在《林海雪原》中，楊子榮上山遇上老虎之後，馬被嚇得屁滾尿流，楊子榮用匕首紮在松樹上架起步槍向老虎射擊。第一槍打去是個臭子彈，沒有打響。老虎撲過來，他射出幾發子彈，直到老虎撲到他面前，他才用手槍一槍從它的嘴裏把它的天靈蓋打破。這是類似電影的慢鏡頭，把緊張的打虎場面放大，以跌宕曲折、險象叢生來襯託人物的堅定、機警和善於應對突發險境的大智大勇。至於京劇《智取威虎山》的「打虎上山」，楊子榮高唱著「穿林海跨雪原，氣衝霄漢！抒豪情寄壯志，面對群山。願紅旗五洲四海齊招展，哪怕是火海刀山也撲上前。」他在過人的肝膽中輸入革命情懷，當「虎嘯漸近，馬驚失蹄」的緊急時刻，能夠「機警地觀察虎的動向，轉身隱蔽樹下，看準時機，敏捷躍起，連發數槍，虎哀鳴死去」。這採用了與慢鏡頭相反的簡化鏡頭，強化了革命英雄主義的抒情。那個老虎簡直不經打，「它撞到我槍口上了」。既然劇名是《智取威虎山》，那麼「打虎上山」的首場亮相，就具有象徵的意義：入山前的打虎為入山後的打「虎」，立一個高地步；山前此虎的命運為山裏群「虎」的命運作了鋪墊性的預示。革命因素的介入，使北系虎話的英雄主義變得更明

快、熱烈和腔調高昂，古代被老虎碰上的打虎英雄也就變成現代的主
動找「老虎」來打的英雄。經過這種闡釋已經不難發現，人類社會文
化的發展，使老虎成為一種內在分裂的老虎。它面對的不僅是各種各
樣的地理面貌、環境生態，而且是各種各樣的與之打交道的人，打了
許多交道使它吃虧還不算，還要七嘴八舌地對它說三道四。如果老虎
也能說話，也有話語權，它定會反唇相譏：你們是在說我嗎？是在說
你們自己。我分南北兩系，是由於你們分為南人和北人，看來是我在
消解或烘託英雄，實際是你們在恐懼中強作幽默，人與人相鬥卻要拿
我來陪綁。你們革命了，卻先拿我送上消滅反動派的祭壇。這樣的老
虎已經是人視線中的老虎，以後我難產死了也不找人來接產，免得生
下虎崽再給你們提供話柄。

　　以上粗略地講了古今貫通的四種管道：原型思維、地理情結、精
神譜系以及歷史疑似，並且借助虎故事的多樣性考察四種管道交叉使
用的綜合效應。這四種管道兼顧了文學研究古今貫通的時間和空間維
度，兼顧了特定文化因素在不同時空中的衍變軌跡，兼顧了恒久性的
民族潛意識和隨機性的時代感受的心理結構。要使這四種管道能夠深
探文學發展的玄機，並且貫通起來能夠暢通無阻，就不能套用一些僵
化的或者只知其皮毛的、從外面搬來而未作消化的、有時難免隔靴搔
癢的概念，把自己框住。古今貫通應是一種學問家兼思想家的貫通，
以學問家涵蓋廣大，以思想家穿透深湛，不拘泥於用一些陳陳相因或
莫名其妙的概念去套千姿萬態的文學生命，不為圖簡便而犧牲精彩。
讀作品，首先要解放悟性，從書中讀出自己的生命感覺來，尊重自己
的第一印象。如此持之以恆，步步深入地儲備學養，水到渠成地以融
融流水蕩開各種古今融通的管道，展現文學研究的一派新風光。所以
古今貫通首先是一種智慧和生命的貫通，是一種大文學觀、大文化觀
的貫通。

重繪中國文學地圖與中國文學的民族學、地理學問題

一　為「重繪」解題

　　「重繪中國文學地圖」，是一個旨在以廣闊的時間和空間通解文學之根本的前沿命題。它並不以拼貼時髦概念或追風逐潮為務，而是持守一點真誠，對中國文學文化的整體風貌、生命過程和總體精神進行本質還原，在堅實的建設中引發革命性的思路，在博覽精思中參悟到具有挑戰性的見地，藉以為中華民族的全面振興，提供精神共同體的人文學術根據。值得關注的是，把地圖這個概念引入文學史的寫作，本身就具有深刻的價值。它以空間維度配合著歷史敘述的時間維度和精神體驗的維度，構成了一種多維度的文學史結構。因為過去的文學史結構，過於偏重時間維度，相當程度上忽視地理維度和精神維度，這樣或那樣地造成文學研究的知識根係的萎縮。地圖概念的引入，使我們有必要對文學和文學史的領土，進行重新丈量、發現、定位和描繪，從而極大地豐富可開發的文學文化知識資源的總儲量。首先，這種地圖當然是文學這個獨特的精神文化領域的專題地圖，它有自己獨特的地質水文氣候和文化生態，它要揭示文學本身的生命特質、審美形態、文化身份，以及文體交替、經典形成、盛衰因由這類複雜生動的精神形成史過程。其次，這個地圖還是一個中國這樣文化千古一貫、與時俱進的國家地圖，它應該展示我們領土的完整性和民

族的多樣性以及在多樣互動和整體發展中顯示出來的全部的、顯著的特徵。文學與地圖的互動，就是以文學生命特質的體驗去啟動和解放大量可開發、待開發的文學文化資源，又以豐厚的文學文化資源充分地展示和重塑文學生命的整體過程。作為現代大國，中國應有一幅完整、深厚而精美的文學地圖。

因此，文學地圖的繪製是一種參透文化史料和重塑文學生命的大智慧。這就要求我們的文學史不是冷冰冰的，而是有血脈流注於其間的「體溫」的。對文化精神的總體把握，對美之歷程的深刻洞見，對文學魅力的深度參悟，應該成為我們有可能啟示著和感動著一代又一代讀者的工作原則。由此有必要改變過去的文學史多是知識型文學史的狀況，應該在這種知識型的文學史裏面增加智慧的成分，形成知識和智慧融合在一起的共構型的文學史。因為知識是已經得出來的結論，而智慧是得出這個結論的生命過程，只有對文學史現象的生命過程進行充滿智慧的分析，才能透過文學史豐富繁複的材料和多姿多彩的現象去閱讀生命。

必須自覺地意識到，融合知識和智慧以多維度地重繪中國文學地圖，是一種研究模式的根本性變革，一種全面地涉及研究者主體、研究對象客體以及主客體結合方式的重大變革。一種新的研究模式的創設，首先要解決研究者思維方式的變革和創設。必須超越某些隔靴搔癢的概念或成見的遮蔽，直指文學作為文學的本質，而進行文化意義、歷史脈絡、文學規律的還原，於原來被遮蔽的地方見人所未見的深義和新義，還中國文學與其身份、特質、經驗、智慧相稱的體系。這就是為了發現原創，而進行原創的發現。我們不妨以屈原為例，他是中國第一位偉大的詩人。過去的文學史對屈原的分析，大體上說他是愛國主義的、浪漫主義的、想像力非常豐富的。關起門來講屈原，任憑你怎麼講，屈原也無法站出來抗議，但要與現代世界對話，就出

現了問題——屈原身上貼著這堆標籤，能夠在人類詩史上找到合適的位置而跟整個人類的現代智慧對話嗎？屈原難道是18、19世紀浪漫主義思潮的產物嗎？他是按雨果的方法寫詩的嗎？不然你說浪漫主義，根據在什麼地方呢？所以我們必須回到屈原的生命過程。回到生命過程，才能排除那些陳陳相因的、似是而非的現成概念的遮蔽，才能對屈原的經驗和創造進行感同身受的處理。比如說，對《天問》的分析，如果能夠進入生命過程，將會展示一個非常獨特的創造性的世界[1]。《天問》在屈原的作品中是很艱澀的，它先是講到宇宙的開闢，後來又一下子跳到商代的歷史，又從人類起源、洪水神話，跳到周朝的歷史，再跳回商朝的歷史，又跳到楚國的歷史。它的特點是不斷地跳躍著，顛三倒四，時間很混亂。對於這麼一個現象，過去的研究者往往認為《天問》是錯簡了。但是錯簡你能找到原簡嗎？找不到的。屈原的作品，前有《離騷》《九歌》，後有《九章》都沒有錯得一塌糊塗，為什麼唯獨夾在中間的《天問》錯得亂七八糟呢？這個道理是說不通的。我們必須要回到屈原的文本本身，如實地承認屈原的這篇作品是人類思維史和詩歌史上第一次採用大規模的時空錯亂。這不是給古人戴高帽子，而是他的作品本身就是時空錯亂。錯主要不是出在文本本身，而是出在我們如何去讀文本。因為詩本身就是跳躍的，至於跳躍的程度有多大，那是另外一個問題。關鍵在於我們要認識到，屈原《天問》的時空錯亂，不是西方意識流那種時空錯亂。意識流那種時空錯亂是從近代心理學進入的，而《天問》的時空錯亂是從中國一個很古老的命題裏面進入的。這就是從中國的詩與圖畫相通這個命題進入時空錯亂。現在留傳下來的最早的注解《楚辭》的書是東漢時期

1　楊義：《楚辭詩學》，見《楊義文存》，七卷，267頁、286頁，北京，人民出版社，1998。

王逸的《楚辭章句》。王逸在給《天問》解題的時候說，屈原被流放之後，彷徨山澤，神智非常混亂，心情非常鬱悶。看到楚國先王之廟和公卿祠堂上面神奇怪異的壁畫，他就用筆在壁畫上寫下他的詩，叫「呵壁之作」，後人把它整理出來，就是《天問》。王逸是楚地人，他可能聽到過這麼個傳聞，從而洩露了時空錯亂與楚國壁畫思維方式相通的天機。王逸的兒子叫王延壽，寫過一篇《魯靈光殿賦》，這篇賦寫魯恭王「好治宮室」，在魯國這個地方蓋有一座靈光殿。靈光殿上的壁畫，也是天地開闢、鬼靈精怪，所謂「上紀開闢，遂古之初，五龍比翼，人皇九頭，伏羲鱗身，女媧蛇軀」[2]，還有歷代帝王、忠臣孝子種種，時空是亂的，而且是很怪異的。王逸的兒子似乎在用一種「田野調查」，在給他的父親的《天問解題》作疏解，也可能是王逸看到了、知道了他兒子去過靈光殿，知道魯靈光殿裏面有這麼一個壁畫。從地域文化傳承和播遷的角度立論，魯恭王所蓋的魯靈光殿，實際上是一種楚風的重現。把握住這個關鍵，我們就接觸到問題的根本所在。魯恭王是漢武帝的兄弟，西漢前期的王族基本上接受的是楚風的影響。比如說漢高祖《大風歌》的「大風起兮雲飛揚」，一直到漢武帝《秋風辭》的「秋風起兮白雲飛」，一直到西漢初期的宮廷裏的戚姬──就是那個被呂后砍掉胳膊腿的戚姬──她也是和劉邦唱楚歌、跳楚舞的。劉邦、項羽他們都是楚人，他們所陶醉的是楚風。作為西漢王族的魯恭王，在魯地蓋的宮殿，也應該看成楚風的一個標本。我們現在看不到當時的壁畫，因為土木建築很快就毀掉了；但是漢代的石畫像凡是比較完整的，比如說山東嘉祥的一些畫像，時空都是錯亂的。人和神的對話是不能夠完全按照一般人的時空邏輯的。我們如果對中國的繪畫更熟悉的話，就會知道，中國繪畫不是定點透視

2　〔東漢〕王延壽：《魯靈光殿賦》，529頁，北京，北京大學出版社，1993。

的，而是流動的、散點的，而且往往把不同時空的事物集中在一起。所以《天問》是從詩畫相通這麼一個角度進入時空錯亂的，屈原的天才，就在於融通了詩畫不同藝術形式的內在思維方式，從而捕捉到了自己精神紊亂、幻象紛紜所蘊涵著的美學可能性。

另外還有一個關鍵值得深究——我們過去一直認為《天問》是以人問天，這是不對的。因為我們從秦漢時期的書籍制度看，凡是題目和開頭兩個字重複，就要棄掉開頭兩個字、省略開頭兩個字。《天問》開頭就說「曰：遂古之初，誰傳道之」，說很古老的時候，那時候還沒有人，這些天地開闢的神話，這些人類起源的神話，那麼是誰傳下來的呢？句式很特別，不能不讓追問，是誰在「曰」呢？跟標題連起來就是「天問曰」，天是實際的主語。因為「天」在中國承擔了很大的責任，它既是自然本體又是主宰者，又是命令、命運，又是天理、天數，還是宇宙的最高法則。「天」這種渾然復合的身份與功能，反映著中國文化的一個根本。像夏商周歷朝，傳子而成家天下，或者互相殘殺、興衰榮辱，楚國的興起和衰落，這些責任都要由天來負責嗎？它就是用天作為主體，來向人發問。以天問人這個角度的運用，就以一種歷史理性的懷疑主義來解構了固有的神話觀和歷史觀。而且在天的面前，人間的時空何足道哉？所以他能夠一會兒拿這個時空條件下的事情問你，一會兒拿另外一個時空條件下的另外一個問題問你，於是時空就錯亂了。如果我們這樣以回到詩的生命過程的方式，去解釋屈原、解釋《天問》，那麼我們就可以很容易、很清楚地看出屈原在人類詩歌史上的偉大價值：一是以詩畫相通的形態，成為大規模使用時空錯亂的第一人；二是採用以天問人的形而上的視角，超越古今地以理性精神解構固有的神話觀和歷史觀。這就使屈原以崇高而獨特的姿態，跟荷馬並肩站在人類詩歌史的早期的開端。荷馬描寫戰爭的規模或者神話的魄力是屈原所不及的，但是屈原對心理的那

種體驗、驚人的探索深度也是荷馬所不及的。這是平等對話的姿態。要研究中國文學，要說清楚中國人的智慧，必須要發現它原創性的東西，要發現那些擁有文化專利權的東西。而不是說，中國有一個詩人，有一部傑作，就馬上把它拿到西方的概念的籃子裏去，那樣是不能跟整個世界對話的。所以我們的文學地圖必須要回到文學本身，溝通它的地緣文化聯繫，溝通它與其他藝術形式的內在一致性，把它作為一個生命過程來進行體驗。這樣體驗的出色，最終結果既重繪了中國文學地圖，也重繪了世界人類的文學地圖，因為中國文化是人類文化舉足輕重的一部分。

一種新的研究模式的創設，還要解決研究對象的開發、拓展和設定。「重繪」二字之所以成為要務，在於繪製中國文學地圖，不僅涉及文化態度和學術方法的改革，而且涉及對地圖的基本幅員和基本風貌的認知，涉及我們對整個中華民族的文明發展與文學發展的整體性看法。我們過去的文學史寫作基本上是個漢語的書面文學史，如同魯迅把《中國文學史略》講義改題為《漢文學史綱要》，嚴格說來只是漢語文學史。幾千年來中華民族文化發展的最嚴峻也最關鍵的一個問題，是農業文明和游牧文明的碰撞融合的問題。一直以來，這個問題都是中華民族發展的一個非常重要的、絕對不能迴避的問題。我們在地理地圖上，可能南海的一個礁石，或者是東海的釣魚島這麼一個小地方，外國人來挑釁，我們都要抗議，要保衛領土主權的完整性。而我們在寫文學史的時候，竟然在因為學科分工把研究引向精密化的同時，產生了對中華文明總流程缺乏全面考察的局限，片面地偏重於漢語書面文獻，而不同程度地把少數民族文學忽略過去，造成了文學史完整性的令人感慨的缺陷。比方說，公元11世紀，也就是中原歐陽修、蘇東坡他們在寫宋詩、宋詞的時候，寫幾十個字、一二百字很精緻的、很感傷的作品或者是「以文入詩」「以詩入詞」的時候，維吾

爾族的詩人名叫尤素甫·哈斯·哈吉甫寫了一首長詩，叫做《福樂智慧》，一萬三千行。一萬三千行是個什麼概念呢？但丁的《神曲》就是一萬三千行。這一萬三千行的詩，對於我們的西北民族，包括對成吉思汗時代的寫作都有很深刻的影響。但是我們不少文學史中一句話也不提，因學科邊界而妨礙了或犧牲了融會貫通，這樣在學科範圍內習慣成自然的文學史的完整性價值，是值得反思的。

我們之所以要重繪，是因為：第一，以往的「繪」是不完整的，基本上是一個漢語的書面文學史，忽略了我們多民族、多區域、多形態的、互動共謀的歷史實際。第二，以往的繪製不同程度地存在著唯一的、簡單的模式化。相當數量的文學史基本上沿襲了時代背景、作家生平、思想性、藝術性和他們的影響這麼「五段式」的寫作。從《詩經》到《紅樓夢》，講來講去都是反映民間疾苦、戀愛自由這麼一些問題，《詩經》和《紅樓夢》是一樣的嗎？這是忽略了文學發展和存在的網路形態以及對其多層意義的具有現代深度的闡釋。第三，我們以往的繪製過多地套用外來的一些概念，比如說誰是現實主義的，誰是浪漫主義的，現在雖然字面上不用這些概念了，但實際思路還是這個思路：現實主義有幾條什麼特點，浪漫主義有幾條什麼特點，一條一條地往上套，評詩衡文，少有識見，怠慢了感覺。這就不同程度地忽視了中國特色的原創智慧的專利權。所以我們要拓展研究對象存在的範圍，必須改變我們原來的文學觀念的視野。視野是認知文學史意義的第一道關口。

關於中國文學觀念的發展，我曾經提出一個觀點叫做「文學觀的三世說」。古代的文學觀是一個雜文學觀，「德行、言語、政事、文學」「孔門四科」中的「文學」是雜文學，它基本上是文獻典籍這麼一個意思。到20世紀，中國人接受了西方的純文學觀，這是我們文學觀的一個革命。純文學觀使我們的文學作為一個學科獨立了，有了自

身的價值，也有了自身的學術體系。很多高智慧的人物，包括魯迅、
錢鍾書，都可以去研究文學，在文學研究和寫作中獲得他們的價值，
而不必作為一個經學家、作為一個史學家，才算入流，才算有價值
了。所以20世紀由於文學觀念的變化就把我們的文學做得生動活潑
了，做得規模越來越大了。你們可以到圖書館去看，20世紀的文學文
獻，可能超過過去的兩千年。比如我們現在的小說，90年代中期以
後，每年小說的創作大概都有五六百種，甚至將近一千種，但是我們
全部的古典長篇小說，加起來也就是一千三四百部。兩年的時間寫出
來的文字就比歷史上的千百年還多，加上現在的數位技術，可能十年
就等於過去一個世紀的文字量，這樣就把文學做大了。

　　但是在跨世紀的時候我們發現了一個問題：西方在建構自己的文
學觀念的時候，並沒有考慮中國還有文學，甚至比它的歷史更長、更
悠久，而且成果更有獨特的輝煌。我們用的是一種錯位了的、從西方
的經驗中產生出來的文學觀，這種文學觀其實是西方的「literature」
通過澳門的報刊，或者通過日本用漢字翻譯成「文學」，我們也就這
麼使用了，但跟我們文學發展的實際過程是同中有異，存在著錯位
的。為了跟西方文學觀念接軌，我們自己做了很多以短比長的工作。
比如說，人類的史詩是在什麼時候開始的呢？是從氏族社會到奴隸社
會這個人類文明發展的初期產生的。我們中國人為了講文學史，一開
頭就得講史詩。那麼到哪裏去找史詩呢？到早期詩歌總集《詩經》裏
去找。從《詩經》裏找了《生民》《公劉》《綿》《皇矣》《大明》等
詩，叫做周朝的開國史詩，但是周朝的開國史詩加起來才338行，怎
麼可能跟荷馬史詩去比呢？所以這是以短比長，比得連我們讀到黑格
爾《美學》認為中國沒有民族史詩的判斷[3]，都感到慚愧。我們很多

3　〔德〕黑格爾：《美學》，三卷，下冊，170頁，北京，商務印書館，1981。

文體，比如劉勰的《文心雕龍》從第五篇到第二十五篇開列的三十多種文體，姚鼐《古文辭類纂》對古文辭劃分的十三類，都沒辦法進入西方的「文體四分法」的框子裏面，要進入就要扭扭捏捏，把它們扭曲了才能進去。根據這「四分法」，什麼詩歌、散文、小說、戲劇，我們中國文學的一些強項、一些精髓的東西反而在這種概念的轉移中忽略了，流失了。所以我們在跨世紀的時候就要提出一個新的文學觀念，就是「大文學觀」。大文學觀吸收了純文學觀的學科知識的嚴密性和科學性，同時又兼顧了我們雜文學觀所主張的那種博學深知和融會貫通，把文學生命和文化情態溝通起來，分合相參，內外互證。因為世界上不存在著純文學。過度強調純文學，就是對文學與文化，對文學與整個人類的生存狀態的一種閹割。

確立了這種大文學觀，如果我們考慮到我國的55個少數民族，那就會發現原來我們中國是一個史詩的富國。藏族、蒙古族的史詩叫做《格薩（斯）爾》，這首史詩已流傳了一千年，至今還流傳在藝人的說唱表演中。現在的篇幅有多長呢？有六十萬行，有的專家說可能達到一百萬行。世界上五大史詩，包括巴比倫的《吉爾伽美什》、荷馬的兩首史詩《伊利亞特》和《奧德賽》，還有印度的史詩《羅摩衍那》和《摩訶婆羅多》。最長的是《摩訶婆羅多》，二十萬行。荷馬的史詩也就一兩萬行、兩三萬行，六十萬行的《格薩爾王傳》就超過了這五大史詩的總和。中國有三大史詩，除了《格薩爾》之外，還有蒙古族的《江格爾》、柯爾克孜族的《瑪納斯》。後兩部都是十幾萬行的史詩。少數民族地區還存在著數以百計的英雄史詩和神話史詩，還有民族遷徙史詩。這樣一加起來，我們把眼光從完整的中國版圖來看，中國將不是史詩的貧國，而是史詩資源在世界上屬於第一流的國家。甚至我還說過這樣的話，公元前那一個千年，世界上最偉大的史詩是荷馬史詩，公元後的第一個千年，世界上最偉大的史詩是印度史詩，

公元後的第二個千年，世界上最偉大的史詩是包括《格薩爾》在內的中國史詩。歷史將會證明這點。

如果我們這樣去看問題，就會對整個人類史詩的版圖和它的觀念都發生了很大的變化。比如說史詩發生學的問題，史詩難道是從氏族社會到奴隸社會的歷史時期發展起來的嗎？我們藏族、蒙古族還有其他少數民族的史詩現在還是活形態的史詩，你怎麼來解釋這個問題？面對這個事實的史詩發生學，就成了可以發生新學理的一種學問。還有史詩類型學的問題，深入分析可以發現，荷馬史詩是個海洋城邦類型的史詩，以跨海作戰、海上漂流冒險，展示了它的敘述形態和文化精神形態。印度史詩是個森林史詩，到森林裏面去隱居修道，或者說森林裏的猴王哈努曼能夠舉起喜瑪拉雅山，一跳就跳到斯里蘭卡。但是我們中國的史詩，有高原史詩、有草原史詩、有山地史詩。《格薩爾》就是個高原史詩，我給它一個定位叫做「江河源文明」，是長江黃河源頭所發生的一種文明形態。我們過去對中華文明的理解基本上是側重於黃河文明，後來的長江流域發現了良渚文化、河姆渡文化、荊州的楚文化，還有四川的三星堆文化等。把長江文明加進來之後，我們對中華文明的理解發生了一個質的變化。《格薩爾》屬於江河源文明，它的特點一是高山文明，崇拜神山聖湖，頌揚弓馬勇武，具有世界屋脊的崇高感、神秘感和原始性；二是處在藏族和蒙古族的文明的結合部以及東亞文明、中亞文明和印度文明的結合部，社會習俗、文化信仰、想像方式和表演儀軌都帶有文化結合部的成分複雜性、豐富性和流動性，因而整部史詩吟唱得神思狂放、色彩絢麗、氣勢浩蕩。我們如果如實地按照中華文明分合遞進的整體過程，把江河源文明和其他的邊疆文明這些子系統依次整合進來，那麼對中華文明多元一體的結構及其蘊涵的文化哲學、文學規律的理解將會走進一個新的境界。

　　對邊疆文明，搞文學的一些人不太注意。搞史學的，從沈曾植到
王國維及陳寅恪、顧頡剛、陳垣、傅斯年，這些最重要的歷史學家隨
著近代民族國家意識的自覺，都是把邊疆史地作為一門非常重要的學
問來對待的。我們文學也應該從這裏面吸取一些啟示和視野，講文學
要把邊疆文學講進來。現在我們民族文學研究所正在做一個項目，就
是整理出版藏文的《格薩爾王傳》的精選本四十卷，和藝人木四十
卷，蒙古文的《格斯爾可汗傳》，並且深入研究口傳史詩詩學和藝人
學，旨在出色地保存和開發這份國寶的精神風貌和文化魅力，以便用
邊疆民族豐富精彩的宏大英雄敘事詩進一步完善中華民族氣勢磅礴的
國家文學地圖。這就從實踐的角度說明，如果用大文學觀去看中國文
學的話，過去的文學史的地圖必須重繪出新的版本。重繪的理由非常
充分，既可開發新資源，又可開創新學理，並且在深刻地展示中華民
族的總體精神中，為它的全面振興啟動學術邏輯上的強大動力。

　　以上是對重繪中國文學地圖進行必要性的和學理層面的解題，一
旦進入重繪的操作過程，其間的學理邏輯就展現為諸多學術層面，起
碼牽涉與文學相關的民族學、考古學、地理學、文化學、語言學和圖
志學等層面。這裏著重談一談文學的民族學和地理學的問題，以便考
察一種新學理的介入，如何引起學科的變革和導致文學地圖重繪的學
術效應。

二　文學的民族學的問題

　　文學研究應該回到文學生存的原本狀態。中華民族的原本生存和
發展狀態，是多部族和民族（包括一批古民族和今存的56個民族）在
數千年間不斷地以各種態勢和形式交兵交和、交手交心、交通交涉，
出演著的一幕幕驚天動地、悲歡離合的歷史悲壯劇，從而衍生出燦爛

輝煌、多姿多彩的審美文化創造，並最終形成了一個血肉相連，有機共生的偉大的民族共同體。這種經歷和命運，歷史地規定了文學的民族學問題，已經成為從總體上考察和重繪中國文學地圖的根本問題。既然中華民族這幾千年文明發展的一個關鍵是游牧民族和農業民族之間碰撞和融合的問題以及深刻地存在於其間的「胡化」和漢化的既交手又交心的問題，那麼我們對中國文學文化的整體和部分之關係，必須有一種新的歷史理性的把握。對於中華民族的文學整體而言，漢語文學只是部分，儘管是主體部分。只有從整個中華民族和文學總進程出發，才能看清少數民族文學這些部分的位置、功能和意義，也才能真正具有歷史深刻性地看清漢語文學的位置、功能和意義。離開這種整體和部分之關係的辯證思維，就很難透視存在於其間的文學起源、原創、傳播、轉軌、融通和發達，很難推原各種文化元素相互接納和回饋的因果關係以及蘊藏於其間的文化哲學和文化通則。

　　這就需要我們更新族際關係的觀念，如實地承認多民族的碰撞具有二重性。從經濟上、從軍事上和從家庭生活看，它是個災難，因為戰火無情，會造成生靈塗炭、家破人亡、流離失所。但是在文化問題上，它往往越碰撞越你中有我、我中有你，互相分離不開，打斷骨頭連著筋。這樣我們就可以從中華民族共同體在波瀾壯闊的形成過程中所取得的經驗和付出的代價上，以現代歷史理性重新解讀先秦文獻和考古的資源以及從《史記》以來歷朝史籍的邊疆材料，進一步盤活諸如東晉常璩《華陽國志》、唐代樊綽《蠻書》、宋代葉隆禮《契丹國志》、宇文懋昭《大金國志》、明代鄺露《赤雅》以及邊遠州郡的方志，同時高度重視邊疆民族自己所寫的典籍，如《突厥語大詞典》和元代的《蒙古秘史》等。這些都為我們理解中華文明和文學的原本的生命過程，提供了饒有意味的資源。比如說漢代，當時的匈奴是中原王朝最大的邊患，中原有些官員跑到匈奴去了，比如韓王信、中行

說、李陵，向人家投降了，在匈奴的政權體制中被封王或者封為將軍，這實際上把漢民族的軍事指揮、軍事管理甚至政治管理的一些經驗、理念、原則，都搬到匈奴去了。匈奴抓了十萬漢人去當奴隸，這些奴隸到了匈奴河套的南部，就把漢族的農耕技術、冶金技術、築城技術、蓋房子的技術都帶過去了。漢與匈奴之間戰戰和和，時而和親，更多的時候是在長城一帶互通關市，於是二者的文化就相互交流，相互薰染，在愈來愈深刻的程度上變得你中有我、我中有你。就連我們最引為驕傲的唐代文明，也是經過魏晉南北朝四五百年的民族大遷徙、大碰撞、大融合之後，最終實際上由漢族和少數民族共同創造起來的一個文明。唐代的王室李氏家族，相當程度上是鮮卑化的漢人，因為他們在北方民族政權中當了很大的官。他們的母系或者他們的妻子這個系統，什麼長孫氏、竇氏、獨孤氏，實際上是漢化了的鮮卑人。唐朝的宰相，根據《新唐書》的宰相年表，有11個姓，其中23個人是少數民族，主要是鮮卑族。至於邊關的將領少數民族人士更多。唐代的音樂、舞蹈、繪畫、雕塑除了古代的雅樂和南方的俗樂之外，幾乎全方位地受到西域少數民族的影響。唐代《十部樂》有八部源於西域和外國。室外表演的《立部伎》和室內表演的《坐部伎》，多有龜茲樂和西涼樂之音。就連唐玄宗創作的那部大名鼎鼎的《霓裳羽衣曲》，中間也參考了西涼都督楊敬述獻上的《婆羅門曲》，才寫成全曲。漢文化向少數民族文化和外國文化開放，成為唐代文化最令人感動的風采。

　　談論少數民族文明跟漢族文明的關係的時候，必須深刻地認識到它們之間存在著共生性、互化性和內在的有機性，共同構成一個互動互化的動力學系統。首先，民族共同體絕不像世界上某些顯赫的帝國那樣靠簡單的武力征服而成，伴隨著武功的是更為深刻的文治，是政治文明、物質文明和精神文明長期的、愈來愈深的相互取法和滲透。

在這片土地上，任何民族入主中原，都以中國正統自居而非以外國自居。《晉書》卷一百一《劉元海載記》說，匈奴劉淵（字元海，為避唐高祖李淵之諱，稱其字）在汾水流域稱漢王前，即以漢朝正統自居，宣稱：「漢有天下世長，恩德結於人心。吾又漢室之甥，約為兄弟，兄亡弟紹，不亦可乎？」稱漢王後，他又設立了漢高祖劉邦以下三祖五宗神主而祭祀。這一情節為元代《至治新刊全相平話三國志》所採用，並指認劉淵為「漢帝外孫」。把劉淵、劉聰父子混稱為「漢王」，滅亡西晉，虛構了殺晉帝「祭於劉禪之廟」的情節。可見民間通俗小說是把王朝正統歸於蜀漢的，也延伸著歸於匈奴「劉淵興漢鞏皇圖」。即便遠在漠北的迴紇，也請求「天可汗」唐太宗在他們屬地設置瀚海都督府、燕然都督府等六府七州，「慕朝廷之禮」「思睹漢儀」。幫助唐肅宗平定安史之亂後，七位唐公主和親回鶻，回鶻首領稱「昔為兄弟，今為子婿，半子也」。

他們把迴紇改稱回鶻，取義於「迴旋輕捷如鶻」，也是請準於唐朝皇帝的。後來西遷到西域，高昌回鶻和唐廷依然甥舅相稱，回鶻喀喇汗王朝還稱中原為「上秦」，契丹為「中秦」，自稱為「下秦」。這種族際的認同和互化，形成了趨向文化共同體的內在動力。分別言之，也就是中原文明領先發展，它所產生的凝聚力、輻射力，加上少數民族的邊緣的活力——我提出了「邊緣的活力」這樣一個概念，搞遼金文學的學者對這個概念非常感興趣，曾經作為專題討論過——這兩種力量結合起來，使中華文明生生不息、幾千年發展下來都沒有中斷。唯有把握這種「內聚外活」的文化力學結構，才能在精微處梳理出中華文明及其文學發展的內在脈絡。漢文化與少數民族文化互動互補的動力學系統，產生出了許多值得注意的結構性功能，因為在漢民族的旁邊睡著一隻老虎，那你就必須聞雞起舞、必須發憤圖強，這是排除一種文明因懈怠而衰落的興奮劑。這種精神緊張感，就是一種生命感。

　　其次，中原文化要維持它的權威性，維持它的官方地位，它在不斷的論證和發展過程中，自己變得嚴密了，同時也變得模式化，變得僵化了。這個時候，少數民族的文化帶有原始性、流動性，帶有不同的文明板塊結合部特有的開放性，就可能給中原地區輸進一些新鮮的甚至異質的、不同於原來文明的新因素。

　　再次，質地互異的文化間的撞擊融合，使雙方的發展方向和軌跡，都在調適中出現一定的偏離度，成熟的、強勢的文化一方偏離度小些，原始的、弱勢的文化一方偏離度大些，從而以新的姿態匯入新的文化發展過程。因而少數民族文化的價值、倫理、信仰、審美等因素可能會改變中原民族文化原來存在的發展軌跡和狀態，使之發生某種「有偏斜度的超越」。唐朝元稹的《鶯鶯傳》發展到後來的《西廂記》，就是這種「有偏斜度的超越」的極佳例證。《鶯鶯傳》中張生對鶯鶯原來是始亂終棄的，而且還文過飾非，講「女人是禍水」這一套，而當時社會也是認同的。認同的原因在於唐代的士人風習，即陳寅恪《元白詩箋證稿》所說：崔鶯鶯並非出於高門，而唐代一般文人最看重二事，一為婚，二為仕，「凡婚而不娶名家女，與仕不由清望官者，俱為社會所不齒」[4]。到了宋朝，張、崔的愛情故事給譜成曲子了，但是在理學的以禮抑情的文化語境，結局不可能有變化，結局發生了變化是在女真人建立了金國的時候。金董解元的《西廂記諸宮調》，就使得「有情人終成了眷屬」，以大團圓為結局。為什麼發生了這種變化？這跟女真人進來之後，社會的倫理價值觀、民間的風俗發生了變化有很大的關係。

　　最後，漢「胡」多民族文化的碰撞融合，形成此處有漢化跡象，彼處有「胡化」跡象，最終走向中華化的綜合功能。不少文學問題實

4　陳寅恪：《元白詩箋證稿》，116頁，北京，生活・讀書・新知三聯書店，2001。

際上都要從民族發展的整個過程來思考，才能從深層面上理清其「文化基因嵌入」的脈絡。讀詩、讀詞，也應注意異質文化基因的嵌入。比如辛棄疾有一首詞叫《青玉案》，「東風夜放花千樹，更吹落，星如雨。寶馬雕車香滿路」，歷代的注家，多把「寶馬雕車」注成是「富貴人家的眷屬」，是貴婦人出遊了。實際情況是這樣的嗎？我們讀一讀《宋史》的《輿服志》，它說中興之後——也就是南宋之後，馬已經非常稀缺了，「馬車非人臣之物」。那時候南宋北面從淮河到大散關這一帶都已經給金人佔領了，北面產馬的地方沒有了，跟西夏、跟西域馬的交易也斷了。當時只能從大理國——就是現在的雲南這個地方——購進馬，但是進來的馬的數量很少，大概每年從邕州橫山寨馬市輸入千餘匹，所以只有戰場上、軍隊裏面有些馬。「中興後，人臣無乘車之制，從祀則以馬，常朝則以轎」，只有皇家才能坐馬車，一、二品大臣上朝都要坐轎了；轎子主要是南宋發展起來的。這種典章文物的變化，我們搞文學的人不可不注意。我們再看繪畫史，繪畫史上唐人是畫馬的，唐人曹霸、韓幹畫馬是非常有名的，北宋時期的李公麟還學著唐人畫馬，我們現在看到的北宋時期的儀仗隊的圖畫，還能看到馬隊。但是到了南宋，不少畫家畫的不是馬，而是牛。《溪山行旅圖》，遠途旅行坐的是牛車；《四季牧牛圖》《風雨歸牧圖》放牧的是牛，不是馬。一直到元代趙孟頫他們才開始重新畫馬了。他們在大都，蒙古族進來，見聞所及，風俗所尚，因而也就大畫《人馬圖》《人騎圖》《浴馬圖》之類。這已是「胡俗」的「嵌入」了。所以南宋辛棄疾所見到的「寶馬雕車」不是民間之物，而是皇家之物。接下來的「驀然回首，那人卻在，燈火闌珊處」，是用一種冷靜的眼光來看待皇家與民同樂的元宵節日。

　　當然，我們也可以不必那麼泥執於南宋的車馬情形，因為把寶馬香車與元宵相聯繫，已見於唐詩，如王維：「香車寶馬共喧闐，個裏

多情俠少年」（《同楊比部十五夜有懷靜者》），又如李商隱：「月色燈光滿帝都，香車寶馬鬧通衢」（《上元夜聞京有燈恨不得觀》）。宋人早就沿用了這個意象，晏殊《丁卯上元燈夕》說：「九衢風靜燭無煙，寶馬香車往復還。」即便到了南宋，陸游《立春後十二日命駕至郊外戲書觸目》說：「香車寶馬沿湖路，繡幕金罍出郭船」。但陸游已多感慨，又有失落，《丁未上元月色達曉如畫》詩云：「頹然坐睡君無笑，寶馬香車事隔生。」更值得注意的，是李清照《永遇樂》詞：「元宵佳節，融和天氣，次第豈無風雨。來相召，香車寶馬，謝他酒朋詩侶。」但李清照此詞牽繫著北宋「中州盛日」的回憶和幻覺，不妨把詩酒朋友盛情相召的哪怕是牛車驢車，也當作寶馬香車。唯獨辛棄疾既是即目抒懷，又非聲律所需，卻把人們用順溜了的「寶馬香車」改作「寶馬雕車」，不能不引起注意。《太平御覽》卷七百七十三「車部」引陸景《典語》曰：「吳朝貴戚，或犯道背理，車麗服，橫陵市路。車服雖侈，人不以榮；宮室雖美，士不過門。」如此雕車與寶馬組詞，令人不能不因南宋車馬制度的變化，聯想到它是奢華的皇家之物。對此最好的證據是南宋周密《武林舊事》卷二所記的首都臨安的元夕，也就是南宋孝宗乾道、淳熙年間辛棄疾26歲到50歲時候的元宵節景觀。其中「宣放煙火百餘架」，也就是「東風夜放花千樹」「仙韶內人，選奏新曲，聲聞人間」「福州所進（燈品）則純用白玉，晃耀奪目，如清冰玉壺，爽徹心目」，又使「鳳簫聲動，玉壺光轉」有了著落；「元夕節物，婦人皆戴珠翠、鬧蛾、玉梅、雪柳」，還可以同「蛾兒雪柳黃金縷」相印證。「至二鼓，上乘小輦，幸宣德門，觀鰲山。擎輦者皆倒行，以便觀賞……山燈凡數千百種，極其新巧，怪怪奇奇，無所不有，中以五色玉柵簇成『皇帝萬歲』四大字」。這是仿傚北宋徽宗宣和年間的故事，據南宋吳自牧《夢粱錄》，那時「上御宣德樓觀燈，有牌曰『宣和與同民樂』」。周、吳所記，皆無寶馬雕

車，周氏記述皇上「乘小輦」，是手抬的顯轎，京尹乘坐的是「小提轎」，民間歌舞隊有「乘肩小女」，坐的大概是用二長竿抬扛著軟椅以代步的「肩輿」。這些都難以令人產生「寶馬雕車」的幻覺。或許妃嬪之輩或皇親國戚恃寵逞豪之所為，也未可知。從北方來到臨安的戎馬志士辛棄疾，復土之志難酬，卻看到如此歌舞昇平的荒唐的奢華，能不感到孤獨和悲憤，退避而於燈火闌珊處尋找知音嗎？只有這樣看這些問題，才能夠說我們進入了辛棄疾那個時代，那份心境。多民族文化融合所產生的綜合功能，由於各種文化基因嵌入的位置、配比、深度等的差異，就在不同的時代、不同的地區、不同的人群中形成了各具特色的文化範式。因此，如果我們要以文化範式的角度來研究文學的話，那麼民族之間的「胡化」、漢化的問題就很值得注意。陳寅恪研究北史和隋唐史的時候，根據《北史》裏面的一個很小的故事，他得出了一個結論，叫做「文化重於種族」（《隋唐制度淵源略論稿》）。這就是民族文化發展的一個通則。種族之間的矛盾，文化可以籠罩著你、可能通過「胡化」和漢化的過程把你融合在一起，這就是「文化大於種族」。而西方有些民族則是「種族大於文化」，文化怎麼也消解不了民族之間的矛盾，所以它變得四分五裂。

那麼，「胡化」和漢化的過程採取什麼方式呢？胡人被漢化的過程，是個由上而下的過程；漢人接受了「胡人」的風俗而被「胡化」的過程，是由下而上的過程。這是我們考察文化互化的切入口。尤其是要研究北方少數民族入主中原之後，這個政權下的文學與文化問題，就必須把「胡化」和漢化的問題作為我們一個重要的議題。比如研究元詩，過去我們看過來看過去，元朝詩人是學唐詩呢還是學宋詩？這就是過去元詩研究所關注的宗唐、宗宋之爭。實際上，元詩最重大的問題是「胡化」與漢化的問題。根據文學所楊鐮先生的統計，在元朝統治中國將近一百年的時間內，元朝的作者中留下詩文的有四

千人，留下的詩大概是十二萬首；唐詩是五萬首，宋詩是二十七萬首。宋朝是三百年二十七萬首，元朝是近百年十二萬首，可見當時的詩風還是很盛的。當然這跟印刷術開始發展起來也有關係。這些詩人中，少數民族起碼有二百人，他們本身逐漸被漢化了，而漢詩也逐漸的受到了「胡化」。比如說邊塞詩，唐代的高適、岑參他們寫的邊塞詩，都是激昂慷慨的。邊塞是非常荒涼、無比艱苦的，去邊塞的漢人多有一種有去無回、以身許國的情緒。在那些「側身佐戎幕，檢柙事邊陲」的邊疆軍幕文士筆下，頗多「醉臥沙場君莫笑，古來征戰幾人回」（王翰《涼州詞》）的悲涼的感慨。可是一旦由色目子弟來寫邊塞詩的時候就不一樣了。比如說馬祖常，他是色目人，他信的是也里可溫教——也里可溫教據陳垣的考證就是基督教，他的父親可能是一個也里可溫的牧師。他寫邊疆，寫河湟地區的時候，筆下的青海湖是水草豐美，在那裏撿到一顆青石子，到中原變成了玉石，可以買糧食、布匹。還有契丹人耶律楚材，他寫的西域詩，說田壘上可以種羊毛——就是種棉花；他筆下寫天山，就很看不起江南的那些山，因為西域是他們祖宗的根所在，或有他們深摯的文化認同。中原人寫邊塞詩，是以客人的身份，色目人變成了以主人的身份來寫邊塞，這個主客的位置一變，整個邊塞詩的情調都變了。他們使邊塞詩被「胡化」，增添了幾分田園詩的情調。即便文人雅士經常採用的憑弔懷古的詩詞文體，在色目子弟手中，也嵌入了游牧民族特有的文化經驗。薩都剌有一首《百字令》詞，我們可能都很熟悉。《百字令》具有相當明顯的蘇東坡詞《念奴嬌・大江東去》的情調氣息。對這種漢化的影響，我們過去比較經心，但是沒有看到裏面蘊藏著「胡人」的體驗。薩都剌作為一個色目子弟到了南朝故城建康，俯仰於天地之間，書寫著「石頭城上，望天低吳楚，眼空無物。指點六朝形勝地，唯有青山如壁」，這種歷史興廢感漢人也寫得出來，當是受了東坡詞的影

響。但是面對六朝古都的廢墟而發出的那聲撼人心弦的感歎：「一江
南北，消磨多少豪傑」。我們卻忽略了「南北」這兩個字所包含的民
族文化的特殊體驗。他講的是南北問題，而不是大江上下的問題。南
北問題是說北方的少數民族跨過長江天塹與南朝政權鏖戰，在長江古
戰場上「蔽日旌旗，連雲檣櫓，白骨紛如雪」，殘酷地消磨了多少豪
傑。這不僅是六朝興亡的問題，還是南北民族衝突的問題。我們只要
換用文學民族學的眼光重新來看元代的詩歌，就會發現許多錯綜複雜
的「胡化」與漢化的文化因素和精神脈絡，其重要性遠非宗唐與宗宋
的問題可以比擬。包括元雜劇，它實際上是「馬上殺伐」的「胡音」
加上北方高亢激昂的俚調混合而成的戲曲藝術體系。只有在游牧民族
進入中原，震撼著並逐漸地瓦解整個文化的固有價值結構之後，才有
可能使流行於民間的這種以胡腔胡調化解溫柔敦厚的詩教的戲曲形式
成為一國之藝。而元代中後期漢族的詩人在寫詩的時候，李賀的怪異
遺風明顯地增強，比如說楊維楨的詩就混合著李白的豪放與李賀的怪
異。為什麼會出現怪異的色彩？因為少數民族進來之後改變了原來的
詩學價值觀，改變了對人生、對社會的體驗和態度，因此他以怪異來
發洩胸間的不平。原來那種溫文爾雅的詞類句式，已經涵蓋不了他的
性情了。

　　值得注意的是，漢「胡」互化這種雙向性的中華化過程，存在著
兩種類型：一種是上述許多事例所體現的內在化類型；一種是外在化
類型。任何具有異質性或異端性的兩種以上文化間的碰撞融合，都在
調適性中保存著某種排斥性，融而能通則趨同，融而難通則存異。這
樣的融合是包容著多樣性的融合，是多元一體的融合。這種多樣存異
的類型，就是外在化類型。《格薩爾》六十萬詩行、《福樂智慧》一萬
三千詩行，在公元11世紀就產生了。但是宋朝的文學並沒有從中吸收
詩學養分，甚至根本不知道還存在著這樣的詩歌形態，一如既往地在

創作詩詞、散文這些短小精悍的作品，並且在民間逐漸興起白話小說
與戲曲。但宋朝天下在我們民族的版圖佔了不到四分之一，到了南宋
可能只占六分之一——這麼小的一塊。廣大幅員上，還存在著遼、
金、西夏，還有回鶻、大理國和吐蕃諸部。就是現在的吐魯番——變
成了高昌回鶻（或西州回鶻），一路再繼續往西走，到了喀什和中亞
的七河流域，建立的是喀喇汗王朝（黑汗王朝），而且兼併了自稱是
唐王朝之宗屬的于闐回鶻。喀喇汗王朝在11世紀創造了兩部偉大的著
作《突厥語大詞典》和《福樂智慧》。以燦爛輝煌的壁畫馳名的古格
王國，就是贊普的後代在10世紀初遷徙到阿里地區，建立起來的一個
山頭上的小王國。在老百姓苦難深重的時候，亂世思念英雄出來降妖
伏魔、平定天下，才產生了《格薩爾》。在西南地區，以雲南大理為
中心，繼南詔之後出現了大理國，大理國幾乎跟宋朝相始終。那裏面
有很多的民間故事、民間傳說，比如說火把節的傳說，寫慈善夫人與
蒙舍詔國王的血淚情緣，衍化出白族的節日盛典，它的精彩程度不讓
於《孟姜女》和《梁山伯與祝英臺》，可以同它們以及《牛郎織女》
《白蛇傳》《阿詩瑪》並列為中國六大傳說而毫不遜色。《火把節》故
事在元代已有官員到雲南采風，記錄在案，明代的史書、方志也有記
載[5]。如果我們對民族地區的方志史乘和口頭文學作出更加系統深入
的清理，將會有更多的文學民族學的珍品，使我們重繪的中國文學地
圖大放異彩。

三 文學的地理學的問題

　　從《禹貢》《漢書·地理志》以及唐代的《元和郡縣志》、宋代的

---

[5] 鄧敏文：《南方民族文學關係史·隋唐十國兩宋卷》，242頁-244頁，北京，民族出版
社，2001。

《太平寰宇記》和《宋史‧藝文志》所記載的一百幾十種地方志以來，中國的地理書附屬於史學，側重記錄歷史疆域政區的沿革和地域人文的狀況。中國幅員廣大，各個地域的文化景觀存在著諸多不平衡、不穩定、不均質的狀態。而且中國文學從源頭上就與地理結緣，《詩經》十五國風都是按照中原地區國度和方域，搜集和整理的。《楚辭》也是「書楚語，作楚聲，紀楚地，名楚物」（宋黃伯思《校定楚辭序》）。《山海經》以今山西西南隅，河南西部為《中山經》，由近及遠地記述了實在的和想像的山脈水文、神靈怪物。這些早期經籍的編纂，存在或隱或顯的地理情結或地理模式。這是一個古老的農耕社會帶根本意義的情結和模式，因而不講其地理淵源是不能講到這些文學經典的根的。文學地理學的研究在展示學術的堅實性和開拓性的同時，實際上借用地理空間的形式，展開文學豐富層面的時間進程。應該承認，地理學問題與民族學問題有所交叉，但又不盡重合。它另有角度，別開生面，採取獨特的操作程序和思維方式。

　　文學的地理學，首先關注地域文化的問題。中國在春秋戰國形成文化模式的那個關鍵時代，諸國爭雄，諸子競起，形成了齊、楚、秦、晉這樣一些文化區域。這個文化區域長久地影響著中國文學的發展。比如說齊魯文化，在春秋戰國時候的諸子百家，齊魯佔了一大半，儒家人士中從孔、孟到荀子，都在山東（為敘述方便，此處用今省份名）。管仲、晏嬰以及墨子和陰陽家談天衍也是山東人。兵家從姜子牙到孫武、孫臏，也籍係山東。還有道家、法家的一些人物，也出於山東。講先秦諸子，齊魯是個中心地。其他的只有安徽北部和河南東部這片中原與吳楚交界地域的老莊文化、辭賦文化以及晉國的史學文化、秦國的法家文化比較重要。在諸子百家時代，各種地域文化是不均量，也不均質的。這種地域文化因素長久地影響著歷代文學的素質和氣質。

　　考察一種地域文化，應把握住潛在地影響其全域的關鍵性文化要素。齊魯濱海，對於發祥於西部的周人而言，它是一個逐漸開發的領域，並在開發的過程中產生了齊魯文化。齊魯文化的關鍵點有三個。第一，開頭的齊文化和魯文化是兩種文化。因為西周分封的時候，姜子牙被分到齊國，他採取的政策是「因其俗，簡其禮」，即適應當時「東夷」民族的風俗，而發展工商漁鹽之業，這是齊國的文化政策。而魯國統治者是周公的長子伯禽，伯禽所採取的政策是「變其俗，革其禮」，即用周禮來改變當地的風俗，也就是搞「尊尊而親親」的禮制。所以根據《史記》的記載，姜子牙聽到這種政策的不同，非常感慨：「魯後世其北面事齊矣！」就是說魯國將抵不過齊國的發展勢頭。因為齊與魯採取兩種文化政策，具有不同的文化趨勢和歷史命運。第二個是孔子文化。我們現在都覺得孔子這個老祖宗好像很古板。實際上，周禮文化原來是「敬天保民」或者「敬德保民」的，而孔子改造了這種文化，在對殷人的祖先崇拜有所承襲的同時，更根本的是給周禮加進了一個「仁」字，從而建立起儒家文化的邏輯起點。這「仁」字從哪裏來的呢？是從「東夷」民族來的。「東夷」民族是邊疆的原始部族，我們的史書和辭書都有記載。「東夷」民族有一種原始質樸的風俗是「仁」，比如許慎《說文解字·羊部》：「唯東夷從大。大，人也。夷俗仁，仁者壽，有君子不死之國。孔子曰：道不行，欲之九夷，乘桴浮於海，有以也。」此說與《漢書·地理志》「東夷天性柔順，異於三方（按指南蠻、西戎、北狄）之外」以及《後漢書·東夷傳》「東方曰夷，……仁而好生，……故天性柔順」[6]，是理脈相貫的，為古代治經史、地理者經常引用。孔子的傑出之處在於，他不避一向視「夷人」為野蠻淫邪的偏見，從「東夷」「仁而好生」的帶有

6　〔東漢〕許慎撰：《說文解字》，147頁，上海，上海古籍出版社，1981。

原始自然生態觀念的風俗中，剝離出「仁」的觀念，並且加以倫理學的、政治學的和禮樂文明的文明化處理，然後拿出這個仁字來改造周禮。孔子講過「天子失官，學在四夷」，他又說：「夷狄之有君，不如諸夏之亡也」[7]。若按楊遇夫《論語疏證》的說法，就是夷狄有賢明之君，不像中原諸國卻沒有。所以孔夫子在建立他的學說的時候，實際上是吸取了「東夷」民族民間的道德理念。孔子用這個「仁」字，實現了中國文化軸心時代的文化大轉型。齊魯文化的第三個關鍵是齊魯並稱為一種文化。這是在《荀子》書裏面開始的，它把齊魯之民的「知禮義」與秦人的「縱情恣睢」[8]，作了地域文化的對比。為什麼會出現這種現象呢？當時在齊國的首都臨淄的稷下學宮，齊威王、齊宣王聚集了一千多個學者在那裏論學，不當官只發議論，把政和學分開，大家自由發表議論。孟子可以在那裏發議論，宣傳王道、仁政。但是齊威王接受的是軍事家孫臏的兵家，所以才有圍魏救趙、馬陵之戰這樣的著名戰例發生。諸子百家在稷下這個地方論學，實現了齊魯的文化之間的融合。荀子十幾歲到稷下，七十歲離開稷下，在稷下待了五十年，後來到楚國當了蘭陵令。五十年中，三次當了稷下學宮的校長，所謂「三為祭酒」「最為老師」（《史記・孟子荀卿列傳》）。所以他的學問，實際上是融合了諸子百家，上承儒家，下啟法家，是個很重要的文化轉型中的關鍵人物。在他的手中，在他的書裏，齊魯是並稱的，開始完成了「齊魯文化」這個地域文化概念的相對整體性。

　　我們講地域文化的時候千萬不要把地域文化看成是完全封閉的、凝固的，它只不過是我們大文明系統中的一個子文明、一個小系統。而且是以其獨特的因緣和相互的關係，而變異著的一個子文明、一個

7　楊伯峻編注：《春秋左傳注》，四冊，1389頁，北京，中華書局，1990。

8　〔清〕王先謙撰：《荀子集解》，卷十七，《性惡篇》，見《諸子集成》，二冊，295頁，北京，中華書局，1954。

小系統。正因其變，才在總體上形成中華文明多姿多彩的活力。齊魯文化、山東文化到了漢魏六朝時期，發生了一個轉變，出現了一個東西叫「齊氣」，齊國的氣質。這是曹丕的《典論·論文》裏面講的慷慨激昂的一種氣勢。建安七子有四子在山東：孔融、王粲、劉楨、徐幹。他們的文章慷慨激昂而又舒展深沉，充滿著以「體氣高妙」「時有齊氣」「逸氣」和「信含異氣」等詞語形容的亂世的體驗[9]。齊魯文化到了隋唐又發生了一個變化。隋唐以後，山東響馬、《水滸》英雄——北方成為戰場。人間的生活非常艱難，墨俠之風回潮而出現這麼一群劫富濟貧的強人，秦瓊和武松成了他們最大的英雄。所以地域文化以其地緣人文因素的隱顯起伏和增減變異，調節著地區文學風氣和審美風貌的運行曲線，頗令人有峰迴路轉、柳暗花明之感。這是文學地理學中第一個問題，地域文化的問題。

　　文學地理學第二個問題涉及作家的出生地、宦遊地、流放地——因為我們很多很精彩的文學作品是作者在流放的過程中出現的，比如說蘇東坡的黃州、韓愈的潮州。從這些文學地理學的現象中可以考見文化基因的生成、傳遞和遷移，可以考見「國家不幸詩家幸，說著滄桑語便工」（清趙翼《題梅村集》）的歷史悖謬性的文學通則。流放使作家在仕途受挫，心理失衡的時候，面對充滿新鮮感、陌生感的自然景觀、社會人群、風氣習俗以及更為艱苦寂寞、人情淺薄的，有時卻能尋出幾分淳樸厚道的生活環境，從而激發豐富的滄桑感受和詩文興致，使流放文學成為古代文學的一道亮色。至於作家群體的會合、形成、發展和最後風流雲散的集散地，這也反映了某種文學在主流社會中佔據何種地位，文人墨客之間採取何種身份姿態以及如何才有利於文學發展等屬於文學生態的問題。比如說三國時候的鄴下作家群，曹

9　〔三國魏〕曹丕：《典論·論文》，見《文選》，卷五十二，四部叢刊本。

操父子召集一批文人在鄴城「同輿接席，酒酣賦詩」；魏晉易代之際阮籍、嵇康等「竹林七賢」飲酒彈琴，嘯詠清談；西晉權臣賈謐開閣延賓，延攬了陸機、陸雲、石崇、潘岳、左思、劉琨等文人為「二十四友」；東晉王羲之會同謝安、孫綽等二十六人，在會稽蘭亭修禊宴遊，流觴曲水，述懷賦詩。這些作家群體或依附權門，或放蕩林下，或參差交往，或一時興會，在凸顯文學史上群體性的光斑的同時，顯示了文人風習的多樣性。另如宋朝的江西詩派在黃庭堅身後，才由呂本中的《江西詩社宗派圖》立為詩派，再經百餘年才把杜甫和黃庭堅、陳師道、陳與義列為「一祖三宗」，該派大多是師友傳授門徑，後人踵武遺風而以派自居，並不拘於鄉土因緣；清代的桐城派始於方苞、劉大櫆，而至姚鼐標舉「義理、考證、辭章」才立派，以桐城為根，卻在門生雲集中超越桐城，後有曾國藩鼓吹中興，卻使桐城派變異為湘鄉派。中國古代文學流派的發展，以地理生根，以師友為幹，以文體為脈絡，是一種特異的現象。

文學地理學的第三個問題是大家族的遷移。大家族的遷移對文化的影響很大，比如說西晉末年的永嘉南渡。河南陳郡的謝氏家族，就是謝安、謝玄這些人；山東琅琊的王氏家族，包括王導、王羲之這些人，都往南方去了。王氏家族在政權上是起著很大的作用的，「王與馬，共天下」（《晉書・王敦傳》），就是司馬氏借助王家來政權的。王羲之父子之後還有一個王筠；王家的官當得大一些，與皇室聯姻更緊密一些，但是後來的發展，官當得大，文學不一定做得好，他有很多行政工作需要另一種處世方式和思維方式。謝氏家族的文學家後來出了謝靈運、謝惠連、謝朓、謝莊這麼一批人，他們的文運勝於官運。這兩個家族都有優厚的條件培養子弟和結集成書。東晉到南北朝時期，現在能見到詩文的作家大概有三百八十多人。這時期詩歌的作家，王、謝這兩個家族大概佔了四十多人，佔了八分之一。也就是

說，全國文學家的八分之一，通過這兩個家族南移了。所以大家族的遷徙問題是文學氣運轉移的一個非常深刻的問題。

文學地理學的很重要的第四個問題，是文化中心的轉移。唐以前，文化中心在黃河流域、在北方。主要是河南、山東、陝西、山西、河北所構成的中原地區，出了大量的作家，河南尤其顯著。進入《辭海》的文學家或文化人，唐以前的河南籍人士在好幾個朝代都居全國第一。所以我們到河南，如果要參觀它的文學院開辦的河南文學史展覽的話，它有一句話，說是唐以前的文學史有一半是河南人寫的。到了安史之亂，到了北宋南宋以後，文化中心就轉移到南方了，主要在江浙一帶。江浙一帶在明清時代一直是全國文人最多的、人文薈萃的地方。同時，江西、安徽，近代的福建、廣東出現了重要的文學流派和文化大家。這樣一個轉移過程是很值得注意的，這是空間的、流動的文學史。文化中心的南移，與北方的戰亂和黃河的水患有關係。歷史書中記載在周定王、漢武帝、王莽時期都發生過黃河水患。到東漢明帝永平十二年（公元69年），王景治河，修了千餘里的黃河堤防，使其後八百多年黃河相安無事。但是到了安史之亂和五代十國，北方成了戰場，游牧民族進來之後，黃河的河堤失修，所以宋以後的黃河十年九患。我跟河南人講，有一個詞叫做「逐鹿中原」就夠河南人受的，它承擔了在民族碰撞融合中巨大的苦難。無論誰想取得朝廷的領導權，都要在中原打仗。一打仗，就廢棄河渠不修，就決河阻止敵軍，就放水淹開封城。所以黃河下游密如蛛網的導流灌溉系統和眾多湖泊，多被泥沙淤塞。開封的宋都可能就在幾米的地下。而大家族南移之後，江浙一帶的塘堰圩田河渠水利系統修起來了。中唐時期即有「天下大計，仰於東南」的說法（《新唐書·權德輿傳》），北宋的「國家根本，仰給東南」的趨勢更加突出（《宋史·范鎮傳》）。元初全國每年稅糧總收入1211萬石，江浙、江西、湖廣三塊就

超過總數一半，僅江浙行省的449萬石已是全國歲入的三分之一強（《元史・食貨志一》）。這種強勢延伸到明清時期，帶動了城市工商百業的繁榮，也為文學、文化的發展打下豐厚的物質基礎。宋、元、明、清900餘年間，見於《辭海》的南方文人，作家為369人，已是北方80人的4倍以上了。

　　文學的地理學的以上四個問題並非孤立存在，而往往是相互交織，產生綜合效應的。唯有深入地總攬文學地理學的綜合效應，才能真正破解文學之為文學的生命本質以及作家之為作家的原創力機制的秘密所在。例如，以往的一些李白研究，往往套用西方的浪漫主義概念，對號入座地開列出幾條浪漫主義的一般特徵就算了事，這是沒有進入李白的精神過程和他的內在本質的一種做法。李白說自己是「隴西布衣」，墓碑銘文記載說他出生在碎葉。碎葉是唐朝在西陲設立都護府屬地，「隴西」在河西走廊絲綢之路的要衝。那是漢「胡」雜處、「胡商」經營的地方，所以李白的身上帶有很濃的「胡人」氣息，自道是「世傳崆峒勇，氣激金風壯」（《贈張相鎬二首》其二）。而且他後來移居四川，青年時代「仗劍去國，辭親遠遊」，漫遊了長江中下游流域，所以又帶有長江文明的氣息。李白是以西北「胡地」的氣息和南方長江流域的素質改造了盛唐文化，開拓了盛唐詩風，是中國詩史上永遠令人神往，又難以企及的典型。這就與作為中原文化或黃河文化之典型的杜甫存在著深刻的差別。杜甫說「詩是吾家事」（《宗武生日》），他的祖父就是大詩人，所以格律是他從小的作業，是與他的「人之初」的文化基因相聯繫的。所以他的格律越搞越細，完全按照規矩繩墨來寫，把規矩繩墨運用到幾成本能反應的老成而有波瀾的程度。與「人之初」結緣的原始記憶和文化基因，有時可能影響著人一生的文學追求和文化理想。在中原詩歌中漸成定制的格律之於李白，用之隨心所欲，不用更能神與物遊，他的「胡地」氣質和長

江氣質使之天性未泯、揮灑自如。我們要看他的詩學生命的特質，是不應忽略他從絲綢之路到長江水系的早期人生軌跡的。其後他待詔翰林，又賜金放還，增加了近距離觀察朝廷政治和中原文物的閱歷，使其詩歌具有更完備的文學地理學的素質構成。不如此分析李白，反說李白是屬於他根本上莫名其妙的浪漫主義，就未免有些生分了。李白難道是向雨果學習寫作的規則嗎？浪漫主義有李白的專利權嗎？把他的原創性歸結為浪漫主義，李白地下有知的話，恐怕是不會同意的。

我在《李杜詩學》裏提出了一個說法：李白創造了一種審美思維方式叫做「醉態思維」。「李白一斗詩百篇，長安市上酒家眠。天子呼來不上船，自稱臣是酒中仙」（杜甫《飲中八仙歌》）。李白拿起杯酒就能夠作詩，是一個明星型的作家。這跟杜甫哼哼唧唧地在家裏苦吟、反覆地琢磨，二者的社會反響是不一樣的。醉態中「斗酒詩百篇」，把盛唐風度表現得意興淋漓。中國的詩歌史，有半部是跟酒有關係的。韓愈把文酒風流，叫做「文字飲」（《醉贈張秘書》），用文字來作下酒菜。蘇東坡把酒叫做「釣詩鉤」（《洞庭春色》）。詩在這裏成了出遊從容的魚，要用酒作鉤子把它釣出來。酒和文人的關係如此密切，為什麼偏說是李白創造了醉態思維呢？這要進入中國詩歌史的歷史過程。「竹林七賢」是喝酒的，喝得昏天黑地。阮籍在寫他的《詠懷》八十二首的時候，當然頗多感慨優生，遊仙高舉的隱諷而流動的思維，但是八十二首詩只有一首寫到酒，寫到酒的句子是「對酒不能言，悽愴懷酸辛」（《詠懷》之三十四），對著酒說不出話來，所以飲酒只是他的人生態度、生活方式，而並非是他的思維方式。到了陶淵明，他倒是寫了不少《述酒詩》，但是他說「採菊東籬下，悠然見南山。……此中有真意，欲辯已忘言」（《飲酒》之五），他體驗的是帶點玄學味道的「忘言」「不能言」是心頭梗塞著隱忍難言的苦澀，「忘言」是精神擺脫物欲而隨任自然的超越。酒對陶淵明來說只是晉人的

一種人生的和精神的境界，還不是一種思維方式。這也就像我們看書法一樣，王羲之的《蘭亭集序》，他也喝酒，「曲水流觴」喝得很滋潤，但是你能從《蘭亭集序》的書法裏面看出一點酒氣嗎？能看到的是晉人的那種風流、疏宕氣質。而到了唐朝的張旭、懷素，喝醉了酒之後寫字，滿紙雲煙，醉態淋漓，酒已經滲透到他的筆墨中間。「醉態盛唐」，這是唐人的一個創造。而李白通過這麼一種醉態的思維──我這裏講醉態思維不是要提倡大家都去喝酒，而是說要用一種方法，李白和中國很多文人是用酒，你可能是用咖啡，也可能是用茶──把自己的精神調動到擺脫世俗牽累而對生命進行自由體驗這樣一種巔峰狀態，去體驗宇宙人生的內在生命本質和清風明月般動人的美。李白的詩：「君不見黃河之水天上來，奔流到海不復回。君不見高堂明鏡悲白髮，朝如青絲暮成雪。」（《將進酒》）天上、黃河、大海，一早、一晚，青絲成白髮，這麼浩大的空間，這麼倉促的時間，風馳電掣而又圓轉自如地融在一個詩句裏。「棄我去者昨日之日不可留，亂我心者今日之日多煩憂」（《宣州謝朓樓餞別校書叔雲》），這好像不是常人能寫得出來的句子，因為頭一句其實就是「昨日不可留」「不可留」當然就是棄我去者了，昨日還要加一個「之日」；下一句本來是「今日多煩憂」「多煩憂」當然是亂我心者了，他還要在今日的後面加一個「之日」，這麼一種句式完全把中國的語言的秩序打破了。但是它們也可能是人類詩史上最精妙、最出彩的一些句子，非醉態不辦的。我們從歷史的縱的方向去考察，李白創造了一種新的思維方式，姑稱它為「醉態思維」。這種詩酒因緣跟西方的「酒神思維」、狄奧尼索斯的「酒神文化」是個什麼關係呢？那個時候李白不知道有個狄奧尼索斯，而他在用醉態來調動人內在的驚人潛能這點上跟狄奧尼索斯是相通的。但是西方的酒神文化是群眾性的狂歡暴飲的所謂「嘉年華」的精神文化形態，而李白是獨酌，「花間一壺酒，獨酌無

相親」（《月下獨酌》），把自己的影子，把天上的明月像朋友一般請過來，跟自己一道體驗生命的有常無常。「獨酌」「對飲」「餞別」，也就是說中國的醉態思維更帶有內在的精神體驗的性質，它跟西方酒神文化的民俗放縱具有不同的形態，因而是李白的創造。我提出「醉態思維」這個命題，有幾位搞唐詩搞得很深厚的長輩學人覺得，這個提法比「浪漫主義」更能夠符合李白的實際。

關鍵還在於李白這種富於內在精神體驗的醉態思維，散發著西北胡地健兒的率真豪俠的氣質。高適曾經這樣形容這種胡兒氣質：「虜酒千鍾不醉人，胡兒十歲能騎馬」（《營州歌》）。李白也曾是任俠好劍之徒，誇說「結髮未識事，所交盡豪雄。卻秦不受賞，救趙寧為功！託身白刃裏，殺人紅塵中。當朝揖高義，舉世欽英風」（《贈從兄襄陽少府皓》），又自述過「散金三十萬」，悉濟落魄公子；洗骨葬友，存交重義的豪俠故事。至於飲酒，唐代長安酒肆，有一道「胡姬」當壚、「胡姬」勸酒的亮麗景觀。初唐王績《題酒樓壁絕句八首》其七寫道：「有客須教飲，無錢可別沽。來時長道貰，慚愧酒家胡。」略晚吳越士人賀朝專門寫詩《贈酒店胡姬》：「胡姬春酒店，絃管夜鏗鏗。」李白上胡商酒肆，不乏胡兒氣派，而且李白到這些「胡商」酒肆，頗有一點客至如歸的親切感，有所謂「五陵年少金市東，銀鞍白馬度春風。落花踏盡遊何處，笑入胡姬酒肆中」（《少年行二首》其二），又有所謂「何處可為別，長安青綺門。胡姬招素手，延客醉金樽」（《送裴十八圖南歸嵩山二首》其一），還有所謂「胡姬貌如花，當壚笑春風。春風舞羅衣，君今不醉欲安歸」（《前有樽酒行二首》其二）。大概這位謫仙人「長安市上酒家眠」，也少不了「胡姬」酒肆了。他的「醉態思維」在中原的文酒風流中，已滲入了「胡地」的俠氣豪情，這也須在文學地理學中獲得證明。

重繪中國的文學地圖除了民族學、地理學的闡釋系統，還有文

學、圖志學等方面的重要內容（這些內容擬另文闡釋，甚至我還想招一點文學地理學方面的博士後學者，以開展系統深入的研究）。我們要在「重繪」宏觀思路的導向中，在廣闊的知識背景上溝通文學史、藝術史和文明史。唯有這樣，才能在新世紀的大文學觀的觀照下，返回中國文學和文化的總體精神、總體形態、總體過程的完整性，充實中國文化的元氣，吸納人類的智慧，超越某些枝枝節節的外來觀念對之施以魯莽滅裂的肢解和扭曲，而在世界文化的平等對話中，構建我們現代大國的精神共同體意識。

重繪中國文學地圖與中國文學的文化學、圖志學問題

一 文學的文化學的問題

　　文學文化學問題的內涵極其豐富。文學作為審美的精神文化方式，它與文化之間存在著深刻的千絲萬縷的互相制衡和互相滲透的關係。一方面，文學存在於文化的巨大網路之中——我在你中；另一方面，文化的因素以文學為精微的載體——我中有你。二者在社會歷史過程中的交互作用，展示了文本內部深度闡釋以及文本外部對運行軌跡和歷史動力的宏觀考察的綜合功能。這就牽涉文學與民俗、制度、社會、歷史、心理、宗教、哲學以及其他藝術形式的關係，折射著人類的生產方式、生活方式及其價值內核，就連前面講的民族學或者地理學，有些問題也可以放到文化學裏面去講。這裏想著重講文學與文化之間的表層與深層、內部與外部、共構和推移中的三個問題，以探討文學外制於文化和文化內滲於文學的一些原理。

　　首先是文化層面的問題，也就是雅俗之間的問題。一種文體的發展，往往是起於俗而成於雅，雅因俗而大，俗因雅而精，在雅俗互動中，產生一種大雅大俗的經典。所謂雅俗問題，實際上涉及兩個文化傳統：一個是文人文化傳統；一個是民間文化傳統。鄭振鐸1938年在長沙出版《中國俗文學史》，開宗明義就講：「何謂『俗文學』？『俗文學』就是通俗的文學，就是民間的文學，也就是大眾的文學。換一

句話，所謂俗文學就是不登大雅之堂，不為學士大夫所重視，而流行於民間，成為大眾所嗜好，所喜悅的東西。」中國近代文學的平民化過程，或者文體的民主化過程，是由雅趨俗、抑雅揚俗的。繼王國維的《宋元戲曲史》、魯迅的《中國小說史略》和胡適的《白話文學史》之後，鄭振鐸把文學史研究的層面引向更深一層的俗，除了小說、戲曲之外，還包括歌謠、地方戲、變文、諸宮調、寶卷、彈詞、鼓詞和遊戲文章的俗文學層面，並且為這些俗文學爭地位和份額，認為「『俗文學』不僅成了中國文學史主要的成分，而且也成了中國文學史的中心。」[1]為了給俗文學、民間文學或白話文學爭正宗，五四那代先驅者普遍主張雅不如俗、抑雅揚俗。胡適認為，「文學史上有一個逃不了的公式。文學的新方式都是出於民間的。久而久之，文人學士受了民間文學的影響，採用這種新體裁來做他們的文藝作品。文人的參加自有他的好處：淺薄的內容變豐富了，幼稚的技術變高明了，平凡的意境變高超了。但文人把這種新體裁學到手之後，劣等的文人便來模仿；模仿的結果，往往學得了形式上的技術，而丟掉了創作的精神。天才墮落而為匠手，創作墮落而為機械。生氣剝喪完了，只剩下一點小技巧，一堆爛書袋，一堆爛調子！於是這種文學方式的命運便完結了，文學的生命又須另向民間去尋新方向發展了。」[2]這裏存在著兩個問題，存在著雙向的運動過程：從文學和文學形式的發生來說，民間的口頭的文學先於和富於文人的書面文學，少有拘束，自由創造，七嘴八舌，雜中見新，往往成為文人的書面文學傳統的源泉；然而從文學和文學形式的經典形成來說，又不能過分地崇拜自發性，文人的心血投入往往帶著深厚的知識提升、審美鑑別和規範凝

---

1 鄭振鐸：《鄭振鐸全集》，7卷，1頁-9頁，石家莊，花山文藝出版社，1998。
2 胡適：《胡適古典文學研究論集》，554頁、555頁，上海，上海古籍出版社，1988。

聚，使用得好何嘗不能使豐富的礦石百鍊成鋼，刪雜得精，選憂為粹，鑽淺求深，聚散成形，不乏使民間的口頭文學發生質的變化而形成經典的先例。因此，雅俗互動互補才能造成把文學做大、做活、做新的良態環境。如果在雅俗之間持其一而貶其二，就可能造成文學的萎縮或荒蕪。

同時，根據這種文學發生學和經典學上的原理，我們在文學閱讀和闡釋中，也有必要形成一種以雅參俗，由俗觀雅的穿透文化層面的機制。比如說明代的四大奇書，起碼有三種——《三國演義》《水滸傳》《西遊記》——是在雅俗互動中，不斷地吸取了民間的智慧和文人的知識修養而形成雅俗共賞的經典。不要低估民間的智慧，它會在不知不覺中，以有血有肉的生活閱歷推動文學描寫進入一種新的、特殊的文化和審美深度。《水滸傳》給我們展現的是一個民間社會的非常領域，一個浪跡天涯、嘯聚山林的江湖世界，一個以俠盜形式實行義士肝膽的法制外人群。司馬遷是深知中國社會結構和文化心理的歷史學家，由此他專門為游俠和刺客立傳。《史記·游俠列傳》引用《韓非子·五蠹》中的話，從法制的角度說游俠：「儒以文亂法，而俠以武犯禁。」司馬遷則從民氣和民間倫理角度肯定其信義：「今游俠，其行雖不軌於正義，然其言必信，其行必果，已諾必誠，不愛其軀，赴士之厄困，既已存亡死生矣，而不矜其能，羞伐其德，蓋亦有足多者焉。」[3]這是傳統農業社會中跟以家為本、安土重遷的家族人生形態相游離的異類的江湖人生形態，他們多為失去土地的農民、漁夫、獵戶、下層小吏、軍官、教師、手藝人、小本生意人等，普遍的貧困化和官府腐敗失公，土地無法維繫他們就浪跡江湖，法律無法保護他們就無法無天，血緣無法約束他們就以重情的義氣來拓展人際關

3　〔西漢〕司馬遷撰：《史記》，卷一百二十四，3181頁，北京，中華書局，1959。

係。他們像古希臘的大力神赫拉克勒斯那樣長途歷險，搏獅除怪，但他們搏殺百首巨龍而獲得的「金蘋果」，卻是「替天行道」「仗義疏財」的旗號。這裏的所謂「道」，就是民間的正義性。在傳統民間社會中「孝」與「義」是基本倫理，而在江湖群中義高於孝，對於酒、色、財、氣四端，他們嗜酒使氣是為了行義，他們疏財戒色也是為了打破行義的障礙。以這種道義規則觀《水滸傳》，就可以破解其深層的文化密碼。那麼，《水滸傳》寫得最好的是哪一部分呢？是寫武松的那十回，叫「武十回」。「武十回」是怎麼樣寫武松的呢？它實際上除了寫武松景陽岡打虎，顯出他的神威、神力之外，還寫了他跟五個女人的關係。綠林好漢不是好酒不好色嗎？它偏偏採取了一種逆向的思維，你哪壺不開就提哪壺，就用女色纏著你。這五個女人，第一個是潘金蓮，一個漂亮的、淫蕩的、不斷對武松進行性騷擾的嫂子。這個問題怎麼處理？家族倫理方面糾纏不清：一方面是哥哥的情分；一方面是江湖的道義。這兄弟、叔嫂在家庭裏面，很多事情說不清楚。武大這做哥哥的有時候糊塗，聽了潘金蓮一告枕頭狀之後，就總以為弟弟有點什麼不端了。這種事情怎麼處理？家族倫理中，這個女人來考驗你武松。第二個女人，武松殺嫂之後被押解到了十字坡，母夜叉孫二娘──一個開黑店的賣人肉饅頭的女老闆、江湖上的女人，你怎麼對待？武松是懂得江湖這一套的。母夜叉要用蒙汗藥蒙倒他們，兩個押解差人就給蒙倒了，武松呢，把蒙汗藥潑掉，但是自己也裝著醉倒了。這時候夥計把兩個差人抬到後面的屠宰場裏面去，再來抬武松。大概武松有點硬功吧，抬不動，孫二娘只好自己脫光膀子親自動手，一動手去抱武松的時候，武松是「當胸抱住，壓在身下」，壓得孫二娘哇哇叫。金聖歎對這一筆大聲叫好。最後菜園子張青出來圓場，說：是哪路英雄好漢啊？不打不成交。這第二個是江湖上的人，對待方式與家庭中不同。第三個女人是市場上的女人，快活林蔣門神

的妾。武松進酒店之後，就挑逗人家，對這個女人，跟對嫂子的態度不一樣，跟對孫二娘的態度也不一樣，瘋言瘋語挑逗，讓人家當三陪小姐，引得她發怒之後，他才開打。對市場上的女人用的是市場上的法則。第四個是官場上的女人，「美人計」中的女人。鴛鴦樓的玉蘭是個會唱明月曲的歌女，張都監說要把她配給武松。作為綠林好漢的男子畢竟也有軟肋，也有自己柔弱的一面，他憐香惜玉，上當了，讓人家把贓物放在床底下，把他當做強盜來處置，幾乎喪命於押解的路上。這是對待官場裏的美人計中的女人的失誤，失誤中呈現人性的隱秘面。第五個女人是在野地上的女人。武松血濺鴛鴦樓之後逃跑到了蜈蚣嶺，在深山老林裏面看到一個老道和一個女子嘻嘻哈哈，他就把老道殺死了。那個女子就是張太公的女兒，無家可歸，張太公也不在了。那個女人死纏著要跟武都頭。前不著村後不著店的深山老林裏一個青年女子要跟著你，怎麼對待？這是野地裏脫離了人間倫理約束的女人。這五個女人，有美有醜、有愛有憎、有真有假、有貞有淫。中國古典小說不是不怎麼愛直接寫人物的心理嗎？那麼《水滸傳》就讓這五個女人從五種社會層面和人物類型上，不斷地來撩撥你，使你在作出反應的時候，把你的人生態度、行為準則、倫理觀念通通都抖出來了。我們還應該往深一層想：說書人或者施耐庵們為什麼要這樣寫？實際上在他們的心目中，山中的老虎可怕，心中的老虎更可怕。他們把女色當成心中的老虎來看待，武松只有在降服山中的老虎又降服了心中的老虎之後，才能夠成為被民間社會和江湖社會廣泛認同和崇拜的一個堂堂正正的英雄好漢。中國文化比較重倫理價值和心性的修養，它通過這種形式折射在民間文化和江湖文化裏面。單靠文人雅士閉門造車，無論如何是寫不出這種血氣蒸騰而又充滿野性的文章的。只有大量汲取民間智慧，在雅俗之間形成綜合的接力效應，才能爆發出如此可觀的審美力量和文化深度。

　　大雅大俗的文學經典是一個綜合性群體文化過程的結果。署名者羅貫中、施耐庵、吳承恩以巨大的魄力面對文化綜合，又以傑出的才能進行有限度的創造，其中包含著在漫長動盪的時代，一個民族下層的宏觀記憶和宏觀想像的大敘事的精神過程。文本由口傳走上案頭，存在著複雜的文化互動，說書人各有師門甚至秘本，說書時又各有場合和契機，相互競爭中每有增刪、點染和發揮。文人的介入，又攜帶著不同文化層面中的閱歷、修養和趣味，在對各種說唱本子進行牽合、斧削、潤色、細描和重新組織中，以自己的世界觀和審美標準與之討價還價，談判調解，各方提供的文化因素超越原有的文化層面發生碰撞，擇優汰劣，集腋成裘，榫卯連接，營造大廈，因而形成了藝術巨構中上下左右多方向的意識形態合力機制，表裏偏正多重意義的審美結構。經典重讀，就是要讀出這種合力機制和審美結構中的深層意義和原則。讀《水滸傳》講「義」的時候，我們可能感到它已經把儒家的義作了民間的或江湖的解釋。讀《西遊記》講「神」的時候，我們可能會心於它已對宗教神賦予了神魔莫分的調侃。讀《三國演義》講劉備的「仁」的時候，看到在曹操大軍的追逼下，劉備攜數萬民眾渡江，日行十餘里，走了一個月，卻被曹操精選五千鐵騎，星夜前進，一日一夜就追上。這可能使我們聯想到說書人所在的宋室南渡，高宗趙構奔竄到崔府君廟，騎廟前泥馬渡江的情景。這一點也為《說岳全傳》第二十回所鋪陳渲染，[4]由此可能體驗到宋代說書人對劉備故事賦予現實的針對性和影射性。經典的形成，已在多重文化因素的介入和交織中，構造出一種多元對質、混合折中的特殊的意識形態合力機制了。我們讀《三國演義》《水滸傳》《西遊記》這三部長篇的時候，都可能感覺有一個共同的問題：它們的主要人物結構採用了

4　〔清〕錢彩：《說岳全傳》，167頁、168頁，上海，上海古籍出版社，1980。

「主弱從強」模式。作為一個團體最高領導者的第一把手比較懦弱，而跟從他的人則比較強悍。劉備跟諸葛、關、張、趙雲是這麼一個模式，宋江跟吳用、林沖、李逵他們也是這麼一個模式，唐僧跟孫悟空、豬八戒他們還是這麼一個模式。這裏是否存在著雅俗互動的意識形態的合力機制？

　　初步分析可以知道，這個模式當然是符合文學的戲劇性的要求，因為比如說唐僧不是這麼一種懦弱的狀態，而且他的法術就像孫悟空那樣，一個跟斗就到西天了，還寫什麼《西遊記》呀？就是因為他懦弱，長了一副娃娃臉，還長了一身吃了長生不老的嫩肉，才引起了男女妖精垂涎三尺，一路上招災惹禍。而且他還有點權力——會念緊箍咒；他又分不清人和妖精，分不明好壞，念緊箍咒這權力就使他的災禍越鬧越大，所以必須要孫悟空這幫徒弟來給他破災解難。孫悟空是一個野性未馴的野神，豬八戒卻是一個七情六欲都非常發達的俗神，這哥倆在一起就好戲連臺了，要不八十一難得怎麼寫才不落於沉悶和單調啊？孫悟空跟豬八戒說，你去巡山去吧，這山上可能有妖精，我們在這裏休息一下。豬八戒很不情願，走了半天，沒有發現妖精，就躺在一塊石頭上睡覺了。孫悟空變成了一隻啄木鳥去啄他的鼻子，豬八戒說：這個瘟鳥，牠把我這鼻子當成朽木頭，總以為裏面有蟲子呢，那我就把鼻子拱在袍子裏面睡覺吧。他們就這樣互相捉弄。還有一個沙和尚，沙和尚的作用就是無用，他要是像孫悟空、豬八戒那樣武藝高強，那哥三個就擺不平了。他就是沒用，沒用但是說話很在理，很謙卑。他是黏合劑，是潤滑油，要不然當師父給抓走之後，老豬和老孫一折騰起來，沒有這麼一個人，可能孫悟空就又回花果山去當猴王了，豬八戒回高老莊去當回爐女婿了。就是有這麼一個沒用的人，他就給你這麼糊弄糊弄，八十一難走到底了。因此小說中形成的這麼一種主從、強弱的互動結構，不能不說是一種高明的智慧。那麼

它還有沒有潛在的意義？如果一部小說這樣寫我們還可以忽略，三部最重要的明代的長篇小說都這樣寫，就不能不使我們去思考背後的奧秘是什麼，它潛在的文化價值、意義在什麼地方。實際上，它反映了中國文化的一個很獨特的問題：仁與智和勇之間的關係。仁賦予智勇以價值，如果沒有劉備那種仁政思想，諸葛亮只不過是個策士，關、張、趙雲他們也只是一勇之夫；沒有唐僧那種虔誠的信仰，孫悟空他們只不過是個妖精。劉備和唐僧賦予手下這些人物的智勇以價值，而智勇賦予仁以動力。這就形成了中國文化中以柔克剛、以柔駕馭剛的敘事模式。當作品深入到民間，從民間裏走進去又走出來的時候，它對文化的內在的結構就不是那種道貌岸然的說教，而是可以從它們雅俗互動的文化綜合中，透視了它的深層的很多智慧性的因素和渾融性的意義。所以雅因俗而大，在雅俗的互動中形成自己的經典。

文學文化學的第二個重要問題，是考察文學與其他文化形式、藝術形式的關係，包括它與政治、經濟、社會、宗教、哲學、習俗以及與繪畫、音樂、歌舞、影視、雕塑、建築、園林等的關係，擇要處置，推求因緣，透視文學發展過程的一些關鍵性的中介，實行學科間的交叉論證。文學向人世間的廣闊領域展示著和證明著自己的生命，既關注它的歷史文化語境，又梳理它與其他藝術形式的文化精神和審美形式的相通互借。比如中國詩詞與音樂的因緣極深，且不論原始藝術在宗教儀式和娛樂場合往往是詩、樂、舞混然莫分，即便經過整理的《詩三百篇》，也有孔子「皆絃歌之」的記載以及「誦詩三百，弦詩三百，歌詩三百，舞詩三百」（《墨子・公孟篇》）的說法。楚辭《九歌》，聞一多辨為祭祀東皇太一（玉皇大帝）的宗教歌舞劇。漢魏六朝樂府的研究者，又稱「樂府者本一制音度曲之機關，其性質與唐之教坊，宋之大晟府，初無大異。唯其職責在於採取文人詩賦及民間歌謠，被之管絃而施之郊廟朝宴，故後世遂並此種入樂之詩歌，亦

名曰樂府焉。」[5]這裏說到的唐朝教坊和宋朝的大晟府，都與唐五代宋詞的產生和定型存在著密切的關係。

唐朝教坊是管理宮廷俗樂的機構，至玄宗朝于禁城設內教坊之外，又於長安、洛陽另設四座外教坊。盛唐時期隸屬於太常寺及其下屬鼓吹署的樂師、歌者和雜戶子弟，達數萬人之多。教坊音樂多民間樂曲和龜茲樂、西涼樂等樂曲，用於公私宴席就是燕樂。這就是《通典》卷一四六所說：「自周隋以來，管絃雜曲將數百曲，多用西涼樂；鼓舞曲多用龜茲樂。」教坊樂曲衍變為唐五代詞調的有七十九曲，占當時詞調總數一百八十餘調的將近一半，包括《菩薩蠻》《浪淘沙》《浣溪沙》《西江月》《虞美人》《何滿子》等著名詞調。與內教坊並列在皇城北面東、西兩側是梨園，其技藝檔次高於教坊，常在皇帝御筵上表演，「玄宗既知音律，又酷愛《法曲》，選坐部伎子弟三百，教於梨園。聲有誤者，帝必覺而正之，號皇帝梨園弟子。宮女數百，居宜春北院」[6]。梨園弟子專門練習表演「音清而近雅」的法曲，載歌載舞，配有精湛的器樂，而《霓裳羽衣曲》就是他們表演的法曲的一種。

從初唐盛行《秦王破陣曲》到盛唐推崇《霓裳羽衣曲》，反映了時代的音樂風氣由開國氣象向太平盛世的享樂氣象的轉移。《秦王破陣曲》是唐太宗當秦王時破敵陷陣、削平群雄的軍中舞曲，李世民即帝位後加工擴充為120多人表演的大型樂舞，《舊唐書‧音樂志》說：「自從破陣樂以下，皆播大鼓、雜以龜茲之樂，聲震百里，動盪山谷。」傳播到日本、印度，弘揚國威。開元盛世的《霓裳羽衣曲》則變得華豔、輕盈、精妙，有飄飄欲仙之致，被稱為「天樂」。劉禹錫

5 蕭滌非：《漢魏六朝樂府文學史》，5頁，北京，人民文學出版社，1984。

6 〔北宋〕宋祈、歐陽修等撰：《新唐書》，二冊，476頁，北京，中華書局校點本。

《伏睹玄宗皇帝望女幾山詩，小臣斐然有感》詩說：「開元天子萬事足，惟惜當時光景促。三鄉陌（一作驛）上望仙山，歸作《霓裳羽衣曲》。仙心從此在瑤池，三清八景相追隨。天上忽乘白雲去，世間空有秋風詞。」儘管宋人王灼《碧雞漫志》根據劉禹錫這首詩和元稹、白居易、李肱等人的詩、注以及《新唐書・禮樂志》記載「河西節度使楊敬忠獻《霓裳羽衣曲》十二遍」，作結論說：「《霓裳羽衣曲》，說者多異，予斷之曰：西涼創作，明皇潤色，又為易美名，其他飾以神怪者，皆不足信也。」然而由於唐玄宗喜歡神仙，此曲名稱和風格又帶仙風道骨，野史說部將之附會為方士羅公遠或葉法善引導唐玄宗遊月宮所得的仙樂，也就不足為怪了。唐朝李肇《國史補》卷上曾記載開元年間任過太樂丞的名詩人王維的一則軼事：「王維畫品妙絕，於山水準遠尤工。今昭國坊庾敬休屋壁，有人畫奏樂圖。維熟視而笑，或問其故，維曰：『此是《霓裳羽衣曲》第三疊第一拍。』好事者集樂工驗之，一無差謬。」這可看出王維的知音審畫，也可見《霓裳羽衣曲》的精妙入微。王維精於音律，所作七言絕句《送元二使安西》，被譜為《渭城曲》，又被唱為《陽關三疊》即可證明。開元年間梨園唱歌第一的李龜年，於安史之亂後流落江南，杜甫作《江南逢李龜年》絕句說：「岐王宅裏尋常見，崔九堂前幾度聞。正是江南好風景，落花時節又逢君。」這位梨園歌手也是王維的崇拜者，據宋人計有功《唐詩紀事》卷十六所載：「祿山之亂，李龜年奔於江潭，曾於湘中採訪使筵上唱云：『紅豆生南國，秋來發幾枝。贈君多采擷，此物最相思。』又：『清風明月苦相思，蕩子從戎十載餘。徵人去日殷勤囑，歸雁來時數附書。』此皆維所制，而梨園唱焉。」[7]如此詩、樂、畫兼臻高妙的王維對《霓裳羽衣曲》印象深刻，體驗精微，可見

7　〔北宋〕計有功撰：《唐詩紀事》，卷十六，236頁，上海，上海古籍出版社，1965。

此曲的華美奇妙。因此白居易《長恨歌》既點出了「漁陽鼙鼓動地來，驚破霓裳羽衣曲」的歷史災難，又渲染了「風吹仙袂飄飄舉，猶似霓裳羽衣舞」的動人風采，把它作為開元天寶盛世一個難忘的意象進行回憶。

安史之亂之後梨園子弟和宮廷樂流散民間，比如前述李龜年流落江潭，就是發生在頂尖音樂人才身上的著名例子。至於《霓裳羽衣曲》，陸游的《陸氏南唐書》卷十六記載：「故唐盛時，《霓裳羽衣》，最為大麯。亂離之後，絕不復傳。後主獨得殘譜，以琵琶奏之，於是開元天寶之遺音，復傳於世。內史舍人徐鉉聞之於國工曹生，鉉亦知音，問曰：『法曲終則緩，此聲乃反急，何也？』後主以後好音律，因亦耽嗜，廢政事。」從一首著名的法曲的創作、吸收、流散和變異中可以看到，唐代借鑑「胡音」而使音樂變大，五代和宋借鑑民間使音樂變俗。其間，安史之亂使宮廷音樂及其人才流散是個關鍵，從此更深地刺激了公私宴集和娛樂場所的詞人依調長短句。南宋銅陽居士《復雅歌詞序略》把詞的源流上溯盛唐：「開元，天寶間，君臣相與為淫樂，而明皇尤溺於夷音，天下薰然成俗，於是才士始依樂工拍彈之聲，被之以辭，句之長短各隨其度，而愈失古之『聲依永』之理也。溫、李之徒，率然抒一時情致，流為淫豔猥褻不可聞之語。吾宋之興，宗工巨儒，文力妙天下者，猶祖其遺風，蕩而不知所止。脫於芒端，而四方傳唱，敏若風雨，人人歆絕，咀味於朋遊樽俎之間，以此為相樂也。其韞騷雅之取者，百一二而已。」隨著宋代市場繁榮，「萬家競奏新聲」，柳永從教坊新腔和市井新聲中取調填詞，使詞體趨於俚俗，蘇軾把士大夫情調注入詞體，提高了詞的品格，卻未能免音律不協的缺陷。在這裏，民間音樂情調的介入，對詞體的解放起了非常關鍵的作用。城市文化娛樂業的發達，為這種介入搭起舞臺。比如清人宋翔鳳《樂府餘論》就講：「按詞自南唐以後，但有小令。其

慢詞蓋起宋仁宗朝。中原息兵，汴京繁庶，歌臺舞席，競賭新聲。耆卿（柳永）失意無俚，流連坊曲，遂盡收俚俗語言，編入詞中，以便伎人傳習。一時動聽，播於四方。其後東坡、少游、山谷輩，相繼有作，慢詞遂盛。……余謂慢詞，當始耆卿矣。」柳永今存的二百餘首詞中，百分之六七十為慢詞長調，徹底打破了以往詞壇上小令當家、慢詞偶見的局面。宋徽宗崇寧四年（公元1105年）設置大晟府經營宮廷雅樂，制定樂律樂譜，交由教坊練習，並頒行天下。詞人周邦彥曾任大晟府提舉官，推動詞體去俗復雅的潮流，與同事合作成詞譜數十曲。這也就是張炎《詞源》所說：「迄於崇寧，立大晟府，命周美成（邦彥）諸人討論古音，審定古調……而美成諸人又復增演慢曲、引、近，或移宮換羽為三犯、四犯之曲，按月律為之，其曲遂繁。」這促進了慢詞有規範的繁茂。大晟樂推進了詞調的精緻、嚴密和典雅，卻也在精緻、嚴密、典雅中使詞畫地為牢，逐漸割斷與民間智慧的聯繫，其進一步拓展的潛力遠遜於不那麼精緻、嚴密和典雅，卻更加深刻地聯繫著民間智慧的小說戲曲等文體了。進行大時段的歷史考察可以發現，詩詞與音樂的締緣共謀發展，但二者依然因循著自己的本性，由於一方的本性過於突出而相互脫離，詩自為詩，詞自為詞，音樂自為音樂。直至它們在新的審美可能性上互相逗引，重開另一種締緣共謀的歷程。在不同的藝術形式的悲歡離合中，文學邊界的不可強為預設性和新文體另起爐灶的旁出性，都是發人深省的文學生命力的展現。

　　文學文化學的第三個問題，是本土文化與外來文化的關係，也就是文化的開放性的問題。本土文化賦予文學發展以生命的根基，外來文化則賦予文學生命更高程度的發展以及刺激、挑戰和機遇。在19、20世紀之交發現了敦煌的藏經洞，它提供了跟《四庫全書》那個傳統主流的價值系統完全不同的另外一個「異樣圖書館」，這個「異樣圖

書館」給我們提供的問題是帶有宗教性和民間性的。它保留的文獻展開了四庫全書所沒有展開的邊遠地區的民間文化的非常鮮活的，有時是那麼粗糙，卻又蘊藏無限潛力的原生態景觀。20世紀的中國學術之所以從敦煌文獻中獲得巨大的刺激、挑戰和機遇，完全在於敦煌文化蘊涵著曾在一千年前對中國文化和文學發生過巨大的刺激、挑戰和機遇的，卻在千百年間被歷史塵封了的大量文化信息。對敦煌文獻的研究，在不少方面實際上是對中古時期中國文化和文學生命歷程的一種盡其可能的復原。敦煌文獻又是一種混合的存在，而不是已經人為地作了學科分類的存在。因而對之可以進行宗教的、藝術的、民俗的、地理的、民族的多維研究或綜合研究，即便是專門研究文學，也應該從這種多維的或綜合的角度進行研究。

敦煌文獻主要的內容可能有這幾樣：五萬卷的寫本、印本文獻資料，占第一位是宗教性的，主要是佛經，還有其他宗教的抄本，還有近五萬平方米的壁畫和兩千餘身塑像。比如對禪宗的研究，胡適從海外敦煌卷子中發現神會的許多材料，編成《神會和尚遺集》，並寫出了長篇的《菏澤大師神會傳》。胡適由此翻了禪宗史的案，他認為不是六祖慧能，而是七祖神會，才是南派禪宗真正的開山祖師，是他寫了《六祖壇經》，並冒著殺頭的危險，奮鬥數十年，把慧能這個區域性不識字和尚的南派教義打入中原，顛覆神秀的北派禪宗，從而完成禪宗史上的革命大業。胡適自稱這是重治禪宗史的一個里程碑。又比如陳垣，遍考摩尼教的相關資料，參照京師圖書館所藏《摩尼教經》，於1923年在《國學季刊》上發表了《摩尼教入中國考》，論定摩尼教是在唐武則天延載元年（694）傳入中國，並探明它在以後的流行和遭禁的情形。這都說明敦煌文獻是唐朝前後宗教史研究的難得的豐厚資源。

第二是藝術史的圖像和文獻，北朝、隋唐、西夏的石窟壁畫，有

說法圖近千幅，佛像萬餘身以及佛教故事畫、經變畫、神話題材畫、供奉人畫像，人物畫之外山水畫和圖案畫也數量甚巨，在中古藝術史上填補了很多空白。

第三就是邊疆史地的材料，發現了一批用吐蕃和西域少數民族文字所寫的卷子。比如敦煌古藏文寫卷中存有贊普王朝的紀年、世系、贊普傳略、王臣唱和故事以及韻文體的卜辭、格言、諺語。其中一則演義《尚書》所載商紂王和妃子砍開早上涉河人的脛骨，剖開賢人比干的心的藏文故事，可考見漢蕃文化交流以及《封神演義》故事的雛形。漠北回鶻汗國立國將近百年後，因天災疫病流行，而被鄰部黠戛斯擊破後西遷和附漢入蕃以及它們分別建國後與周邊民族的關係，甚至它們的官制、教派，都可以從敦煌文獻中發現蹤跡和脈絡。一些記載敦煌地區的地方政權「歸義軍」的文獻，可補訂正史記載的缺漏、訛誤和不成系統之處。《張議潮變》和《張淮深變文》，寫安史之亂後，河隴、敦煌一帶為吐蕃佔領，七十年後張議潮乘吐蕃內亂，率領沙州士民驅逐吐蕃守將，收復瓜州、伊州等十一州。他歸唐受封為歸義軍節度使後，由其侄子任敦煌太守。變文以說唱形式，展示了張氏叔侄思慕大唐，舉義師而使得「蕃戎膽怯奔南北，漢將雄豪百當千」的英雄氣概。唐末五代之際，張議潮的孫子張承奉接任歸義軍節度使，據傳當地白雀飛來，部下以為祥瑞勸進。張承奉就自稱「白衣天子」，建立「西漢金山國」。說不清楚張承奉信奉摩尼教，摩尼教又崇拜白色，還是別的緣故使他自立為「白衣天子」。但是敦煌文獻中有「大宰相江東吏部尚書」張文徹寫的《龍泉神劍歌》，寫金山國與甘州回鶻交戰，借助「龍泉寶劍出豐城，殺氣衝天上接辰」的神威，以一萬漢蕃精兵挫敗強敵，打出「通同一個金山國，子孫分付坐敦煌」的局面。「三楚漁人」張永的《白雀歌》，稱頌張承奉「承白雀之瑞，膺周文之德」，有將如神，能征服沙南、樓蘭，成為「金山明聖主」。

這些變文和政治詩，都應參同敦煌地區的政治和民族史，才能深入
研究。

　　第四是民間文學和一些藝術形式的起源資料，使唐、五代、宋初
文學的文體發生學、傳播學和雅俗互動之學有了更加豐富多彩的文獻
資源，從而在本質上改寫了這段文學史的發展結構，並溝通了許多文
學要素於此前此後的發展脈絡。一些在正統文獻中湮滅殆盡的詩文重
見天日，比如王梵志的白話詩雖在黃庭堅文集和宋人詩話筆記中有時
露出「翻著襪」「土饅頭」「鐵門限」以及「他人騎大馬，我獨跨驢
子。回顧擔柴漢，心下較些子」一類機鋒，但是直到敦煌文獻中發現
他的三百餘存詩，世人才得以窺見其真面目。胡適作《白話文學
史》，在只掌握部分敦煌殘卷的時候，就根據《太平廣記》卷八十二
引《史遺》以及唐人馮翊的《桂苑叢談》，推定王梵志的年代在隋末
唐初，約當公元590年至660年。[8]更早引起學界震動的是唐末五代韋
莊長1600餘字的詩和長篇敘事詩《秦婦吟》的重新出土。五代孫光憲
《北夢瑣言》說：「蜀相韋莊應舉時，黃巢犯闕，著《秦婦吟》一
篇，內一聯云：『內庫燒為錦繡灰，天街踏盡公卿骨。』爾後公卿亦
多垂誚，莊乃諱之，時人號『秦婦吟秀才』。他日撰家戒，內不許垂
《秦婦吟》障子，以此止謗，亦無及也。」羅振玉、王國維1924年讀
到日本教授錄傳的倫敦博物館殘本，又移書索得伯希和提供的巴黎圖
書館藏本的手錄本，羅振玉顯然很興奮，說「今讀此篇，於寇盜之殘
暴，生民之水火，軍人之畏葸肆虐，千載而下，猶驚心駭目。西陲絕
塞邊民，已輾轉傳寫，則當時人人傳誦可知。晚雖畏謗以戒子弟，然
終不能絕其傳也。」王國維又補充說明這首長詩雖為諱言避謗而未能
編入韋莊《浣花集》傳世，但還在民間流傳的原因，在於「此詩當時

8　胡適：《白話文學史》，230頁-252頁，上海，新月書店，1928。

制為幛子，則風行一時可知」。[9]他們都是從傳播學的角度，考察此詩的藝術生命力的。至於從文體發生學的角度，考察宋以後盛極一時的文體在唐世民間的濫觴，最值得重視的是詞的起源和敦煌的曲子詞之間的關係、小說的轉型和敦煌變文及佛教俗講的關係。比如敦煌文獻《雲謠集》存有唐代民間曲子詞30首，書名大概來自《穆天子傳》，記載周穆王西征宴請西王母，西王母為賦《白雲謠》：「白雲在天，山陵自出，道里悠遠，山川間之。將子無死，尚能復來。」但它的成書當在安史之亂後敦煌隨隴右道諸郡州陷落於吐蕃之前，比起五代後蜀廣政三年歐陽炯為之作序出版的《花間集》這部一向被視為現存最早的詞作總集，要早上將近兩個世紀。歐陽炯的《花間集序》也是以西王母的《白雲謠》比喻詞的，即所謂「唱雲謠則金母詞清，挹霞體則穆王心醉」，二者比較，可見詞從民間到文人綺筵的文體衍變蹤跡。至於白話小說的早期蹤跡，王國維認為，敦煌殘本《唐太宗入冥記》，「全用俗語，為宋以後通俗小說之祖」[10]。鄭振鐸則更加關注變文：「在敦煌所發現的許多重要的中國文書裏，最重要的要算是『變文』了。在『變文』沒有發現以前，我們簡直不知道：『平話』怎麼會突然在宋代產生出來？『諸宮調』的來歷是怎樣的？盛行於明、清二代的寶卷、彈詞及鼓詞，到底是近代的產物呢，還是『古已有之』的？許多文學史上的重要問題，都成為疑案而難於有確定的回答。但自從……發現了變文的一種文體之後，一切的疑問，我們才漸漸的可以得到解決了。我們才在古代文學和近代文學之間得到了一個連鎖。」[11]變文是從印度和西域的佛教或佛教文學中衍變而來的一種民間說唱敘事文體，外來的影響確實給中國文學帶來新的想像空間和審

9　〔唐〕韋莊：《韋莊集》附錄，135頁、136頁，北京，人民文學出版社，1998。

10　顏廷亮主編：《敦煌文學概論》，430頁-433頁，蘭州，甘肅人民出版社，1993。

11　鄭振鐸：《鄭振鐸全集》，7卷，159頁，石家莊，花山文藝出版社1998。

美可能性，從而使之做新做大了。從這個系統放出來的大量能量和說書人的智慧、口才結合起來，相互推動，使中國出現了一個龐大的白話小說的系統，幾乎改寫了一部中國小說史。外來文化與本土文化，西域文化與中原文化的關係的重審，成為敦煌學中的中國文學史研究的不朽命題。

　　實際上，外來文化與本土文化的交互作用，已深刻地滲透到我們的認知方式和思維方式之中。現在的很多習以為常的詞語跟佛教文化，跟外來文化多有關係，形成了一種「自外而不見外」的文化情境。不用說「佛」「菩薩」「六根清淨」「四大皆空」這些有宗教痕跡的詞語是從佛教裏來的，就是早已融入我們的日常字眼如「平等」「世界」「因果」「實際」「正宗」「普遍」「差別」，也是從佛教來的，還有像「對牛彈琴」「井中撈月」「盲人摸象」「拈花微笑」「醍醐灌頂」這類成語典故，也來自佛教典籍。它們已融入中國思想，形成儒、道、佛多層滲透的體系，對文學想像能力也起了極大的開發作用。歷史行進到了19、20世紀之交的近代，日本漢字也給我們帶來了很多新的術語，推動了中國思想和知識的現代化。它創造新詞的方式，一是重組，二是變性，三是擴容。重組的詞比如「哲學」，是我們中國古代所沒有的，它就把一個「哲」字和一個「學」字拼在一起，變成了日本漢字來去翻譯「Philosophy」。變性的詞本是中國古代的術語，比如說「封建」，本來周初的「封建」是指分封諸侯來拱衛國家的長治久安，卻變性成了介於奴隸社會和資本主義社會中間的一種社會形態了。擴容的詞語是在原本意義的方向上加以引申，比如「革命」，本來是「湯武革命」——商湯王和周武王起來反抗暴政——卻擴展成了指政治的、經濟的、文化的，甚至科學技術的某一個領域的一種本質性的變化。日本漢字的借用詞內容非常廣泛，涉及思想的科學、傳統、現象、本質、權威、人權、人格，涉及學科的哲

學、歷史、經濟、教育等，都被一幫旅東人士和留日學生寫入自己的文章。這些新話語並非孤立的存在，而是帶著新的世界視境、價值取向和思想邏輯進來的。它們與嚴復的翻譯、梁啟超的報章文體和林紓的譯述一道，組成中國文學轉型的文化語境，推動中國文學的現代化進程。話語的變動，是一種潛在的歷史變動。

二　文學的圖志學的問題

　　中國文學的歷史遺存，不僅在於文字，而且在於圖畫，圖畫與文字共同構成原始材料。這就召喚著中國文學史的形態應該出現一種圖志學的新的敘述範式。葉德輝《書林清話》強調圖與文二者的依存性：「吾謂古人以圖書並稱，凡有書必有圖。」宋人鄭樵《通志》卷七十二《圖譜略》，強調二者的互文性：「見書不見圖，聞其聲不見其形；見圖不見書，見其人不聞其語。」[12]圖志學的提出，實際上是提供了文學的文獻學之外的另外一個文學存在空間和解釋空間，在文字空間與圖畫空間之間開拓一個相互對照闡釋的互文性系統，並且經由互文性溝通了文學史、藝術史和文明史，擴張了文學地圖重繪可能的模樣和範式。由於互文性在不同文學存在空間、解釋空間上互相置換和轉移，也就不可避免帶來了圖像對文字的印證、顯示、闡發，由此也帶來了由於圖像的直觀性所產生的聯想、暗示、生發以及誤讀的種種可能，從而展示了圖志學學理的一系列問題。[13]

　　圖志學學理的第一個問題與圖志學的構成對象相關，即必須認定，圖畫也是一種語言，是以構圖、線條、色彩、情調所構成的一種

12　〔清〕葉德輝：《書林清話》，卷八，181頁，長沙，嶽麓書社，1999。

13　〔法〕朱麗婭・克利斯蒂娃：《詩歌語言的革命》，瑪格麗特・華勒譯，59頁、60頁，紐約，哥倫比亞大學出版社，1984。

沒有文字的語言，它本身包含著很大的文化信息量。中國古代就有
「詩是無形畫，畫是有形詩」，或者「詩為有聲畫，畫為無聲詩」的
說法。元人楊維楨在《無聲詩意序》中說：「東坡以為詩為有聲畫，
畫為無聲詩。蓋詩者，心聲；畫者，心畫，二者同體也。」對於作畫
用筆，唐朝張彥遠《歷代名畫記》說：「意存筆先，筆周意內，畫盡
意在。」宋朝郭若虛《圖畫見聞志》進一步發揮說：「意存筆先，像
應神全。」這就是說，圖畫中蘊涵著生命體驗和文化意義，它們被中
國論畫者經常引用。這就意味著一種可能性，即是把圖畫作為與文學
文本相互映照的一種「文化文本」，為人們的文本閱讀和闡釋提供了
兩個不同質的文化維度。比如說，1916年《新青年》上「反孔」——
這種反孔、非孔的思潮在五四新文學運動中是相當強盛的。但是到了
1926年鄭振鐸主編《小說月報》的「中國文學號」的時候，它的卷首
第一幅畫，採用的據傳是吳道子所作的《孔子行道像》。刊物的卷首
是一種具有文化意義的標誌，它不用說話就已經暗示了許多話，令你
直觀地感覺到這份刊物對傳統文化的態度有所調整。這就是一幅卷首
畫對五四思潮的互文性解釋。我有一本書叫《京派海派綜論》，用了
兩幅梅蘭芳的畫，一幅取自北京的一個畫報，是《宇宙鋒》裏面的劇
照，梅蘭芳穿著戲妝，非常端莊靚麗，鳳冠、彩袍，光彩照人。而上
海一個漫畫雜誌，它把梅蘭芳的腦袋嫁接在一個摩登女郎身上，穿著
比基尼泳裝，還在那裏載歌載舞。京派和海派的地域文化以不同的情
調立場，對同一位戲劇大師的互文性解釋的結果，把它們放在一起相
比較，卻可以觀照出京派和海派自身的面影。進一步思考可以發現，
1916年的「反孔」和1926年的孔子卷首畫，它們之間的比較闡釋是時
間上的、縱向的或可稱為「十年互文」；北京畫報的梅蘭芳像和上海
漫畫雜誌的梅蘭芳像，它們之間的比較闡釋，是空間上的、橫向的或
可稱為「千里互文」。由此可知，圖志學上的互文性闡釋，牽動著或

建構著一個屬於它的文化意義的時空結構。

按照互文性的理論，圖畫並非鄭樵所謂只有「形」而沒有「聲」，它也要「說話」，它有「說話」的欲望、意向和隱喻結構，即元代畫家黃公望所謂「良工善得丹青語」，只不過圖畫說話的方式與文字不同。說話者的觀點和腔調，來自它的「身份」。這就是蘇東坡稱讚文與可畫竹：「其身與竹化，無窮出清新。」（《書晁補之所藏與可畫竹》）這就出現了圖志學闡釋的時空結構的第三維，即由視象形態的表層指向精神意義的深層。圖志學所搜集的與文學相關的圖畫，形式很多，身份複雜，有的是來自古籍中的木刻插圖，有的是各大博物館裏面的書法和繪畫，有的是地方作家的遺跡，有的是出土文物，有的是民間的一些圖畫如年畫，有的是流散到海外的圖畫或者是中國作品被翻譯成國外的文字所作的插圖。圖畫類型之異，有古有今、有雅有俗、有中有外，這就產生了一種回音壁的效應、共鳴的效應。它們以不同的身份視點，在言說著文學。比如說在陝西發現了一幅木刻的民間畫，叫《庇（弼）馬溫》，畫的是一個猴子拿著一個大紅桃子，它的肩膀上蹲著一個小猴子，用手指怯生生地指著那個桃子，後面是一棵松樹。這《庇馬溫》畫，實際上用在過年的時候貼在馬圈、牛圈上面，要借孫悟空的威靈來避邪，鎮壓瘟神——民間對孫悟空是這麼一種理解，實際上是把一個神話文學形象轉換成一種原始信仰的六畜保護神。蘇州桃花塢有一幅《水滸傳忠義堂》年畫，二十二個人物，中間是宋江，沒有盧俊義。背後是兩個一紅一黑的大漢，即赤髮鬼劉唐和黑旋風李逵；前面兩個人在那裏互相爭吵，這是大刀關勝和急先鋒索超。兩邊是兩對夫婦：右邊一對夫婦是菜園子張青和母夜叉孫二娘，左邊一對夫婦是一丈青扈三娘和矮腳虎王英這兩口子。王矮虎的高度只到一丈青腰部那麼高，他本身就有點幽默感。更逗趣的是，從屋頂上弔下兩根橫杆，上面有五個人物，一個是母大蟲顧大

嫂，還有一個不知道哪裏來的樂三娘子，都在那裏表演雜技呢，而且是女子在男子頭上表演，渾無男女尊卑的禁忌；還有兩個跳樑小丑用腳鉤在梁上，一個是白日鼠白勝，一個鼓上蚤時遷；另有一個人像跳馬一樣跳躍，這是拼命三郎石秀跳樓。這麼一個水滸忠義堂，令人感到人物行為打破了時空結構，人物姿態有幾分無法無天，幾分可愛可親，還有幾分滑稽開心。這是民間的水滸觀，是民間對《水滸傳》的一種並不計較它是否忠義、是否替天行道、是否護國保民的輕鬆而稚氣的體驗。天津楊柳青有很多《紅樓夢》的年畫。有些圖畫流散到俄羅斯了，有些還在國內。楊柳青年畫中的《紅樓夢》，絕對不是文人所理解的那個悲劇《紅樓夢》，不畫《葬花》《焚稿》這類要死要活的、悲慘的場面，更多的是俊男靚女、慈祥的老太太及金玉滿堂、富貴榮華這種祥和景象，這才能夠貼在炕頭上過年嘛，你貼一個癆病鬼，一個整天抹鼻子、掉眼淚的苦命人兒在那裏，豈不招惹晦氣？這是民間的《紅樓夢》的觀點，它以過年討個好彩頭的民俗心理和《紅樓夢》故事發生互文性的解釋和選擇。古典名著為民間喜聞樂見，但所聞所見卻是一個各有所好的動態過程。

圖志學學理的第二個問題，與圖畫的直觀表達中呈現很多複雜的異樣的文化信息相關。圖畫必須展示場面，人物的面容舉止之外，還有服飾裝束、歷史環境、典章文物，都帶有許多不可迴避性。宋朝畫家米芾的《畫史》說，「今人絕不故事，則為之人又不考古衣冠，皆使人發笑」，大概指的就是這一層顧慮。當事人或時代相近人作畫，當然可以增加臨場感，但是異代或異國人作人物故事畫，由於知識的隔膜和理解的走樣，在與文學本文發生互文性關係時，有時就難免出現差池。這種「有意味的差池」，蘊涵著不少值得辨析的有趣味的文化信息。唐人張文成所寫的駢文體小說《遊仙窟》，用第一人稱敘事，它在我們國內早已經失傳了，所幸的是它隨遣唐使流到日本得以

保存。這件事本身，就反映了一種豔情小說在中國正統文化和日本島國文化不同的接受態度。直到晚清的時候才有旅日人士發現此書而予以著錄。到1929年北京大學的川島先生（章廷謙）以日本的版本為底本再用韓國的版本加以校對，把它在北新書局出版了，魯迅還為此書作了一個序。但是文回來了，有沒有日本的插圖呢？2001年，我在日本發現了大概相當於清朝康熙年間的一個版本，圖文對照，各居其半。我把它複印回來，在我的修訂本《中國古典小說史論》中用了兩幅圖。這圖很特別，通過它可以看到中國小說在日本接受時候的日本化過程。它畫的第一人稱男主人公「我」有兩個特點：一是鬍子是在臉蛋上面，再一個他戴的帽子是個硬幞頭，後面兩個帶子是翹起來的。張文成是武則天時代的人，而這種幞頭是不符合武則天時代的制度的。從陝西的懿德太子墓等唐墓的壁畫可以得知，唐朝前期的幞頭是軟幞頭，是往下垂的，畫插圖的日本人不懂幞頭形制的變化過程。什麼時候幞頭硬起來的呢？是五代到宋的事情。還有，在他前面跳舞的美人是冬瓜臉，就像《浮世繪》裏面女人那種粉臉的樣子。另一幅圖還畫了打仗的場面，把日本的武士道都畫進來了。所以歷史文化有時間的流程，各國文化有空間的參差，需對文化風尚進行時空定格，才能看出這裏的日本化的過程。我到內蒙古參觀昭君青冢的展覽，看到一幅日本人畫的《昭君出塞圖》，那昭君胖墩墩的，穿著一身和服，大概是日本哪位姑娘代替我們的昭君出塞了。

　　圖志學互文性所強調的「異樣信息」或「有意味的差池」，可以深化對歷史文化潛流的透視。圖、文不同系統的相互參照，甚至涉及「胡化」、漢化這類大題目。有一幅《東丹王出行圖》，是很有名的五代時期的畫。東丹王是誰呢？是遼太祖耶律阿保機的長子耶律倍。耶律阿保機吞併了渤海國──渤海國在現在的吉林這一帶──之後把渤海國改名叫東丹國，封他的長子耶律倍作東丹王。耶律阿保機曾聽從

長子耶律倍的建議「孔子大聖，萬世所尊，祭祀宜先」，詔建孔子廟
而祭奠。但是耶律阿保機征服了渤海國的當年就去世了，政權掌握在
述律皇后的手中，由她稱制而掌攝軍國事。述律皇后是回鶻人，是耶
律倍的生母蕭皇后亡故後被冊封為皇后的。她信的是摩尼教，跟信奉
儒學的耶律倍有矛盾。述律皇后就把政權傳給老二耶律德光，是為遼
太宗。老大想學吳太伯讓國，終不能消弭兄弟不和，老大就在海上留
了一塊木牌，刻有「小山壓大山，大山全無力。羞見故鄉人，從此投
他國」的詩，逃到了中原。後唐明帝改耶律倍的姓為國姓，叫做李贊
華。這李贊華就畫了這幅《東丹王出行圖》，回憶他當年在東丹國的
情景。

　　你看這個圖，可能一下子就看出來，東丹王和他的兩個文職大臣
帶有漢化的明顯印跡。他們穿的衣服雖然還是那種窄袖、左衽的衣
服，甚至還戴著契丹人特有的耳環，但是衣服上面的花紋已經帶有漢
化跡象了，尤其是他的髮型和冠——採取漢族總髮打髻然後在上面戴
上冠的髮型。契丹人的髮型應該是髡髮，髡髮是什麼樣呢？髡髮就是
把腦袋中間的頭髮剃光，留著四面的頭髮，或者是披散下來，或者是
編成辮子。這個圖中可以看李贊華髮型變了——髮型變化是很大的變
化，說明他開始漢化了。而他前後騎馬扈從的兩三個武士還是髡髮戴
氈帽或實裹薛袞冠，獸皮圍腰懸著怪樣的箭囊，完全是一派契丹人的
派頭。根據《遼史》記載，遼太宗兼併長城內外之後，實行「兩面官
制」，「以國（契丹）制治契丹，以漢制待漢人」。到他統治的第二個
十年，才實行「太后、北面臣僚國服（契丹服），皇帝、南面臣僚漢
服」。而這時李贊華已在南方被害。再過三四十年，大臣才在朝廷大
禮上都穿漢服。可見耶律倍是漢化的先行者。進一步分析可以看到，
漢化的過程是由上而下的。這就是說少數民族的貴族生活水準、文化
程度比較高，他就有可能獲得中原的書籍和學問，把中原的制度作為

他追求的目標。「胡化」的過程則相反，一般情形下，「胡人」的風俗浸染漢人的過程是由下而上的，比如說他們表演的雜技、幻術、歌舞，是先到民間、到市井上的，那些達官貴人端著架子，你讓他穿胡人的服裝、或者欣賞「胡人」的舞蹈，那是不能輕易屈尊的。在圖與文相互參照的縫隙中，人們找到了一針就使文明史經絡系統發顫發麻的穴位。它可以引起我們對中國多民族在歷史過程中，如何通過文化互滲而逐漸形成一個文化共同體的思考。圖是一面鏡子，可以在圖文互照中更深刻地認知「文化自我」。圖文互動，使我們深入一層，並且興致勃勃地逼迫歷史的本質。

圖志學學理的第三個問題，與考古文物相關。由於考古發現的金石簡帛、圖籍壁畫有著可靠的時間空間定位，從中攝取的圖畫與今存文字文獻相參照，可以給文學研究提供多重的證據。比如有一本《唐三藏取經詩話》，後面刻有出版者「中瓦子張家」的字樣。「中瓦子張家」是南宋時候臨安的一個印書和賣書的書鋪，到元代還存在著。對於這本書的版本到底是屬於哪個朝代，魯迅的《中國小說史略》為了慎重起見認為是宋元時代，更傾向於元代。但是，在甘肅的敦煌附近有個榆林石窟，裏面有三幅西夏壁畫《唐僧取經圖》，都有一個特點：有唐僧、孫行者、白馬，但是沒有豬八戒、沙和尚。這種人物結構跟《取經詩話》是一致的。我們再看臨安的一個達官貴人劉克莊，部長級的幹部，他留下來的詩有四千多首，是宋人裏面現存詩歌第二多的，僅次於陸游。他的詩裏面兩處提到孫行者，其中有句「取經煩猴行者」（《釋老六言十首》）。這樣就發生了一個問題：在南宋的首都和西夏的佛教洞窟，在達官貴人和邊疆的僧俗之間傳遞著同一個文化信息，遠隔幾千里，社會層面不一樣，地理位置不一樣，甚至是當時的國別都不一樣，古代不像現在有 Internet 這類東西，那麼在古代交通條件下要形成這麼廣的同一種信息的傳遞和覆蓋，非有一種木刻本

的《取經詩話》在流行不可。由此可以推斷，「中瓦子張家」的《取經詩話》應該是南宋的版本。

　　文字遺存和文物遺存的歷史條件不盡一致。經過士人選刻的典籍，一般講究在高雅文化中尋找名人效應，而墓葬冥器和刻圖，更期待死者享受俗世的富足生活。二者之間存在雅俗文化層面的參差，使我們可以在其互文牲中看到歷史情境的另一面。王國維的《宋元戲曲考》根據現有的書籍文獻材料，作出判斷：宋雜劇是敘事體的，而到了元雜劇才是代言體。可是他的證據實際上是經過文人編選出版了的典雅大曲，而不是市場上表演的那種以滑稽為情調的通俗雜劇。他由此推斷出宋代和元代的雜劇在表演體制上有敘事體和代言體的區別，由於所據材料的非直接性，就顯得並不十分可靠。20世紀80年代在河南溫縣出土了一批北宋時期的雜劇磚雕，磚雕上類似於後來的生旦淨丑這類人物角色非常完備，印證了《都城紀勝》中所說的「末泥色主張，引戲色分付，副淨色發喬，副末色打諢，又或添一人裝孤」的宋雜劇五角色的記載，而且跟元雜劇的角色一脈相承。有了角色就必須有一定的服裝行頭，必須有一定的人物類型，必須有一定的唱腔，就必須為自己扮演的人物代言，不可能像簡單的說故事人那樣表演。角色的固定化是一人鋪敘故事的解體，是代言體戲劇的標誌。再參證以宋人洪邁的《夷堅志》裏面記載了一些宋雜劇的片段或者縮寫，其中一則記載王安石因其女婿蔡卞之兄蔡京的緣故，封舒王而配享孔廟，優人扮演孔、孟，推讓王安石居上位，激怒了子路，痛責孔子女婿公冶長不能為老丈人爭氣[14]，這已經可以看做代言體的雜劇小品了。經由以出土文物與古書記載相互對質，對於王國維所謂宋雜劇是敘事體不是代言體的判斷，就有必要和有可能重新檢討了。圖畫性文物，以

14　〔南宋〕朱熹：《四書章句集注》，75頁，北京，中華書局，1983。

年代、地域都比較確定的身份，為古代文學人事對質或作證，所以它賦予文學的文體嬗變和版本源流的考證以別一樣資源，別一樣風光。文物說出了文字文獻失載或湮沒後不能說出的有關歷史真實的話。

圖志學學理的第四個問題，與文學的接受史有關。圖志學的過程應該理解為一種對話的過程，不僅是圖畫作者與文學文本的對話，而且是今日的研究者與圖畫以及通過圖畫與文學文本的對話，從而形成了對話的多重性和交叉性。文學文本和圖畫文本在這種多重的、交叉的對話中，獲得了多維的意義和動態的本質，從而使文學史寫作變得生機盎然。即便在第一重對話上，它也不是被動的接受，而是主動的選擇。圖畫的繪製並不是作家寫了什麼，寫了多少，畫家也就依樣畫葫蘆地畫上什麼，畫上多少；更重要的是畫家在作家那裏看到什麼、選擇什麼、欣賞什麼。它有一個接受美學、接受心理的問題，從而牽涉畫家所處時代的士人風習。比如說蘇東坡，他可能是古代文人的行事和作品在元明清時期被作為繪畫、書法題材最多的一個人。我搜集的清朝以前的關於蘇軾的圖畫和書法起碼在五百種以上。但是這些書畫作品不是平均用力的，不是蘇東坡有一首詩後人就配一幅畫，不是的，而是分佈很不均勻，集中在三個關注點上。第一個關注點是前後《赤壁賦》，寫文人漫遊。第二個是《西園雅集》，蘇東坡流放到黃州，後來在元祐年間重回翰林院，跟他的弟弟蘇轍，還有黃庭堅、秦少游，畫家李公麟、書法家米芾這麼一大幫人，詩書畫三絕，在駙馬王詵的後花園舉行了一個 party。這一題材的畫，明清很多著名的畫家都畫過，因為這在詩歌史上是文人夢魂縈繞的一時盛事。當然開頭的時候可能是元祐黨人案被打下去的蘇東坡一幫人，到南宋孝宗時候翻案了，文人為了懷念這些受冤枉的人畫了這麼一些畫。但是元明清後人主要是把它作為一個文化之夢來畫的，因為我們的詩歌最盛的時代是「三元」：盛唐的開元、中唐的元和，還有一個是北宋的元祐。

《西園雅集圖》實際上是詩壇千載難逢的盛事與文人的雅集情結相融合的結晶。蘇東坡再一個被畫得比較多的就是《東坡笠屐圖》。蘇東坡被流放到海南島的儋州，他有一次去拜訪當地的黎族父老，回來的時候碰到下雨，一個村婦就給他一隻斗笠、一雙木屐，他就戴著斗笠，穿著木屐走回家。旁邊的狗在叫，孩子在笑。應該看到，東坡流放到海南當然是很痛苦的，是一個災難的時期。但是他用名士的態度、曠達的胸懷，超越了、化解了他的精神上的痛苦。歷代受到不平待遇和人生挫折的文人，都面臨怎麼樣去調整他們的心理的難題，他們尋找到東坡，戴笠著屐從容穿越風雨的名士態度，有他的高明之處。所以《東坡笠屐圖》作為一種精神象徵，被比較多、比較有特點地繪寫複製了。現在到海南島去參觀東坡書院，矗立在院子裏的銅像是《東坡笠屐圖》，書院大門旁邊刻的明清時代的畫像碑也是《東坡笠屐圖》。人生樂事的雅集，親近自然的漫遊以及穿行風雨中的笠屐，明清文人畫家對蘇軾的發現，不僅發現了蘇軾已是一種文化，而且也通過已成了一種文化的蘇軾，發現了自己的人生情趣。

發現是一個歷史過程，不同的歷史時期引導人們進入不同的發現層面。它既在被發現的對象中找到依據，又必然受到歷史過程所提供的精神關注點的限制。時代的精神關注點，是畫家進入特定的發現層面的「先行結構」。這在杜甫和杜甫詩的繪畫上，體現得非常充分。杜甫的《三吏》《三別》是新中國成立以後才畫得多起來，這是以階級鬥爭的觀念去看杜甫。實際上在明清以前，幾乎沒有人畫《三吏》《三別》。畫得多的，一種是《飲中八仙》，就是李白、賀知章、張旭這一群酒鬼，淋漓盡致地表演著的那個「醉態盛唐」。第二種是畫田園風味的杜甫，或者說表現杜甫在成都浣花溪畔草堂所體驗到的農村田園風味的生活，即所謂「老妻畫紙為棋局，稚子敲針作釣鉤」（《江村》），所謂「肯與鄰翁相對飲，隔籬呼取盡餘杯」（《客至》）。第三種

畫得比較多的，是《公孫大娘舞劍器圖》，畫一個舞劍器第一的奇女子的女弟子在安史之亂中流落邊遠的山城。杜甫寫她，寄託著對盛唐崩裂，梨園弟子煙散的無限感慨；後人畫她，更看中的也許是劍器舞女的傳奇性了。

　　古代圖畫所體驗到的文學文本的價值，往往與現代人的體驗存在著很大的實質性差異。有差異才有歷史，有差異才有文化的進步。但這也要求我們，讀圖須用思想的眼睛去讀。清代以前以白居易為題材的書法繪畫，現在可能還能夠找到二三百種吧。畫他最多是什麼呢，一是《琵琶行》──《長恨歌》在改編成《長生殿》以前不如《琵琶行》畫得多──《琵琶行》那種天涯淪落、紅顏知己的母題和情調，應和著文人在人生失落之時尋找寄託的精神需求。第二種比較多的是「紅袖添香」。「紅袖添香」被視為文人的一種豔福。白居易有兩個妾：一個叫樊素，長著櫻桃口，會唱歌，所以叫「櫻桃樊素口」；一個叫小蠻，會跳舞，「楊柳小蠻腰」，腰肢很柔軟。白居易第三種被畫得多的是《香山九老圖》。白居易在唐武宗會昌年間，以刑部尚書退休到洛陽的香山寺──就是現在龍門石窟的對面，在那裏度他的晚年，跟六個離退休老幹部交遊、飲酒賦詩，七人五百七十歲。後來又來了兩個人來找他：一位僧人九十五歲；一位洛中遺老一百三十六歲，繪其形貌合為《香山九老圖》。[15]宦海風波之後，文人善終、晚年納福，也是後世文人所懷念、追慕的好運氣。顯然這些圖畫不只是畫了作家的作品，揣摩了其中的神韻和情調，更重要也折射了畫畫的這些文人接受作品時的精神世界，他對人生的思慕和選擇。這些圖畫非常看重豔福、長壽以及失意時的溫情慰藉，但對於白居易詩的另一重要方面，即關心民間疾苦，宣稱「但傷民病痛，不識時忌諱」（《傷唐

---

15 〔清〕汪立名編：《白香山詩集》，卷四十，四庫全書本。

衢二首》）的「新樂府」或諷喻詩以及一些清新流暢的寫景抒情之
作，卻不甚介意。這種接受過程的思想流失，恰是需要以「思想的眼
睛」進行解讀的。

　　總之，文學的圖譜系統是一個與文字文獻系統相對應的非常龐大
的浩如煙海的待開發資源。文學圖志學以自身的學理和方法，對這兩
個系統進行現象的、考據的、闡釋的和接受的二維統觀和深度開發，
可以形成圖文互動互釋的綜合效應。由於圖志學要求這些圖不是簡單
地「插」進去，而是帶著生命活力和意義活力，並與文字的敘述融為
一體的，因而也就可能開發出一種「以圖出史，由史帶圖，圖文互
動，意義互射」的文學史寫作範式。這樣重繪的文學地圖，在意義、
範式、資源、學理諸多層面都會有新的氣象，就不只是一個圖文並
茂、雅俗共賞的問題——當然圖文並茂、雅俗共賞也很重要。我曾經
說過，一種文化的生命力第一是它的原創性，第二是它的共用性。原
創是靈魂，共用是目的。沒有原創的共用，是吃人家的殘羹剩飯；而
沒有共用的原創，是用冷豬頭肉去供神。二者的牽手共進，才是我們
要提倡的現代性。如果你創造出來的寶貝只有那麼兩三個人知道，那
種文化就很容易折斷。所以能夠把文學地圖繪製得生氣流動、雅俗共
賞，也是一種很大的創新。但是我們不止於圖志學，而是把它與文學
的民族學、地理學、文化學並列，成為繪製文學地圖的四大支柱、四
大系統，從而在廣闊的知識背景上溝通了文學史、藝術史和文明史。
這樣才能在新世紀的大文學觀的觀照下，返回中國文學和文化的總體
精神、總體形態、總體過程的完整性，充實中國文化的元氣，吸納人
類的智慧，超越某些枝枝節節的外來觀念對之施以魯莽滅裂的肢解和
扭曲，而在世界文化的平等對話中，構建我們現代大國的精神共同體
意識。

文學翻譯與百年中國精神譜系

一　翻譯文學之本質及語義分析

　　醉心文學的人，無人不讀翻譯。然而經過近世百餘年的文學翻譯大潮，所譯文學作品已逾萬種之後，我們還要思索著和質問著何為翻譯文學，翻譯文學何為，考量著翻譯文學的身份、特質、形態、遭遇，及其在現代中國文化轉型重建中的結構性功能。

　　歷史使我們無法不從現代文化的全域思考問題，使我們應該無可迴避地承認：20世紀中國翻譯文學，是20世紀中國總體文學的一個獨特的組成部分。它是外來文學，但它已獲得在中國生存的身份，是生存於中國文化土壤上的外來文學，具有混合型或混血型的雙重文化基因。歷史就是這樣充滿著內含真理的悖謬，它既是外國的，又是中國的。我們無可逃避地必須在這兩極合構的複雜張力中，求解中國翻譯文學的真義。人生存在這個世界中，必須放開眼光看世界，那種閉目塞聽的自閉症，是違背人作為社會人的本質的。翻譯是中國人看世界的一雙眼睛，同時又隨著翻譯借得一雙異樣的眼睛看中國。在這種意義上說，翻譯在現代社會，是與人的本質相聯繫的，是與百年中國精神文化譜系相聯繫的。

　　話說到這個地步，我們當會理解，這股歷百餘年而不衰的翻譯文學的流脈，對於現代中國文化的轉型、重建，是不可或缺的。20世紀中國文學的開放性和現代性，以翻譯作為其重要標誌，又以翻譯作為

其由外而內的啟發性動力。翻譯借助異域文化的外因，又內滲而轉化為自身文化的內因。它作為一個標誌，拓展了人們的世界視野，激發了人們的精神活力，從而形成了別具一格的文化精神啟示的資源。精神上的拿來和物質上的購來不一樣，譯一本書和買一輛外國產的汽車不一樣，它具有更為長效和細密的內滲性，使你很難分清這是外因或是內因在啟動思想、情感、志趣的發條。當然不應低估中國社會和文化的勢態和需求對文學創作和文學翻譯的指導作用。但從另一個方面說，翻譯文學又提供了一種新的觀世眼光和審美方式，催化著中國文學從傳統的情態中脫胎而出，走向世界化和現代化。這種指導作用和催化作用，是互動互補，形成合力機制的。從這種意義上說，沒有翻譯，何來中國現代文學的發生和形成現在的模樣，何來中國現代精神文化譜系的博大、雄渾，充滿變數，又洋溢著創新的活力。

因此，既然卷帙浩繁的《大藏經》被作為重要的文化文獻資源，用以研究晉唐以下的中國思想、文化和文學，那麼也就沒有理由不把百餘年來的翻譯文學作為重要的文化資源，用以研究20世紀中國現代文學的發生學和發展形態，用以研究翻譯文學與創作文學共同建構的多層性和互動性的文化時空。文學史因翻譯文學的介入而變得博大紛繁，從而具有文化論衡的精神史的性質。基於這種認識，我們集合了一批現代文學專家，兼及少數的比較文學專家，從中國文學發展的內在文化需求和思想精神史的互動、互滲、互斥、互化的角度，去認識和研究20世紀中國的翻譯文學史。文學史與翻譯學結緣，是可以兼得現代文學專家熟悉原始報刊、叢書中創譯互映的精神特徵以及比較文學專家熟悉域外思潮流派和思想方法的跨文化視野的。兼雙長可以在切磋中求進，在質疑中求達，拓展翻譯文學史的內在對話空間。

在進入這個牽動著一部審美文化史和精神文化史的對話空間，牽動著百年精神文化譜系演進的歷程之前，有必要對「翻譯」一詞做一

番語源和語義的分析。《說文解字・言部》:「譯,傳四夷之語者。」[1]所謂傳,就像傳車驛馬一樣把某種語言當成使者而轉送。這是譯的本來之義,如《禮記・王制》所說:「五方之民,言語不通,嗜欲不同。達其志,通其欲,東方曰寄,南方曰象,西方曰狄鞮,北方曰譯。」孔穎達疏曰:「通傳北方語官,謂之曰譯者。譯,陳也,謂陳說外內之言。」[2]這四方譯官的異名,蘊涵著對翻譯之事的不同側面的理解,或者理解為傳達、傳播(「寄」);或者理解為轉達中的相似性(「象」),或者理解為轉達後意義相知通曉(鄭玄注:「鞮之言知也。」)。這些用語把翻譯看作一個傳播過程,涉及對信息源的忠實程度,以及傳播後的明曉程度。同時還應注意到,由於「譯」字聲「睪」,從而導致的引申和假借之義,一者為「釋」,如《潛夫論・考績》所云:「聖人為天口,賢者為聖譯」;另者為「擇」,如清人朱駿聲《說文通訓定聲・豫部》所示:「譯,假借為擇」。這就為翻譯在文化傳播之外,引申出文化闡釋和文化選擇的意義。這多重的語義對於我們理解翻譯文學的本質以及它如何滲入我們的精神文化譜系,都至關重要。

翻譯一詞的語義多重性,提醒我們在研究翻譯文學史的時候,不能只停留在翻譯的技藝性層面,而應該高度關注這種以翻譯為手段的文學精神方式的內核。也就是說,要重視翻譯文學之道,從而超越對文學翻譯之技的拘泥。道是根本的,技只不過是道的體現、外化和完成。這種道技之辨和道技內外相應、相輔相成之思,乃是我們研究翻譯文學史的思維方式的精髓所在。對此,考察一下錢鍾書在研究中國近代第一個重要的文學翻譯家林紓時,從另一角度分析翻譯的語源語

1　〔東漢〕許慎撰:《說文解字》,101頁、102頁,上海,上海古籍出版社,1981。

2　〔清〕阮元校刻:《十三經注疏》,1338頁,北京,中華書局,1980。

義之所見，也是很有趣味的。

　　漢代文字學者許慎有一節關於翻譯的訓詁，義蘊頗為豐富。
《說文解字》卷六《口》部第二十六字：「囮，譯也。從
『口』，『化』聲。率鳥者繫生鳥以來之，名曰『囮』，讀若
『訛』。」南唐以來，小學家都中說「譯」就是「傳四夷及鳥
獸之語」，好比「鳥媒」對「禽鳥」的引「誘」，「謏」、「訛」，
「化」和「囮」是同一個字。「譯」、「誘」、「媒」、「訛」、
「化」這些一脈通連、彼此呼應的意義，組成了研究詩歌語言
的人所謂「虛涵數意」（polysemy，manifold meaning），把翻
譯能起的作用（「誘」）、難以避免的毛病（「訛」）、所嚮往的最
高境界（「化」），彷彿一一透示出來了。文學翻譯的最高理想
可以說是「化」。把作品從一國文字轉變為另一國文字，既能
不因語文習慣的差異而露出生硬牽強的痕跡，又能完全保存原
作的風味，那就算得入於「化境」。[3]

　　如此豐富的意義指涉，根本不可能局限在翻譯技巧的層面，既然
「虛涵數意」，就會在數意的錯綜組合中形成對話性文化空間。「誘」
既可以解釋成翻譯之後吸引讀者，又可以解釋為翻譯之前誘導譯者。
比如林紓中年喪偶，牢愁寡歡，受留法歸國人士勸說「子可破岑寂，
吾亦得以介紹一名著於中國」的引誘，不顧桐城古文不宜小說伎倆的
禁忌，合譯小仲馬的《巴黎茶花女遺事》。而當時讀者又把這場巴黎
愛情悲劇比附為「西洋《紅樓夢》」，受其引誘而出現「中國人見所未
見，不脛走萬本」的狂熱。這二番誘導都牽繫著中西文化的異同。對

3　錢鍾書：《七綴集》，79頁，上海，上海古籍出版社，1985。

於翻譯中難以避免的「訛」，錢鍾書《通感》一文中另有妙說：龐特「看到日文（就是漢文）『聞』字從『耳』，混鼻子於耳朵，把『聞香』解為『聽香』（listening to incense），而大加讚賞。近來一位學者駁斥了他的穿鑿附會，指出『聞香』的『聞』字正是鼻子的嗅覺」。不過，錢氏認為，「他那個誤解也不失為所謂『好運氣的錯誤』（a happy mistake），因為『聽香』這個詞兒碰巧在中國詩文裏少說也有六百多年來歷，而現代口語常把嗅覺不靈敏稱為鼻子是『聾』的」，[4]如此說來又與他的通感論相通了。

　　西方學術界從文化研究的框架來考察翻譯文學的時候，往往聯繫到一則意大利諺語「Traduttore，traditore」（翻譯即叛逆）。這樣他們就有可能把錢鍾書之所謂「訛」與「化」的界限打破。比如法國學者羅貝爾・埃斯卡皮就認為：「如果大家願意接受翻譯總是一種創造的叛逆這一說法的話，那麼，翻譯這個帶刺激性的問題也許能獲得解決。」並且認為，「創造性叛逆是文學的關鍵」，可以給原作注入新的生命。[5]叛逆當然非常痛快，但是由於東西方文化的懸殊，中國學者和翻譯家在文學翻譯中，更強調使異質的陌生的原作視閾，與譯家本有的熟悉的文化視閾相融合，於不可能處創造高明的可能，這才是他們之所謂化境。由此，金岳霖提出與「譯意」對舉的「譯味」的問題，用以處理哲學或文學的不同類型的翻譯。他認為譯詩要講究王國維說的意境，因此翻譯過程中多涉及重新創作。翻譯家傅雷則提出了文學翻譯中的「形似」和「神似」的命題，他明白地表示，「愚對譯事看法實甚簡單：重神似不重形似。」[6]甚至連巴爾扎克小說 La Cousine Bette（《表妹貝德》）、Le Pere Coriot（《高里奧老爹》），他也

4　同上書，75頁。

5　錢鍾書：《七綴集》，17卷，226頁，上海，上海古籍出版社，1985。

6　傅雷：《傅雷全集》，20卷，306頁，瀋陽，遼寧教育出版社，2002。

揣摩全書的雅俗情調，譯成《貝姨》《高老頭》以傳其中妙趣。傳神云云，又談何容易！傅雷這樣談及其中甘苦：「中國人的思想方式和西方人的距離多麼遠。他們喜歡抽象，長於分析；我們喜歡具體，長於綜合。要不在精神上徹底融化，光是硬生生的照字面搬過來，不但原文完全喪失了美感，連意義都晦澀難解，叫讀者莫名其妙。」[7]在傅雷看來，「理想的譯文彷彿是原作者的中文寫作」，不能刻舟求劍、削足適履，以造成兩敗俱傷。他又引申說：「我並不說原文句法絕對可以不管，在最大限度內我們是要保持原文句法的，但無論如何要叫人覺得儘管句法新奇仍不失為中文。這一點當然不是容易做得到的，而且要譯者的 taste 極高才有這種判斷力。」[8] taste 一詞的使用，又使他的形神之辨與金岳霖的「譯味」說相互溝通了。文學翻譯，實際上是兩種文化的雙向對話和雙向理解，既是對原文的文化意味的理解，也是對譯入語的文化意味的理解，化境是追求二者的融合。

二 翻譯作為文化行為之理由

對翻譯意義的全面解讀，勢必帶來翻譯姿態的深刻變化。翻譯姿態的問題，是20世紀中國翻譯文學的關鍵問題，它牽涉著民族國家的政治姿態和文化姿態，牽涉我們對自身的精神文化如何演進的設計和處理姿態。一旦人們認定某種外國文學為師友，為同調，或者強調翻譯過程中對原文忠實理解而後再創造，在再創造中深化對原文的忠實理解，那麼他們對翻譯的價值和功能的觀察角度，就可能發生顯在的或潛在的轉移。翻譯由此成了一種重要的文化行為，從而在現代中國

7　同上書，17卷，226頁。
8　陳福康：《中國譯學理論史稿》，392頁，上海，上海外語教育出版社，2005。

的文化轉型中扮演不可低估的重要角色。梁啟超於1897年在《論譯書》一文中，把歐洲和俄、日諸國的強盛歸功於翻譯，倡言「處今日之天下，則必以譯書為強國第一義」。這令人聯想到漢代文獻《韓詩外傳》卷五關於翻譯的早期記載：「（周）成王之時，……有越裳氏重九譯而至，獻白雉於周公。道路悠遠，山川幽深，恐使人之未達也，故重譯而來。周公曰：吾何以見賜也？譯曰：『吾受命國之黃髮曰：久矣，天不迅風疾雨也，海不波溢也，三年於茲矣。意者中國殆有聖人，盍往朝之。於是來也。」[9] 越裳氏乃古處南海的部族，在這種朝貢體制中採取仰慕中國聖人的翻譯（甚至九譯）的文化姿態。在19世紀和20世紀之際自覺落後挨打而發憤圖強的情境中的翻譯姿態與之自是不同，甚至以根本性的翻轉來尋找中國文化的發展之機。新的翻譯姿態中彌漫著憂患意識和啟蒙意識。

魯迅寫於1907年的一段話，也許對於我們深入理解20世紀把翻譯作為重要的文化行為，發揮其在現代中國文化轉型重建中的重要作用這樣一種文化姿態，甚有助益：

> 明哲之士，必洞達世界之大勢，權衡校量，去其偏頗，得其神明，施之國中，翕合無間。外之既不後於世界之思潮，內之仍弗失固有之血脈，取今復古，別立新宗，人生意義，致之深邃，則國人之自覺至，個性張，沙聚之邦，由是轉為人國。人國既建，乃始雄厲無前，屹然獨見於天下，更何有於膚淺凡庸之事物哉？[10]

---

9 〔西漢〕劉向撰：《說苑校證》，向宗魯校正，457頁、458頁，北京，中華書局，1987。

10 魯迅：《魯迅全集》，1卷，56頁，北京，人民文學出版社，1981。

　　這段話所表述的文化姿態，自然也涵蓋翻譯。只不過它的文化姿態是多維度的、綜合性的。其間既有比較性的維度（權衡校量）、選擇性的維度（去偏頗而取神明），還強調了適合性的維度（施之國中，翕合無間）。後者是非常基本的，絕不可漠然處之的。據說古希臘哲人蘇格拉底認為，適應是與美相關的第一和基本的自然規律，其後的希臘人正是遵從這條適應律，開始在科學和藝術中超過其他民族。[11] 應該認識到，長期的嚴重的文化不適症，是一個民族國家的大患。在申述文化適合性的時候，青年魯迅強調兩個原則：一是開放性原則，「外之不後於世界之思潮」；二是自主性原則，「內之仍弗失固有之血脈」。而且這兩個原則不是靜態的、相互間機械性割裂的，而是動態的、進行有機性融合的。動態的有機融合過程體現在以「人」為本，以人生意義深化和個性自覺為出發點的取、復、立等文化行為之中。取就是「拿來」，重要的方法是翻譯，以翻譯拿來的成效看它是否切合中國文化的需求，是否能與中國文化「翕合無間」。它不是只以拿來的資源為宗，也不是只以固有的資源為宗，而是以拿來者改造固有者，以固有者消化拿來者，創造出一種剛健新鮮的別具活力的文化新宗。

　　歸根到底，這是一種整體的綜合的文化方略，一種對自身精神文化譜系之演進的宏觀規劃。它規定了一部文學翻譯史是外來思潮、文化與本土血脈的對話史。別求新聲於異邦，無非是為了在世界視野中開創新宗於本土。但在具體的翻譯史行程中，先驅者採取何種文化姿態對待外來文學和本土血脈，則出現了許多變通的策略。在許多時候，他們往往採取批判性的思維方式來開通風氣。在五四新文化運動的高潮中，胡適推崇「西洋文學方法的完備，因為西洋文學真有許多

---

11 〔英〕威廉‧荷加斯：《美的分析》，16頁，桂林，廣西師範大學出版社，2002。

可給我們做模範的好處，所以我說：我們如果真要研究文學的方法，不可不趕緊翻譯西洋文學名著做我們的模範」。他採取的是揚西貶中的兩極對立的思維模式，在他心目中，「中國文學的方法實在不完備，不夠做我們的模範」，與之相反，「西洋的文學方法，比我們的文學，實在完備得多，高明得多，不可不取例」[12]。與這種「西洋文學模範論」的文化姿態互為表裏的，是他的「翻譯救荒論」。1928年他反省道：「中國人能讀西洋文學書，已近六十年了；然名著譯出的，至今還不滿二百種。其中絕大部分，不出於能直接讀西洋書之人，乃出於不通外國文的林琴南；真是絕可怪詫的事！」因此他主張，要「努力多譯一些世界名著，給國人造點救荒的糧食！」[13]這裏連用感歎句，可見其心情之迫切。模範論和救荒論相輔相成，給外國文學加速翻譯提供了合理性的根據，從而也給發動期的新文學提供了思潮、文體、表現方法諸方面的催生的資源。

　　新文學發動期是以西學為「新」的，這就為翻譯文學作為一種啟新的資源，參與新文學的思潮進程和文體創設打開了合理性的大門。這也使得胡適的模範論和救荒論，其道不孤。沈雁冰（茅盾）就把文學翻譯視為當時最關係新文學前途的事業，他在1921年主持《小說月報》的改革，《改革宣言》首列「謀更新而擴充之，將於譯述西洋名家小說而外，兼介紹世界文學界潮流之趨向，討論中國文學革新之方法」[14]。在這份20世紀20年代的文學核心刊物改革一年後，沈雁冰又發表評述文章認為，「一定要採用」西洋文學技術，在這一點上，「當今之時，翻譯的重要實不亞於創作」。這種看法是與胡適的「西洋文學模範論」相呼應的，不過與胡適強調的翻譯文學名著的情結略有不

12　胡適：《建設的文學革命論》，載《新青年》，4卷，4號，1918。

13　胡適：《胡適文集》（3），222頁、223頁，北京，人民文學出版社，1998。

14　沈雁冰：《〈小說月報〉改革宣言》，載《小說月報》，12卷，1號，1921。

同，沈雁冰對翻譯的要求更強調引進思潮，提升精神。他說：「我覺得翻譯文學作品和創作一般地重要，而在尚未有成熟的『人的文學』之邦像現在的我國，翻譯尤為重要；否則，將以何者療救靈魂的貧乏，修補人性的缺陷呢？」[15]這種言論是緊貼著五四時期「人的文學」的主題詞的，因而在文學思潮和新傑作的翻譯上強調「切要」和「系統」。他在1920年寫道：「西洋新文學傑作，譯成華文的，不到百分之幾，所以我們現在應選最要緊最切用的先譯……又因為中國尚沒有華文的詳明西洋文學思潮史，所以在切要兩字之外，更要注意一個系統字。」[16]因而這種選擇性的翻譯，當可參與中國新文學風氣的引領，參與新文學潮流和形態的發展，成為新文學發展的重要一翼。循著這條思路，沈雁冰（茅盾）本人後來積極地推動急進的文學思潮一往無前的發展，直到1954年8月為中國作家協會第一屆全國文學翻譯工作會議作總報告，還依稀延伸著這條思路。

> 從古代到現代，從東方到西方，從荷馬的史詩到蘇聯最新的文學成果，從印度的《摩訶婆羅多》、《羅摩衍那》到今天的法國的阿拉貢，美國的法斯特，一切世界文學的最高成就和優秀作品，它的數量是無限浩瀚的，它的內容是無限豐富的，而這一切，都為今天中國人民所需要，都必須成為我國人民文化生活中不可缺少的精神食糧，必須成為培養和灌溉我們正在創造中的社會主義文學藝術的養料。

這裏的精神食糧和藝術養料，似乎與胡適的表述相去不遠，但它

---

15 沈雁冰：《一年來的感想與明年的計劃》，載《小說月報》，12卷，12號，1921。
16 沈雁冰：《對於系統的經濟的介紹西洋文學底意見》，載《時事新報・學燈》，1920-02-04。

在現代取向中強調蘇聯最新成果和法、美有傾向性的作家，也就在其系統性中強調「切要」的選擇。每一個有精神追求的時代，都按照自己的取向和方式去理解和選擇世界文學。20世紀的中國文學就是在翻譯文學經典性和現實切要性的理解張力的伴奏中，追求自己的形態，完成自己的宿命。

三　翻譯尋找文化對應物與心靈共鳴物

文學翻譯的文化姿態，決定著對翻譯功能的認知。翻譯文學的創造性，異於文學創作的原創性而帶有再生性的特徵。翻譯是一種有目的性的文化行為，它往往在尋找文化對應物或心靈共鳴物。因此與其說它在一味地游離原文所在的文化語境，不如說它執意深入原文所在的文化語境，通過深入而產生一種不隔膜的移植，移植到一種新的語言文化語境。從這種意義而言，翻譯文學的創造性是雙語境挪移的嫁接型的創造性。

由於對文學翻譯創造性的特殊形態及其功能的理解有異，在20世紀20年代引發了一場關於「處女與媒婆」的爭論。先是郭沫若在1921年1月15日在《時事新報・學燈》上，發表了他致該欄編輯李石岑的信，給國內翻譯界擲來一枚「炸彈」：「我覺得國內人士只注重媒婆，而不注重處子；只注重翻譯，而不注重產生。一般在文藝界徂徠的文人大概只誇示些鄰家底桃李來逞逞口上的風光，總不想從自家庭園中開些花果來使人玩味。……翻譯事業於我國青黃不接的現代頗有急切之必要，雖身居海外，亦略能審識。不過只能作為一種附屬的事業，總不宜使其凌越創造、研究之上，而狂振其暴威。……除了翻書之外，不提倡自由創造，實際研究，只不過多造些鸚鵡名士出來罷了！不說對於全人類莫有甚麼貢獻，我怕便對於我國也不會有甚麼貢獻。

總之，處女應當尊重，媒婆應當稍加遏抑。」媒婆舊屬三姑六婆之流，五四思潮又崇尚自由婚姻，摒棄「父母之命，媒妁之言」。如此稱呼翻譯，雖也涉及翻譯的某些特徵，卻到底不能算作雅號。其譏諷口氣雖是痛快，卻與五四時期仰視西洋文學的文化姿態，甚不協調。

因此，明確主張通過翻譯介紹，為新文學第一步建立根基的鄭振鐸，寫出一篇《處女與媒婆》的「雜譚」，引發了文學研究會與創造社關於文學翻譯功能論爭的熱點話題。鄭振鐸認為：「他們把翻譯的功用看差了。處女的應當尊重，是毫無疑義的。不過視翻譯的東西為媒婆，卻未免把翻譯看得太輕了。翻譯的性質，固然有些像媒婆。但翻譯的大功用卻不在此。……就文學的本身看，一種文學作品產生了，介紹來了，不僅是文學的花園，又開了一朵花；乃是人類的最高精神，又多一個慰藉與交通的光明的道路了……所以翻譯一個文學作品，就如同創造了一個文學作品一樣；它們對於人們的最高精神的作用是一樣的。」[17]

鄭氏當時是主張「文學的統一觀」，從而超越文學上的古與今、中與外的界限的。因此在他看來，翻譯是超越的利器，從而高度評價其功能：「翻譯家的功績的偉大絕不下於創作家。他是人類的最高精神與情緒的交通者。……威克立夫（Wyclif）的《聖經》譯本，是『英國散文之父』（Father of English Prose）；路德（Luther）的《聖經》譯本也是德國一切文學的基礎。由此可知翻譯家是如何的重要了。」[18]如此重要的，甚至可以作為文學發展之基礎的功能角色，怎麼能夠以賣嘴撮合的卑賤人視之呢？可以設想，翻譯媒婆這個幽靈依然在刺激著鄭振鐸的靈魂。兩年後，他發表了《翻譯與創作》一文，

---

17 鄭振鐸：《處女與媒婆》，載《時事新報・文學旬刊》，1921-06-10。
18 鄭振鐸：《俄國文學史的翻譯家》，載《改造》，3卷，1921（11）。

終於想出一個較恰當的比喻，把「媒婆」改寫為「奶娘」。

> 翻譯者在一國的文學史變化更急驟的時代，常是一個最需要的
> 人。雖然翻譯的事業不僅僅是做什麼「媒婆」，但是翻譯者的
> 工作的重要卻更進一步而有類於「奶娘」。……我們如果要使
> 我們的創作豐富而有力，絕不是閉了門去讀《西遊記》、《紅樓
> 夢》以及諸家詩文集，或是一張開眼睛，看見社會的一幕，便
> 急急的捉入紙上所能得到的；至少須於幽暗的中國文學的陋室
> 裏，開了幾扇明窗，引進戶外的日光和清氣和一切美麗的景
> 色；這種開窗的工作便是翻譯者所努力做去的！[19]

「奶娘」雖不是生身母親，卻是幼小生命的乳汁供給者、撫育教
育者和親情賦予者，誼同半母，《元典章》就把乳母列為「八母」之
一。創設這個比喻，表明鄭氏對翻譯文學給予中國新文學的哺育，是
心存感恩的。在翻譯文學的功能上，觸及了它能敞開精神文化的窗
戶，接納外來清新空氣和風景陽光，增加新文學前進的力度和審美多
樣性的功能；觸及了它對新文學進行啟蒙、培育、引導和拓展精神文
化譜系的空間的功能。這實際上是新文學拓荒者眼中的翻譯文學，它
以移植新種、嫁接新枝，作為拓荒初始工作的重要一環。

對翻譯文學之功能的理解，除了獵奇、救荒、模範、食糧、媒
婆、奶娘之類的說法之外，魯迅的「盜火說」值得重視，尤其適逢左
翼文學勃興，文學以批判的品格參與社會進程的時候。魯迅棄醫從
文，本是認識到文學「第一要著」的功能可以改變國民的精神，因而
「別求新聲於異邦」，[20]並把翻譯納入其新生的文藝運動。即便後來身

---

19 鄭振鐸：《翻譯與創作》，載《文學旬刊》，1923-07-02。
20 魯迅：《魯迅全集》，1卷，417頁、65頁，北京，人民文學出版社，1981。

處左翼文學的漩渦中，他也認為，介紹外國思潮，翻譯世界名作，可以打通「運輸精神的糧食的航路」，打破文化上由聾致啞的封閉局面，並且宣佈「甘為泥土的作者和譯者的奮鬥，是已經到了萬不可緩的時候了，這就是竭力運輸些切實的精神的糧食，放在青年們的周圍，一面將那些聾啞的製造者送回黑洞和朱門裏面去」。[21]把文學譯介當做「運輸精神糧食的航道」，似乎也是一種「翻譯食糧說」，卻需要抗衡文化上聾啞製造者的刁難和壓制，可見其中隱含著翻譯選擇的政治學。有什麼樣的政治學，就開通什麼樣的「航道」，而且「航道」上並非風平浪靜，存在著急流險灘。由此可知，文學翻譯並不僅僅是從一種語言形式到另一種語言形式的轉換，轉換的背後存在著社會文化的參數和意識形態的航標。

在魯迅看來，翻譯有助於拓展中國新文學的思想能力和表現能力，可以去聾啞而發新聲。因此他主張「直譯」，有時是按板規逐句，甚至逐字地譯，有限度地採用一些外文句式，「這樣的譯本，不但在輸入新的內容，也在輸入新的表現法」。[22]這種譯法招致了1930年前後一些論敵關於「硬譯近於死譯」的抨擊。魯迅在起而還擊中，提出了他的「翻譯盜火說」。

> 人往往以神話中的 Prometheus（普羅米修士）比革命者，以為竊火給人，雖遭天帝之虐待不悔，其博大堅忍正相同。但我從別國裏竊得火來，本意卻在煮自己的肉的，以為倘能味道較好，庶幾在咬嚼者那一面也得到較多的好處，我也不枉費了身軀……

---

21 同上書，5卷，278頁。

22 魯迅：《魯迅全集》，4卷，382頁、383頁，北京，人民文學出版社，1981。

但我自信並無故意的曲譯，打著我所不佩服的批評家的傷處了的時候我就一笑，打著我的傷處了的時候我就忍疼，卻絕不肯有所增減，這也是始終「硬譯」的一個原因。自然，世間總會有較好的翻譯者，能夠譯成既不曲，也不「硬」或「死」的文章的，那時我的譯本當然就被淘汰，我就只要來填這從「無有」到「較好」的空間罷了。[23]

希臘神話中的普羅米修士盜取天火，傳與人類，賦予如同螻蟻一般的人類以理智，卻被主神宙斯禁錮於高加索山崖，遣惡鷹啄食其肝臟，白晝啄食殆盡，夜晚平復如初，日復一日，不堪其苦，向來被視為造福人類的文化英雄和受難者。魯迅早年介紹「立意在反抗，指歸在動作」的摩羅詩派，即列舉了英國詩人雪萊的《解放了的普羅米修士》，述其梗概為：「假普洛美迢為人類之精神，以愛與正義自由故，不恤艱苦，力抗壓制主者僦畢多（Jupiter，羅馬神話中的主神朱庇特，相當於宙斯），竊火貽人，受縶於山頂，猛鷲日啄其肉，而終不降。僦畢多為之辟易；普洛美迢乃眷女子珂希亞，獲其愛而畢。珂希亞者，理想也。」[24] 魯迅在20年後重提這位神話人物，以之自許，把翻譯革命文學理論和作品喻為竊取天火以贈人類，散發著堅忍的文化英雄的悲劇氣質。他又給這則現代文化神話賦予新義「煮自己的肉」，不是隔岸觀火，而是把火化作自己的生命形式，與左翼文學思潮一道經歷水深火熱的進程。而且他把自己和自己的翻譯一同當作文化史上的「中間物」，只要來填補從「無有」到「較好」的空間，寄希望於未來的較高階段和較高層次的發展。魯迅並沒有把他的「直

---

23 同上書，1卷，209頁、210頁。
24 同上書，84頁。

譯」看作止於至善的，而是看作差強人意的初善的文化中間物。他在初善中經歷著自煮其肉的精神痛苦。這樣來看待和體驗翻譯文學，實際上就是把它作為自己的生命歷程和國家民族的文化歷程的一部分了。

四　翻譯標準折射的雙語境談判

翻譯文學的本質、文化姿態和社會功能，制約著翻譯標準的選擇和確立。反而言之，翻譯標準是翻譯文學的本質、文化姿態和社會功能的外化、規範化及可操作化，它引導著譯者在心目中定格譯文成什麼樣。樣子是按標準設定的，但是設定者自身，又有更深一層的設定者。既然文學翻譯是利用原有的根株進行嫁接性或移植性的創造，那麼它必然要在兩個語言文化體系之間進行適應性和可能性的對話。在技術層面上，翻譯是語言方式的轉移，但語言方式的深處有根深蒂固或千絲萬縷的文化方式存焉。它既牽涉著對原文的文化語境的理解，又牽涉著對譯入語國度的文化語境的歸趨。翻譯實際是這二者之間左右為難地折衝樽俎之間的辛苦的談判。談判是需要規則的，相互間尋找對應，參證異同，揣摩互利，發現儘量大的契合點，充分利用創造的有限性和有效性。

在這百年的翻譯標準或規則中，影響最著者是嚴復在1898年出版的《天演論》中提出的「信、達、雅」三原則。

> 譯事三難：信、達、雅。求其信，已大難矣。顧信矣不達，雖譯猶不譯也，則達尚焉。……
> ……此在譯者將全文神理融會於心，則下筆抒詞，自善互備。至原文詞理本深，難於共喻，則當前後引襯，以顯其意。凡此經營，皆以為達，為達即所以為信也。

《易》曰：修辭立誠。子曰：辭達而已。又曰：言之無文，行
之不遠。三者乃文章正軌，亦即為譯事楷模。故信、達而外，
求其爾雅。[25]

　　三原則是有序貫通，相互為用的。信是對原文及原文的文化語境
的理解、尊重及誠實的傳達。達是在原文的誠實傳達中，調動譯入語
上的造詣以及駕馭、驅遣詞句的能力，從而使原文的轉譯為另一文化
語境中的讀者所理解。雅講的是譯文風格，本應包含對原文風格的妥
貼適應，又包含著對譯入語國度美學體制的調適，但在嚴復那裏更講
究對士大夫讀者趣味相投的文章品位。因而這樣的翻譯，或嚴復所謂
全文神理融會於心之後的「達旨」，乃是兩個語言文化系統的對話、
權衡和談判而無疑。
　　至於信、達、雅三原則的學理根據，嚴復的《譯例言》明白交
代，是綜合了儒家經典中《易》和《論語》中的說法而為「譯事楷
模」。它在據經說事中，建立自身的權威感以及與傳統精神文化譜系
的聯繫。而錢鍾書則從佛經翻譯，或混合釋、老、儒的言論中為之探
源。《管錐編》說：「支謙《法句經序》：『僕初嫌其為詞不雅。維祇難
曰：佛言依其義不用飾，取其法不以嚴，其傳經者，令易曉勿失厥
義，是則為善。座中咸曰：老氏稱美言不信，信言不美；……今傳梵
義，實宜徑達。是以自偈受譯人口，因順本旨，不加文飾。』……嚴
復譯《天演論》弁例所標：『譯事三難：信、達、雅』，三字皆已見
此。譯事之信，當包達、雅；達正以盡信，而雅為飾達。依義旨以
傳，而能如風格以出，斯之謂信。……譯文達而不信者有之矣，未有
不達而能信者也。」[26]錢鍾書的引語在照錄《老子》的話之後，省略

25 嚴夏：《天演論·譯例言》，「嚴譯名著叢刊」本，上海，商務印書館，1931。
26 錢鍾書：《管錐編》，三冊，1101頁，北京，中華書局，1986。

了「仲尼亦云：『書不盡言，言不盡意。』明聖人意，深邃無極」等語句，可見支謙原文零散地涉及雅、信、達三字時，是混用佛、老、儒三學中語作為根據的。尤為本質的是，支謙文章中這三個字分別出自多人之口，論辯之間，錯雜出之，而嚴復將之有序組合，簡明突出地列於一代翻譯名著的卷首，作為「譯事楷模」的關鍵字，因而其原創的價值是無可置疑的。

信、達、雅三原則對於翻譯學諸多層面的難題，具有不容忽視的概括力和普遍意義，因而不僅可以在傳統評論中找到它們的某些蹤影，而且可以在外國譯論中窺見它們的某種音容。比如鄭振鐸於1921年就介紹過英國翻譯學家泰特勒在1790年出版的《論翻譯的原則》，對其翻譯三原則尤為稱賞。這三原則是：「一、譯文必須能完全傳達出原作的意思。二、著作的風格與態度必須與原作的性質是一樣。三、譯文必須含有原文中所有的流利。」[27]這三原則之一可對應於「信」，之二可對應於「雅」，之三可對應於「達」，雖然它們之間深刻的程度和多義解釋的可能程度有所出入。在找不到可靠材料證明它們之間存在影響關係的情形下，倒應該承認，在翻譯標準的衡定上中外存在著可以溝通的學理。

嚴復的達旨型翻譯及其信、達、雅三原則的成功，可以從蔡元培《五十年來中國之哲學》中這些話獲得印證：「五十年來，介紹西洋哲學的，要推侯官嚴復為第一。……他譯的最早，而且在社會上最具影響的，是赫胥黎的《天演論》。此書出後，『物競』、『爭存』、『優勝劣敗』等詞，成為人人的口頭禪。」[28]嚴復以「一名之立，旬月踟躕」的苦心錘鍊出來的譯文關鍵字，廣為傳播，深入人心，以致安徽

27 鄭振鐸：《評文學書的三個問題》，載《小說月報》，12卷，3期，1921。
28 蔡元培：《五十年來中國之哲學》，載《申報》50週年紀念刊，1923。

績溪的胡洪騂因由「物競天擇，適者生存」一語，更名為「適」，字「適之」，成為五四新文學運動中一個響亮的名字。魯迅在南京礦路學堂讀書時，「一有閒空，就照例地吃侉餅，花生米，辣椒，看《天演論》」；感歎「哦！原來世界上竟還有一個赫胥黎坐在書房裏那麼想，而且想得那麼新鮮？一口氣讀下去，『物競』『天擇』也出來了，蘇格拉底、柏拉圖也出來了，斯多噶也出來了」。[29]一部譯著為中國兩三代人的維新、革命、啟蒙提供了哲學思想的基礎，這簡直是一種奇蹟。信、達、雅三原則憑藉著這種奇蹟，成為20世紀中國翻譯界談論不已的話題。推崇的話自然不少，比如郁達夫於1924年說過：「信、達、雅的三字，是翻譯界的金科玉律，盡人皆知。」二十年後，周作人還在重溫「信、達、雅之夢」，他認為：「翻譯當然應該用白話文，但是用文言卻更容易討好。自從嚴幾道發表宣言以來，信、達、雅三者為譯書不刊的典則……正當的翻譯的分數似應這樣的打法，即是信五分，達三分，雅二分。假如真是為書而翻譯，則信、達最為重要，自然最好用白話文，可以委曲也很辛苦的傳達本來的意味，只是似乎總缺少點雅」。這是提倡過白話文、又對各體文言文浸染極深的人所說的話，因此他認為要想「為自己而翻譯」，雅就特別重要，「惟有文言才能達到目的，不，極容易的可以達到目的。」[30]這是一位暮氣已深的老人重溫青年時代的夢，他提倡了一條思路，令人瞭解在晚清的文化語境中，嚴復那種「與晚周諸子相上下」的文字，如何使有舊學根底的人因其音調鏗鏘，搖頭晃腦地讀之而不自覺其頭暈。嚴復實際上把譯著嫁接在中國子部之書上，走的是「新子部」的路子，因而相當有效地豐富和改造了當時中國的精神文化譜系。

---

29 魯迅：《朝花夕拾·瑣記》，見《魯迅全集》，2卷，296頁，北京，人民文學出版社，1981。

30 周作人：《談翻譯》，載《中國留日同學會季刊》，第7號，1944。

五　微觀翻譯學之突破及翻譯理論之轉向

　　然而五四以後，對於這種「新子部」的達旨譯法已大為不滿。新潮健將傅斯年說：「嚴幾道先生譯的書中，《天演論》和《法意》最糟。假使赫胥黎和孟德斯鳩晚死幾年，學會了中文，看看他原書的譯文，定要在法庭起訴；不然，也要登報辯明。這都因為嚴先生不曾對作者負責任。他只對於自己負責任。他只對自己的名聲地位負責任。」[31]這顯示了比魯迅、周作人年輕十幾歲，五四時期才20歲出頭的先鋒人物的銳氣。為了抗衡和糾正嚴復、林紓式達旨和譯述方式，五四人物提倡「直譯」，以保存更多的原文結構、表現手法和語言方式。直譯的潛在對立面是嚴、林，從正面表述直譯的，有劉半農於1921年3月20日致周作人的長函。

　　　　我們的基本方法，自然是直譯。因是直譯，所以我們不但要譯
　　　　出它的意思，還要盡力的把原文中的語言的方式保留著；又因
　　　　為直譯（Literal translation）並不就是字譯（Transliteration），
　　　　所以一方面還要顧著譯文中能否文從字順，能否合於語言的自
　　　　然。……到了文藝作品裏，就發生一個重要問題：情感。情感
　　　　之於文藝，其位置不下於（有時竟超過）意義，我們萬不能忽
　　　　視。但情感上種種不同的變化，是人類所共有的；而語言的方
　　　　式，卻是各不相同的。……因此在甲種語言中，用什麼方式或
　　　　用什麼些字所表達的某種情感，換到乙種語言中，如能照它直
　　　　譯固然很好，如其不能，便把它的方式改換，或增損，或變改
　　　　些字，也未嘗不可；因為在這等「兩者不可得兼」之處，我們

---

31 傅斯年：《譯書感言》，載《新潮》，1919（3）。

應當斟酌輕重：苟其能達得出它的真實的情感，便在別方面犧牲些，許還補償得過。

在論述直譯法的時候用了「我們」，因而是包括20世紀20年代的魯迅、周作人在內的。周作人1925年為譯文集《陀螺》作序，就明確宣佈主張「直譯」，而反對「胡譯」和「死譯」：「我的翻譯向來用直譯法……因為我覺得沒有更好的方法。但是直譯也有條件，便是必須達意，盡漢語的能力所能及的範圍內，保存原文的風格，表現原語的意義，換一句話就是信與達。近來似乎不免有人誤會了直譯的意思，以為只要一字一字地將原文換成漢語，就是直譯。譬如英文的 Lying on his back 一句，不譯作『仰臥著』而譯為『臥著在他的背上』，那便是欲求信而反不詞了。據我的意見，『仰臥著』是直譯，也可以說即意譯；將它略去不譯，或譯作『坦腹高臥』以至『臥北窗下自以為羲皇上人』，是『胡譯』；『臥著在他背上』這一派乃是死譯了。」實際上，這裏已說明了有限度的直譯是與意譯相通的，而非截然對立的；與之對立的乃是無限度的直譯和意譯，其極端化就是死譯和胡譯。但是人們不去深究其間的限度和可能性，遂使直譯與意譯成為爭論不休的話題，很多時候成為挑剔對方「死譯」式或「胡譯」式個別誤譯案例的意氣之爭。

誠然，力爭超越這種直譯、意譯之爭者，也頗有人在。其中一人就是曾經自作對聯「兩腳踏東西文化，一心評宇宙文章」的林語堂。林氏有《論翻譯》長文，提出翻譯三標準：「第一是忠實標準，第二是通順標準，第三是美的標準。」這簡直是嚴覆信、達、雅「譯事三難」的白話版，而以「美的標準」取代「雅」，也顯得更為通達。長文又把忠實的程度分為四等：直譯、死譯、意譯、胡譯。死譯為直譯走向極端所致，胡譯為意譯走向極端所致，這些說法與周作人相似，

大概是《語絲》時期感染所致。林氏具有超越性的創造，在於主張以句為主體的「句譯法」，不取以字為主的「字譯法」，他認為：「句譯家對於字義是當活的看，是認一句為結構有組織的東西，是有集中的句義為全句的命脈；一句中的字義是互相連貫結合而成一新的『總意義』，此總意義須由活看字義和字的連貫上得來。」他又從心理學上對此作出解釋，認為「尋常作文之心理必以句為本位，譯文若求通順亦必以句譯為本位。尋常作文之心理程序，必是分析的而非組合的，先有總意義而後分裂為一句之各部，非先有零碎之辭字，由此辭字而後組成一句之總意義；譯文若求達通順之目的，亦必以句義為先，字義為後。此所謂句之分析說（源於溫德氏 Wundt），很容易由各人經驗證明」。他還揭示，達意在句，傳神存字，提出了「字神說」：「『字神』是什麼？就是一字之邏輯意義以外所夾帶的情感上之色彩，即一字之暗示力。凡字必有神（即『傳神達意』）……語言之用處不只所以表示意象，亦所以互通情感；不但只求一意之明達，亦必求使讀者有動於中。」

　　林語堂的「句譯法」和「字神說」，在微觀翻譯學中是相當出彩的見解，四十年後的20世紀70年代還甚得翻譯家林以亮的推崇。林以亮還以「譯者和原作者達到心靈契合」來貫串林語堂的翻譯三標準，認為「這種契合超越了空間和時間上的限制，打破種族上和文化上的樊籠。在譯者而言，得到的是一種創造上的滿足；在讀者而言，得到的則是一種新奇的美感經驗。」二林的理論在微觀翻譯學上，追求和諧的文化對話，而非張揚反叛的文化碰撞，這和中國哲學中的中和原理一脈相通。

　　在中國翻譯重「信」，而且在20世紀百年間不斷地爭辯和尋找著各種途徑，力求在合理的程度上接近這個「信」的時候，西方的翻譯理論隨著文化思潮的推湧，已經發生了根本性的轉變和顛覆。新起的

翻譯理論更強調「變」，在很大程度上棄信趨變。解構主義思想家德里達認為，即便最忠實原作的翻譯也是無限地遠離原著、無限地區別於原著，因為翻譯在一種新的軀體、新的文化中，打開了文本的嶄新歷史。基於這種理念，「我們就不得不用『變形』（transformation）概念來代替翻譯概念：即一種語言和另一種語言，一個文本與另一個文本之間有規則的變形。」而且20世紀70年代中期出現的西方翻譯研究學派，其學術出發點不是建立在研究譯文如何達到「等值」，而是相反，建立在研究譯文如何及為何偏離原文。而決定翻譯準則的主要因素：一是包括專家、批評家在內的專業人士，控制翻譯與主流話語的協調及其詩學問題；二是「讚助人」，包括政黨、團體、出版商等，主要控制翻譯的意識形態面貌。

對於上述西方翻譯理論的轉向，趙稀方在他的翻譯史中做了更詳細的介紹，並把它溯源到本雅明1921年在《翻譯的任務》一文中，強調原作的意念是「自發的、原始的」，而翻譯的意念卻是「衍生的、觀念的」，因而翻譯中「信」的原則是不可企及的，相當遙遠的。他認為幾十年來中國翻譯界的種種爭論不涉及這些理論轉向，令人有「不知魏晉」之感。而在翻譯理論上信守「原著中心主義」，則已過時。例外的是學者張南峰於1995年發表《走出死胡同，建立翻譯學》，介紹了西方翻譯研究學派的理論，主張從過分強調忠於原文，轉向強調深刻地影響譯文面貌的目標文化、翻譯動機、譯文用途、譯文讀者等因素。應該說，西文翻譯理論的新進展或新轉向的介紹和考察，對於我們深入地認識20世紀翻譯文學史的本質，認識文學翻譯是通過什麼樣的方式滲入了，並且豐富著和更新著百年中國文化精神譜系，是具有重要意義的。我們的翻譯文學史把翻譯文學作為中國文學的獨特的一部分，而且把它作為多維的文化現象進行考察，也與西方翻譯理論的這種轉向存在著不謀而合之處。尚須補充說明一點，翻譯

畢竟是翻譯，它的「變形」是「有約束的變形」，它的「創造」是
「有限度的創造」。正如沒有變形、沒有創造，就不成其為翻譯一
樣，沒有約束、沒有限度也不能成其為翻譯，這是一個問題的兩個方
面。我們既不宜拒「變」守「信」，也不宜棄「信」趨「變」，而應該
變中有信，信中有變，變與信雙修，加以辯證法的思維，充分利用和
合理調節變與信之間的張力，直趨翻譯文學的雙重性或復合性的本
質，這大概也是我們的翻譯文學史研究的旨趣之一。

六 翻譯史百年總帳及五大流脈

對於文學翻譯的本質、姿態、功能和標準的探討和闡釋，當然屬
於翻譯學的基本問題之列。但是，20世紀中國的翻譯家多非抽象的理
論思辨者和體系建構者，他們多是翻譯實踐家，他們對翻譯觀念和學
理的思考，基本上是實踐的昇華、思潮的反映和經驗的總結，或者是
在西方理論的參照下進行思考的。中國人重史，對於他們而言，本質
存在於歷史之中，不朽的要義是使個體的生命進入歷史的行程。

那麼，文學翻譯在20世紀中國的歷史行程中做了什麼？這是我們
的文學翻譯史在清理和結算百年總帳時，需要深入衡量和認定的問
題。文學翻譯作為歷史實踐中的文化行為，通常存在著選擇性、接納
性和輪班性。文學的「我們」對於外國文學的「他們」，不可能不分
輕重緩急地全數翻譯。我們需要什麼，看見了什麼，追求著什麼，都
是翻譯成為實踐的關鍵所在。「我們」選擇了「他們」，並藉重「他
們」來實現「我們」選擇的目的，選擇和藉重的結果是「我們」接納
「他們」成為「我們」的一部分。但是選擇也好，接納也好，它們既
然要以生命形態進入歷史過程，就必然要接受豐富、具體、不斷變動
的歷史進程的制約。文化、政治、制度、權力，包括現實的思潮、流

動的時尚和傳統的詩學，都從各種不同的層面、角度和力度，參與對文學翻譯中的選擇和接納的制約，形成了翻譯制約的合力機制。不過，這個合力機制並非總是處在平衡狀態，反而應該說，不平衡狀態才是它的常態。時尚、思潮、意識形態、政治、制度在現代歷史中，都是在社會矛盾的消長中不斷變動、革新和轉型，合力機制的運行曲線也每有陞降波折。翻譯文學的焦點、熱點、範式、格局也由此出現變動，有時使人發出「三十年河東，三十年河西」的感慨。這就是翻譯文學選擇和接納的輪班性，使我們的翻譯文學史有分章分卷對之進行跟蹤描述的必要。懂得這一點，才算懂得20世紀翻譯文學的品性。

百餘年間的翻譯文學的所作所為，大體從五個方面觸及中國文學歷史進程的命脈，進入我們的精神文化譜系。這五個方面是：開拓視野、標舉潮流、援引同調、擴充文類、新創熱點，從而給中國文學的現代化轉型和發展，輸入了澎湃湧進的精神和智慧之流。

先看開拓視野。近世以來的中國文學之有世界的或全球的視野，是離不開翻譯的。中國人「天圓地方」，自居天下之中的世界圖式，在16、17世紀之際意大利傳教士利瑪竇來華刻印《山海輿地全圖》，並為萬曆朝廷複製為巨幅《坤輿萬國全圖》，開始出現了根本改觀的可能。19世紀前中葉，林則徐組織譯編英人的《世界地理大全》為《四洲志》，又託付魏源擴充撰述為《海國圖志》一百卷，率先從地理學上打開了中國人的世界視野。由於世界文化存在多元性，國力有強弱，發展有快慢，競存有安危，世界圖式中的空間距離也就轉化為發憤圖強，急起直追的時間距離。但是這個敞開了的巨大的世界空間，在相當長的歷史時段裏尚未得到文學性的或審美精神的充實。19世紀的大半時間裏，文學方面只有傳教士附帶翻譯的《伊索寓言》《聖經》故事、個別宗教文學和其他零碎作品。規模性文學翻譯，已是19世紀最後幾年以降的事情了。林紓的價值，在於使人認識到西洋

也存在著與中國文史經典一樣生動感人的文學名著。在他翻譯180部文學作品的20年間，中國的翻譯文學作品已逾2千種了。據統計，《中國現代文學總書目》輯錄從1917年至1949年的13500餘種文學書籍中，翻譯書目有3894種。

世界空間的敞開，可以解放創造能力。翻譯文學空間的充實，可以涵養創造的底氣。20世紀30年代出現外國文學名著譯叢出版的熱潮，90年代出現外國傑出作家和諾貝爾文學獎得主的文集、全集出版的熱潮，這些都為文學繁榮和文學巨著的產生注入豐沛的元氣和魄力。回頭看20世紀30年代翻譯文學，它在開拓視野上涉及多層面的文化問題。一是翻譯文學的獨立刊物的出現，這就是魯迅於1934年與茅盾、黎烈文創辦《譯文》月刊，旨在給有志人士提供「他山之石」，創刊號《前記》說：「原料沒有限制：從最古以至最近。門類也沒有固定：小說、戲劇、詩、論文、隨筆，都要來一點。直接從原文譯，或間接重譯：本來覺得都行。只有一個條件：全是『譯文』。」該刊多用外國插畫，圖文相映。二是大型叢書的編譯，如鄭振鐸於1935年創辦《世界文庫》，第一年以期刊形式印行12冊，第二年出版單行本15種。文庫《編例》說：「世界的文學名著，從埃及、希伯萊、印度、中國、希臘、羅馬，到現代的歐美、日本，凡第一流的作品都將被包羅在內；預計至少將有二百種以上。」其抱負和氣魄之大，使當時人們期待這套期刊兼叢書的項目，「有偉大名著的翻譯，有孤本秘笈的新刊，是文學知識的淵源，是世界文化的總匯」。但由於戰爭爆發和其他限制，只出了中國古典文學名著69種，外國文學名著73種。三是出版社把文學名著譯叢納入市場機制。上海生活書店出版上述的《譯文》和《世界文庫》，商務印書館出版「世界文學名著叢書」154種，文化生活出版社「譯文叢書」編至63種，啟明書局「世界文學名著」叢書編至78種。四是專門機構和基金的贊助和引導。胡適主持的

中華教育文化基金編譯委員會，動用美國庚子賠款支持文學名著翻譯，包括支持梁實秋翻譯莎士比亞、張谷若翻譯哈代，袁家驊翻譯康拉德，李健吾翻譯福樓拜，卞之琳翻譯紀德，羅念生翻譯古希臘悲劇。這四方面的力量和機制，成了支撐文學名著翻譯事業的四根支柱，並進而支撐整個文學的世界視野的敞開。

　　文學翻譯從標舉潮流的角度觸及文學歷史進程的命脈。文學翻譯在晚清時期是英國文學領先的，1921年以後俄羅斯文學升溫。1938年以後蘇、美文學翻譯為大宗，並按蘇（俄）、美、英、法的順序，這幾國在此後20年間占去翻譯文學的70%以上。在1949年以後的十幾年間，僅蘇俄文學譯品就佔了半壁江山。這反映了文學翻譯在引導著向左轉的潮流，在一段時間內甚至有「一邊倒」的傾向。然而改革開放以後的20世紀80年代，尼采、佛洛伊德、薩特等人的異樣思想猛然重回和進入知識界的頭腦。尤其是薩特和存在主義，他的存在先於本質，自由選擇生活道路的信念，甚至拒絕諾貝爾文學獎，他說過的「沒有人有能力強迫你說什麼，哪怕這個人是戴高樂」，直到他與女哲學家波伏娃契約式婚姻，互留自由空間，各可擁有情人等，都強烈地刺激著知識界在「文化大革命」中荒蕪和孤寂的神經。隨著他的理論、小說、戲劇的譯介，他的存在主義為中國的現代主義文學嵌入一塊思想基石。蘇（俄）文學的譯介，時或回歸「紅色經典」，開始大讀「白銀時代」，無非是眩惑於俄國十月革命前的象徵主義、未來主義、阿克梅派諸流紛湧的文學狀態，又由此追求文學寫作的個人化和多元化，追求文學格局的開放性、多元性和現代性，這些都觸及新時期以來中國文學歷史進程的命脈。

　　外國文學，包括西方列強文學中的異端，尤其是弱小民族文學中援引同調，也牽繫著貧弱受欺、發憤圖強的中國文學歷史進程的命脈。民族幽憤久積，易生尋找文學對應物加以發洩和表達的渴望。林

紓翻譯《湯姆叔叔的小屋》為《黑奴籲天錄》，揭露美國南部農奴主虐待黑奴以及黑奴逃亡的苦世界，引起各界人士紛紛撰文賦詩，搬演成戲劇，以發洩民族受欺、美洲華工受辱的積憤。林紓也在跋語中說：「吾書雖俚淺，亦足為振作志氣，愛國保種之一助。」[32]對於英國拜倫長篇敘事詩《唐・璜》中的兩節《哀希臘》，曾有梁啟超、馬君武、蘇曼殊、胡適四度用不同的詩體翻譯，梁啟超稱其為「英國近世第一詩家，⋯⋯不特文學家也，實為一大豪俠者。當希臘獨立軍之起，慨然投身以助之」[33]。魯迅也把拜倫列為自己推崇的摩羅詩人之冠。究其原因，魯迅的回憶極能說明當時青年志士的文化心理。

> 有人說 G. Byron（拜倫）的詩多為青年所愛讀，我覺得這話很有幾分真。就自己而論。也還記得怎樣讀了他的詩而心神俱旺；尤其是看見他那花布裹頭，去助希臘獨立時候的肖像。⋯⋯
>
> 其實，那時 Byron 之所以比較的為中國人所知，還有別一原因，就是他的助希臘獨立。時當清的末年，在一部分中國青年的心中，革命思潮正盛，凡有叫喊復仇和反抗的，便都容易惹起感應。那時我所記得的人，還有波蘭的復仇詩人 Adan Mickiewicz（密茨凱維支）；匈牙利的愛國詩人 Petŏfi Sándor（裴多菲）；飛獵濱（菲律賓）的文人而為西班牙所殺的釐沙路（J. Rizal）──他的祖父還是中國人，中國也曾譯過他的絕命詩。[34]

---

32 林紓：《黑奴籲天錄・跋》，1901年武林魏氏藏版《黑奴籲天錄》。

33 梁啟超：《英國大文豪拜倫畫傳》，載《新小說》，第2號，1902。

34 魯迅：《魯迅全集》，1卷，220頁、221頁，北京，人民文學出版社，1981。

　　在這裏，西方列強的反叛者與弱小民族的愛國者、反抗性的心靈是相通的。這種同調相引、心靈感應，可以是政治性的，也可以是文化性的。1949年以後的十幾年間，中國已譯出包括墨西哥、瓜地馬拉、哥倫比亞、巴西、阿根廷、智利等國的四十多位元作家的作品，連諾貝爾獎得主、智利詩人聶魯達的詩集以及瓜地馬拉作家阿斯圖裏亞斯的小說集也有譯本。但那時更多考慮的是他們屬於亞、非、拉朋友，更多考慮的是世界政治格局的需要。20世紀80年代成為翻譯熱點的拉丁美洲魔幻現實主義文學，則深入到中國文學現實發展的某種命脈。圍繞著瑪律克斯的長篇《百年孤獨》和博爾赫斯小說而討論的，是文學的本土化和全球化的命題，是如何在自己的尋根文學接上本土文化的根脈的同時，把傳統的獨特性轉化為文學的先鋒性。不少作家實在被「拉美文學爆炸」的世界迴響，震得神經發顫，不得不換一條思路考量中國文學之路了。由此可知，無論側重於政治，或側重於文化，翻譯文學進人中國現代精神文化譜系的途徑，是曲直互異，豐富多彩的。

　　文類的擴充，也牽動著中國文學現代進程的格局和命脈。現代文學移植了西方詩歌、小說、散文、戲劇的文類四分法和下屬的諸多文體分支，這些文類文體與中國固有的文類文體頗有出入和參差，需要以譯品為樣本，在不斷嘗試和探索中與中國文化經驗和趣味相融合。比如小說在中國久已有之，魯迅對唐傳奇的意境和《儒林外史》的諷刺藝術深有心得，但他談到自己創作時說：「大約所仰仗的全在先前看過的百來篇外國作品和一點醫學上的知識，此外的準備，一點也沒有。」[35]周作人是現代散文大家，雖然他曾說過：「我常這樣想，現代的散文在新文學中受外國的影響最少，這與其說是文學革命的，還不

35　魯迅：《魯迅全集》，4卷，512頁，北京，人民文學出版社，1981。

如說是文藝復興的產物」；但他還是強調：「中國新散文的源流，我看是公安派與英國的小品文兩者所合成」。[36]這種見解可以他1921年發表在《晨報》副刊的《美文》為證，那時候他就說：「這種美文似乎在英語國民裏最為發達，如中國所熟知的愛迪生、蘭姆、歐文、霍桑諸人都做有很好的美文，近時高爾斯威西、吉欣、契斯透頓也是美文的好手。」新文學只有寫得一手好美文，才能在取代文言文上提供語文形式的證據。

　　中國現代文學的文類，最早取得實績的是小說和散文，最深受到震盪的是詩歌和戲劇。1928年洪深把那種從西洋傳入的以日常化的對話為基本藝術手段的新劇種，命名為「話劇」。其實早在20年前，即1907年，我國留日學生組織編演《茶花女》《黑奴籲天錄》，就可以看做中國人編演「歐洲式話劇」的發軔。1918年《新青年》出版「易卜生號」，羅家倫、胡適翻譯挪威易卜生的《娜拉》，即掀起了問題劇的浪潮。在20世紀30年代標誌著中國話劇走向成熟的曹禺，非常反感某些海外學者說他的劇作「抄襲」洋人，但他坦然承認心折斯坦尼斯拉夫斯基的《我的藝術生活》，承認在南開中學演戲，深受易卜生的社會問題劇的影響。他主張廣泛涉獵外國多種多樣的流派，從莎士比亞到奧尼爾以及象徵主義、未來主義、表現主義，對於契訶夫，則稱讚「他的劇作有些散文化，但卻又是詩的，是一種獨到的寫法」。他認為只有具備深厚的中國文化修養和中國戲曲根基，才能消化西洋話劇形式。[37]從這些意見中，可以看出翻譯文學如何逐層滲入劇作家的心靈，從而推動中國新興話劇文類的成熟和風格的變化。

---

36 周作人：《中國新文學大系導論集》，188頁-190頁，上海良友復興圖書印刷公司，1940。

37 田本相、劉一軍編著：《苦悶的靈魂——曹禺訪談錄》，11頁-87頁，南京，江蘇教育出版社，2001。

　　新詩在詩質、詩式上的探討，出入於譯詩、古詩和民歌的張力之間，收穫甚豐，卻也迷惘難休。在自由體和新格律體的糾纏中，倒是從歐洲移植的十四行詩（Sonnet，又譯為商籟體）一脈不絕，可以作為翻譯文學擴充現代文類的一個案例。這種源於意法交界的普羅旺地區的民間詩體，在意大利文藝復興中崛起，廣泛流傳於歐洲各國，而以英倫稱盛。胡適留美、聞一多求學清華之時，即已注意到。但它廣泛地影響新詩界，則是聞一多於1928年《新月》創刊號上發表所譯《白朗寧夫人的情詩》21首，並譯 Sonnet 為商籟體之後。新月派提倡新格律詩，因而商籟體廣受青睞，在他們主辦的《詩刊》上陸續發表了孫大雨、饒孟侃、李唯健、陳夢家、林徽因、徐志摩、方瑋德、朱湘等人的十四行詩。新月書店出版了陳夢家編的《新月詩選》，內含若干十四行詩，又出版了李唯健長達千行的十四行組詩《祈禱》。梁實秋認為，十四行詩的「單純性」宜於抒情，「以十四行去寫一剎那的情緒，是正好長短合度的」，有利於「深濃之情感注入一完整之範疇而成為一藝術品」。[38]20世紀40年代，馮至翻譯里爾克十四行詩，並創作了《十四行集》。詩集最後一首寫道：「從一片氾濫無形的水裏／取水人取來橢圓的一瓶，／這點水就得到一個定形」。他由此為自己的「思」和「想」安排好一種審美方式，把十四行詩作為裝載思想情感的「橢圓的瓶」，為他的詩的沉思豎起一塊路碑。這種詩體在20世紀40年代中後期穆旦等所謂「九葉詩人」手中延伸，在80年代屠岸、唐湜、林子、雁翼等人手中復歸，在紀弦、余光中、席慕容、瘂弦、楊牧等人手中迴響，出現了一個數十年間數百詩人寫下數千首十四行詩的不大不小的奇觀。

　　最後，講一講翻譯文學如何創制熱點而牽動文學進程的命脈。時

38　梁實秋：《偏見集》，272頁，上海，正中書局，1934。

尚文學的翻譯與媒體廣告宣傳共同製造著熱點。熱點可能有種種：一種內在地滲入於文學創作；另一種對創作滲入不深，反而在社會上、市場上占盡風光；第三種更常見，占盡社會和市場的風光之後刺激著文學創作的風氣。偵探小說本是舶來品，1896年《時務報》譯介了英國柯南・道爾的幾篇福爾摩斯偵探案之後，偵探小說就逐漸改造和取代傳統的公案小說。因為偵探小說是西方社會以法律保護的私有財產，訴訟又是在講究實證的文化脈絡中產生的文體，與尊崇長官意志、為民作主的公案小說存在根本差別，在判案程序由衙門作風轉向民間智慧的時候，給人新鮮的刺激。有若偵探小說翻譯家周桂笙所說：「蓋吾國刑律訟獄，大異泰西各國，偵探小說實未嘗夢見。……至若泰西各國，最尊人權，涉訟者例得請人為辯護，故苟非證據確鑿，不能妄加人罪，此偵探學之作用所由廣也。」[39]即這種小說文體新而文情奇，恐怖的案情、離奇的故事和機智的偵破，使它迅速地走進市場和市民，並在1907年前後形成熱潮。據阿英《晚清小說史》推算：「當時譯家，與偵探小說不發出關係的，到後來簡直可以說是沒有，如果當時翻譯小說有千種，翻譯偵探要占五百部以上。」1916年上海中華書局出版了《福爾摩斯偵探案全集》12冊44案，1925年大東書局續出《福爾摩斯新探案》4冊9案，世界書局還不滿足，又以白話重譯於1927年出版了《福爾摩斯探案大全集》。在十年出頭的時間裏如此輪番轟炸式出版一種小說的全集，實屬罕見。熱點中出現氣旋，大東書局於1925年又大造聲勢，出版了法國作家瑪麗瑟・勒白朗的反偵探小說《亞森羅蘋奇案》，內含長篇10種，短篇18種，全4冊。這種反撥的行為的另一種表現形態，就是吳趼人1906年搜集古代傳說和近代筆記，編集《中國偵探案》，引發在其後30年間編集《清朝奇案大

---

39 周桂笙：《歇洛克復生探案弁言》，載《新民叢報》，第3年，第7號，1904。

觀》《民國奇案大觀》《古今奇案彙編》的走勢。但是偵探小說翻譯熱更直接的效應，還是刺激通俗文學寫作，包括程小青的《霍桑探案》、孫了紅的《魯平奇案》、陸澹安的《李飛探案》，連日後成為新文學的諷刺奇才、當時還是中學生的張天翼，也以張無諍的筆名寫了《徐常雲新探案》。

　　非常有趣的是，曾經產生過莎士比亞、拜倫、狄更斯、蕭伯納，深刻地影響過中國現代文學寫作的英國，竟然在19世紀至20世紀之交、20世紀至21世紀之交，兩度以位居銷售排行榜首列的暢銷文學，攪動了中國的出版和讀書市場。1978年至2002年，《福爾摩斯探案全集》又編譯或重譯五個版本，《東方快車上的謀殺案》《尼羅河上的慘案》和007系列小說，也借助影視媒體的強勢，掀起熱潮。尤其是一個靠福利度日的單身媽媽羅琳的《哈利‧波特》少年魔幻系列，依憑著美國式的世界品牌包裝術，在全球銷售逾億的同時，在中國不知製造了多少「哈迷」。

　　更為內在地切入最近30年中國文學歷史進程之命脈的，是對西方現代主義和後現代主義文學混融莫辨而漸知奧秘的翻譯。早在20世紀80年代前期，隨著詩人徐遲發表《現代派和「現代化」》，袁可嘉等人編譯《外國現代派作品》，文學界爆發了關於現代派問題的推重、質疑和爭論，發表論文不下500篇。自從20世紀30年代出現新感覺派，40年代所謂「九葉派」融合現代主義以後，現代派文學躍過了30餘年的斷層，走到了供世人評頭品足的前臺。不過，真正引起作家心靈亢奮和震盪的，除了前述的拉美魔幻現實主義和薩特的存在主義之外，還應算到奧地利的卡夫卡、美國的福克納以及愛爾蘭的喬伊絲。卡夫卡以詭異的變形，發出靈魂被困於「城堡」的生命絕叫，令一些不入格套的作家驚悚於他那種尼采、柏格森哲學式的人間體驗。福克納使人體驗到真正的美國現代主義，以其繁複的結構、蜿蜒的長句和字斟

句酌的詞彙，呈現了有別於簡潔俐落的海明威風格的另一極端。他以19部長篇和70個短篇的絕大多數，敘述著他的「約克納帕塔法縣世系」，與拉丁美洲瑪律克斯的《百年孤獨》發生交互效應，啟發著一批作家喋喋不休地講述起故鄉家庭系列及其百年滄桑。喬伊絲和福克納都擅長意識流手法，但他的《尤利西斯》卻把百年鄉鎮轉換為一晝夜的都市，又以匪夷所思的反英雄情調使篇章內容與荷馬史詩《奧德賽》若有所平行對應，從而散發著「天書」式的隱喻，使之成為現代主義的極品。20世紀90年代前中期，翻譯界先後推出蕭乾、文潔若夫婦及金隄的兩種《尤利西斯》全譯本，它既向中國作家們展示了現代主義能夠達到何種藝術高度，又向西方世界證明了改革開放的中國在接受西方文學上擁有何種博大的胸襟。

翻譯文學既然從上述五個方面觸及和進入中國文學歷史進程的命脈，那麼它必然以自己的身份和方式，廣泛地關聯著中國思想和精神文化的存在狀態和演進軌跡。這就使我們有必要在翻譯文學史的研究中，強化中國現代思想史和精神文化史的意識。因為翻譯文學史關聯著「他們」和「我們」，是「他們」的文化資源進入「我們」的精神文化譜系，使「我們」的譜系產生了豐富、啟動、改造、融合和重建等複雜的運動狀態。這裏存在著一個關鍵：是什麼東西觸發和啟動這種關聯和進入的行程的？關鍵所在，是「我們」在自身處境中產生的文化需求，以及這種內在需求帶來的契機和機制。「需求──契機──機制」的形成，離不開「我們」的傳統、現狀、制度和意識形態。由此形成的文化機制左右著「我們」在何時何國選擇何種文學作為翻譯的資源，並採取何種姿態、標準去發揮翻譯文學的功能。這樣寫成的翻譯文學史當然是中國文學史和文化史的一個有機的組成部分，從中不僅可以認識翻譯文學的來龍去脈，而且在更根本的意義上，認識「我們」自身──自身的精神文化譜系。

中華民族文學發展的動力系統與「邊緣活力」

　　我們的民族具有兩個層次：一個是56個民族。而這56個民族又融合成中華民族更高層次的總稱。中華民族文化的包容力量，把56個民族都包容在一個整體的民族裏面。

　　中華民族的原本生存和發展狀態，是多部族和民族（包括一批古民族和今存的56個民族）在數千年間不斷地以各種態勢和形式交兵交和、交手交心、交通交涉，演繹著的一幕幕驚天動地、悲歡離合的歷史悲壯劇，從而衍生出燦爛輝煌、多姿多彩的審美文化創造，並最終形成了一個血肉相連、有機共生的偉大的民族共同體。多民族的碰撞具有二重性。從經濟上、軍事上和家庭生活上看，它是個災難，因為戰火無情，會造成生靈塗炭、家破人亡、流離失所；但是在文化問題上，它往往越碰撞越你中有我、我中有你。在多民族碰撞融合中，有三條文化動力學原理值得注意：一是黃河文明與長江文明的「太極推移」原理；二是中原與邊疆的「共生互化」原理；三是漢族與少數民族之間優勢互補、活力互注、素質互融、形式互啟的「四互合力」原理。

一　黃河文明與長江文明的「太極推移」原理

　　中華民族的文化分佈有兩條江河：一條黃河、一條長江，這跟中

華民族文化生命力有很密切的關係。有個黃河文明，又有個長江文明，中華民族的腹地就大了。中華民族因為有黃河文明和長江文明，所以游牧民族來到了黃河之後，黃河地區很多的家族比如說河南謝氏家族、山東的王氏家族就來到了南方，把長江流域發展得比北方還發達。北方少數民族滯留在黃河地區，日漸中原化；北方漢人把中原文明帶到南方，又浸染了「百越」文化。長江文明和黃河文明之間就這樣形成太極推移，你推過來，我推過去。於是，不斷的南北融合，使中華民族越來越大，中華文明幾千年不中斷而與兩條江河並流，並且拓展到關外、隴西、雪域、嶺南，成為人類文明發展中的一大奇觀。

二 中原與邊疆的「共生互化」原理

中華民族共同體裏少數民族文明跟漢族文明之間，存在著共生性、互化性和內在的有機性，共同構成一個互動互化的動力學系統。分別言之，也就是中原文明領先發展，它所產生的凝聚力、輻射力，加上少數民族的「邊緣的活力」這兩種力量結合起來，使中華文明生生不息，幾千年發展下來都沒有中斷。唯有把握這種「內聚外活」的文化力學結構，才能在精微處梳理出中華文明及其文學發展的內在脈絡。

漢文化與少數民族文化互動互補的動力學系統，產生出了許多值得注意的結構性功能，因為在漢民族的旁邊睡著一隻老虎，那你就必須臥薪嚐膽，必須聞雞起舞、發憤圖強，這是排除一種文明因懈怠而衰落的興奮劑。這種精神緊張感，就是一種生命感。

同時，中原文化在維持它的權威性，維持它的官方地位，在不斷的論證和發展過程中，自己變得嚴密了，也變得模式化、僵化了。這個時候，少數民族文化的原始性、流動性，帶有的不同文明板塊結合

部特有的開放性，就可能給中原地區輸進一些新鮮的，甚至異質的、不同於原來的文明的新因素。

不妨以佛教為例。

佛教通過少數民族中介性的管道，給中華文明輸入了一種新的文化要素，從而形成一兩千年間儒、道、佛的相互對話，拓展了中國古代思想的規模與深度，也拓展了中國文學的想像空間和文體表達方式。

可以這樣說，中華文明之所以具有世界上第一流的原創能力、相容能力和經歷數千年不墮不斷的生命力，一方面是由於中原文化在領先進行精深創造的過程中，保持著巨大的吸引力和凝聚力；另一方面是豐富的邊緣文化在各自的生存環境中保存著、吸收著、轉運著多姿多彩的激情、野性和靈氣，這兩個方面的綜合，使中華文明成為一潭活水，一條奔流不息的江河，一片波瀾壯闊的滄海。

過去我們比較關注中樞部分的動力、中原的文化動力，現在我們需要增加邊疆的、邊緣的文化動力，或稱「邊緣的活力」。邊緣文化不是只會被動的接受，它充滿活性，在有選擇地接受中原影響的同時反作用於中原文化。

少數民族的文明和邊疆的文明往往處在兩個或者多個文化板塊的結合部，這種文明帶有所謂原始野性和強悍的血液，而且帶有不同的文化板塊之間的混合性，帶有流動性，跟中原的文化形成某些異質對峙和在新高度上融合的前景。這麼一種文化形態跟中原發生碰撞的時候，它對中原文化就產生了挑戰，同時也造成了一種邊緣的活力。

黃河文明比較早就有了成熟的史學、儒學和諸子文化，是早熟的文明。很早的時候人倫理性精神就很強了，神話都被歷史化，巫風被過濾成祭祀禮儀。在《史記》中，《山海經》式的怪異記載也不敢採用，認為不夠雅馴。在中原文化理性化的進程中，神話破碎了，中原的神話呈現碎金狀態的，是片段性的、非情節化神話，所以中原的史

詩就很不發達。我們中國人寫文學史為了跟西方對應、接軌，就從早期的詩歌總集《詩經》裏面選出了五首詩（《生民》《公劉》《綿》《皇矣》《大明》）作為周朝的開國史詩。但是這五首詩總共加起來是338行，跟荷馬史詩，跟印度史詩怎麼比，所以給人們的印象就是中國沒有史詩，或者中國是一個史詩的貧國。

但是如果我們把少數民族的邊疆文明加在一起來看，情形就發生了根本的轉變。中國至今還以活的形態存在著少數民族的三大史詩：《格薩爾王傳》《江格爾》《瑪納斯》。

《格薩爾王傳》據說是60萬行，有的學者說可能有100萬行。60萬行以上是個什麼意思？世界上五大史詩的總和都沒有一部《格薩爾王傳》那麼長的篇幅。世界上五大史詩最古老的是巴比倫的《吉爾伽美什》，三千多行；影響最大的是荷馬的《伊利亞特》和《奧德賽》，一兩萬行。最長的是印度的史詩《羅摩衍那》《摩訶婆羅多》，後者是20萬行，因此60萬行的《格薩爾王傳》的長度，超過了世界上五大史詩的總和。而且中國南北少數民族還有數以百計的不同長度的史詩或英雄敘事詩。

《格薩爾王傳》屬於江河源文明，它的特點一是高山文明，崇拜神山聖湖，頌揚弓馬勇武，具有世界屋脊的崇高感、神秘感和原始性；二是處在藏族和蒙古族的文明的結合部，以及東亞文明、中亞文明和印度文明的結合部，社會習俗、文化信仰、想像方式和表演儀軌都帶有文化結合部的成分複雜性、豐富性和流動性，因而整部史詩吟唱得神思狂放、色彩絢麗、氣勢浩蕩。

《格薩爾王傳》是中國西部藏族、蒙古族等幾個少數民族在這千年的漫長歲月中共同創造的蓋世瑰寶。要瞭解高原上、草原上的少數民族具有何等輝煌的第一流的創造力嗎？請讀一讀《格薩爾》。它的想像空間是雄偉壯闊的，可以說，它是中華民族這幾千年最具有高山

曠野氣息的超級史詩。其想像出入於天地三界，馳騁於高山神湖。寫英雄則白天而降，賽馬奪魁，降妖伏魔；寫魔王則「吃一百個人做早點，吃一百個男孩做午餐，吃一百個少女做晚餐」，胃口極大，貪欲無限，兇惡至極；寫美人則如彩虹，如雪山月光，燦若太陽，美若蓮花。這些想像方式都具有高原民族的崇高感和力度。

就拿寫美人來說，中原民族喻之楊柳腰、櫻桃口，與此對比，就顯得過於文弱秀巧了。霍爾王派出選美的烏鴉說珠牡「她前進一步，價值百匹好駿馬；她後退一步，價值百頭好肥羊」，這也是游牧民族才有的比喻，漢族地區說是「價值連城」，說絕世佳人是「一顧傾人城，再顧傾人國」，這都是平原地區以城池作為攻守的基本依靠所產生的比喻。

主人公格薩爾更具備高山曠野的魄力和氣概。這個英雄在北方可以征服吃人的魔王魯贊，征服搶劫美人和牛羊財富的霍爾王。也就是說，北方是他們面臨的主要威脅。這個英雄在南方可以保護鹽海不被姜國薩丹王吞占，可以保護自己的盟友不被邪惡的魔王騷擾，就是說，南方是他們的衣食之源和後院。這個英雄賽馬奪魁，不需什麼高貴的血統，就能當嶺國國王，娶最美的美女珠牡為妻，這也是游牧文化的價值觀，而不是宗法文化的價值觀。

它的戰爭觀也與中原禮樂文化不同。古希臘哲學家赫拉克利特說：「戰爭是萬物之父。」康德說：「戰爭乃是帶動文明繼續前進的一種不可或缺的手段。」西方文化在戰爭觀上是帶有進攻性的。而中原文化，比如《詩經》少有對戰爭場面的描寫，多寫徵人思歸。《老子》則說：「以軍旅處凶事，以喪禮處軍禮。」這種文化主張「耀德不觀兵」，即使戰爭失敗了，也能以柔克剛，以文化把對方同化過來。

而《格薩爾》則是戰爭的頌歌，降妖伏魔，大小百十戰役，連它的贊詞長至十數行、數百行，也多是英雄贊、馬贊、鞍贊、刀劍贊、

弓箭贊、盔甲贊等戰爭禮贊。主張以柔克剛的中原文明，由於有了這種少數民族邊疆文明而變得質文互補、剛柔相濟，呈現出內在的豐富性。

因此，《格薩爾》不僅代表了人類史詩的一種形態，而且代表著多元一體的中華民族的一個子文明形態。從更廣闊的視野來看，中華民族多元一體的文明形態，包含著各民族的文化原創性和相容性的雙重的文化哲學，以原創牽動相容，以相容托起原創。

三　漢族與少數民族之間的「四互合力」原理

少數民族的文學狀態和漢族的文學狀態優勢互補、活力互注、素質互融、形式互啟，或者說它們之間形成了這「四互」的合力機制，使中華文化共同體的文學發展，存在著原創與相容並長、賦予與回饋雙惠的巨大潛力。少數民族文學不拘一格的野性生命作為「邊緣的活力」，挑戰王朝意識形態而內注中原，使中原文學的軌跡發生了許多的變數。少數民族文化的價值、倫理、信仰、審美等因素可能會改變中原民族文化原來存在的發展軌跡和狀態，使之發現某種「有偏斜度的超越」。

唐朝元稹的《鶯鶯傳》發展到後來的《西廂記》，就是這種「有偏斜度的超越」的極佳例證。

《鶯鶯傳》中張生對鶯鶯原來是始亂終棄的，還辯解說，「天生尤物，不妖其身，必妖於人。」這種寫法在唐朝得到了認可。陳寅恪先生認為唐朝的知識分子有兩種規矩：一個是當官必須要從進士出身，不是進士出身，別人看不起；第二是結婚要找大家族。崔鶯鶯不是大家族出身，所以張生拋棄了她，另找個大家族的女兒，在當時是得到了知識界的默許的。而且唐律規定「聘則妻，奔則妾」，就是下

聘書，明媒正娶者為妻，跟情侶私奔者只能當妾。[1]

到了宋朝，秦觀、趙德麟等人寫過歌舞詞曲，同情鶯鶯，哀怨之處，很動感情。據說當時士大夫「訪奇述異，無不舉此為美話；至於倡優女子，皆能調說大略」（趙德麟【商調·蝶戀花】《會真記》）。但是張生和鶯鶯的最終結局沒有改變，都是有情人含恨分手。因為在宋朝理學背景下，婚前性行為是跨越不了禮教的障礙的。

結局發生了變化是在女真人建立金國的時候。金董解元的《西廂記諸宮調》，就使得「有情人終成了眷屬」，以大團圓為結局。為什麼發生了這種變化？這跟女真人進來之後，社會的倫理價值觀、民間的風俗發生了變化有很大的關係。金章宗時代的董解元寫了洋洋五萬言的《西廂記諸宮調》，賦予崔、張愛情合理性，在可以得到了發生鬆動變異的倫理風俗認可的氣氛中，增加了金代常見的兵亂禍民和想像出來的退兵救美的情書，並設置了婢女紅娘和寺僧法聰一類草根人物為之助陣，在多種合力中推向有情人可以終成眷屬的結局。

諸宮調改變了《鶯鶯傳》始亂終棄、文過飾非的結構，歌頌崔、張婚戀的合理性。到了元朝，社會文化價值的部結構發生震盪，使王實甫做《西廂記》並不感到崔、張愛情的合理性是什麼了不起的棘手問題。蒙古族作為馬背上的民族對婚姻親子的態度，跟漢族這種農業民族很不一樣，馬背上的民族需要健康，需要生育能力強。漢族把婚姻當做「上以事宗廟，下以繼後世」的宗法制大禮來對待，婚禮程序很複雜，要完成納采、問名、納吉、納徵、請期、親迎這套所謂「六禮」的煩瑣過程，在禮教制度下，崔張的婚前行為根本不合格。只有在少數民族風俗標準底下，崔鶯鶯和張生之間的愛情，包容婚前越軌行為，才能超越禮教的審判，返回自然人性，在另種倫理上享有合理

1　陳寅恪：《元白詩箋徵稿》，116頁，北京，生活·讀書·新知三聯書店，2001。

性，才能高唱著「碧雲天，黃花地，西風緊，北雁南飛。曉來誰染霜林醉？總是離人淚。」這種絕妙好曲，改寫了漢族的這個愛情故事的發展軌跡。

少數民族入主中原刺激了文化總體結構的震盪，或它在「文化地震」中加速了文化交流和文化結構的重組，一方面少數民族更深程度地接受了漢化；另一方面漢族的文學、文化在浸染少數民族風氣中得以延續，這是一個雙向互動的融合過程。不光是漢族影響了少數民族，少數民族也影響了漢族，這方面還有不少例子。

例如，詞自兩宋以後有衰落趨勢，振作其後勁的反而是一些邊疆民族的詩人。如果說李後主的清俊婉麗，賴才子納蘭性德以傳，那麼蘇東坡、辛棄疾的豪壯清逸，賴詩人薩都剌繼其遺響。這就說明了中原或江南的某種文體顯得衰老柔靡的時候，卻可以在少數民族詩人的新鮮別致的文化感覺中重新獲得生命的例證。

我們可能很熟悉有一個詩人叫薩都剌。薩都剌是將門之後，世居雁門的西域伊斯蘭教信奉者。他的詩風雄厚、沉鬱、清麗兼備，《宮詞》敢於干涉宮廷政變一類禁區，指斥「周氏君臣空守信，漢家兄弟不相容」，顯示了游牧民族詩人的真率耿直，直言當時元文宗弒兄的宮廷陰謀。他的懷古之詞，如《滿江紅‧金陵懷古》《百字令‧登石頭城》，俯視古今興亡，氣勢蒼莽，在體驗著那種「一時人物風塵外，千古英雄草莽間」（《臺山懷古》）的歷史蒼涼感。這類詩家詞人也許缺乏足夠的修養，在篇章上描金鏤彩，而且在文化態度上也不屑於奉行江西詩派的精嚴格律和繁密用典，而是以游牧民族的蒼茫眼光和浩蕩的思維，展開煙波浩渺的審美視境。

即便是薩都剌寫江南採蓮的《芙蓉曲》，也寫得放浪不羈，波濤翻卷：「秋江渺渺芙蓉芳，秋江女兒即斷腸。絳袍春淺護雲暖，翠袖日暮迎風涼。鯉魚吹浪江波白，霜落洞庭飛木葉。蕩舟何處採蓮人，

愛惜芙蓉好顏色。」這裏以樂府詩的形式避開近體詩的嚴密格律,任自己的思維放蕩自由地跳躍於秋江採蓮女的身姿之間,無拘無束地拈來屈賦、杜詩和李賀詩的句子,使本顯明麗的採蓮曲帶上楚辭的浩渺氣質,抒情手法是帶點異類的。

我們更不要忽視作為一個少數民族作家,他血管中流著民族的血液。少數民族作家思考南北問題,民族之間的問題,給中國文學帶來新的視野、新的生命躍動。

他那首著名的《百字令‧登石頭城》,具有相當明顯的蘇東坡《念奴嬌‧大江東去》的情調氣息。對這種漢化的影響,我們過去比較經心,但是沒有看到裏面蘊藏著少數民族的體驗。薩都剌作為一個少數民族子弟到了南朝故城建康,俯仰於天地之間,書寫著「石頭城上,望天低吳楚,眼空無物。指點六朝形勝地,唯有青山如壁」,這種歷史興廢感漢人也寫得出來,當是受了東坡詞的影響。

但是面對六朝古都的廢墟而發出的那聲撼人心弦的感歎:「一江南北,消磨多少豪傑」。我們卻忽略了「南北」這兩個字所包含的民族文化的特殊體驗。他講的是南北問題,而不是大江上下的問題。南北問題是說北方的少數民族跨過長江天塹與南朝政權鏖戰,在長江古戰場上「蔽日旌旗,連雲檣櫓,白骨紛如雪」,殘酷地消磨了多少豪傑。這裏面不僅是六朝興亡的問題,還是南北民族衝突的問題。我們只要換用文學民族學的眼光重新來看元代的詩歌,那就會發現許多錯綜複雜的文化因素和精神脈絡。

他的《雁門集》裏起碼有30首詩寫的是南北問題。因為他本人是雁門關的將軍的後代,帶著母親游宦於江南和北方,他弟弟也和他南北分隔到處做官,南北地理的感受相當強烈。文學是帶有一個人生命的感受的,少數民族詩人的感受,跟漢族詩人的感受蘊涵著不一樣的文化情結。

他到了北京的長城居庸關，吟唱著「居庸關，山蒼蒼，關南暑多關北涼」。他體驗到長城南北的氣候差異，歎息「關門鑄鐵半空倚，古來幾多壯士死」，講的還是南北問題，還是關內民族和關外民族的殘酷戰爭。他願意出現一個什麼樣的天下呢？「男耕女織天下平，千古萬古無戰爭」，他希望出現這麼一個太平盛世。

又如邊塞詩，中原人寫邊塞詩，是以客人的身份，唐代的高適、岑參他們寫的邊塞詩，那都是激昂慷慨的。邊塞是非常荒涼、無比艱苦的，去邊塞的漢人多有一種有去無回、以身許國的情緒。在那些「側身佐戎幕，斂衽事邊陲」的邊疆軍幕文士筆下，頗多「醉臥沙場君莫笑，古來征戰幾人回」（王翰《涼州詞》）的悲涼感慨。

換了元代的少數民族詩人寫西域詩，寫新疆、寫青海，就有了完全不一樣的情調，少數民族作家在自己的祖宗之地，是主人，變成了以主人的身份來寫邊塞，這個主客的位置一變，整個邊塞詩的情調都變了。他們使邊塞詩被胡化，增添了幾分田園詩的情調。民族身份使他們與漢族詩人發生了換位思維，從而給中國的文學注入新的發展動力，產生了新的精彩。

還有契丹人耶律楚材，他寫的西域詩，說田壟上可以種羊毛——就是種棉花；他筆下寫天山，就很看不起江南的那些山，因為西域是他們祖宗的根所在，或有他們深摯的文化認同。包括元雜劇，它實際上是「馬上殺伐」的「胡音」加上北方高亢激昂的俚調，混合而成的戲曲藝術體系。只有在游牧民族進入中原，震撼著並逐漸地瓦解整個文化的固有價值結構之後，才有可能使流行於民間的這麼一種以「胡腔胡調」化解溫柔敦厚的詩教的戲曲形式成為一國之藝。中華民族共同體裏漢族文明跟少數民族文明之間這種「內聚外活」的文化力學結構，使我們的文學發展始終保持著充盈的生命力。

北方民族政權下文學的宏觀價值與基本功能

　　研究中國北方民族王朝文學的意義，不只是對特殊時代、特定區域文學研究的盲點和弱點，有填補空白的作用，而且更重要的是它將有力地推進我們對中國文學和中國文化的整體性認識。因為對北方民族政權下的文學的研究，牽涉著兩千多年來中華文明發展的一個關鍵的命題，即游牧文明與農業文明的衝突、互補和融合，並在不同的歷史階段和歷史臺階上重新建構博大精深、與時俱進、多元一體的中華文明的總體結構。長城內外、大漠以北、黃河上下，遠至關隴西域，也就是我們所講的中國北方，是這兩種文明衝突融合的大舞臺，上演過許多王朝興亡、民族重組的歷史悲壯劇。在農業民族和游牧民族競爭交往的巨大歷史語境中的北方文學，深刻地影響著整個中國文學的存在形態、生命氣質和歷史命運。這裏說的「北方文學」，特指北方民族政權下的文化和文學，尤其是它的北方部分。概略地說來，這種特定含義下的北方文學對整個中國文學的作用和功能，起碼可以概括成四個方面：其一，它拓展了和重構了中國文學的總體結構。其二，它豐富和改善了中國文學的內在特質。其三，它改變了和引導了中國文學的發展軌跡。其四，它參與和營造了中國文學的時代風氣。

　　我曾經提出過一種文學和文化的理論，叫做「邊緣活力說」。鑑於長期對中國文化進展的考察，我深切地感受到，當中原的正統文化在精密的建構中趨於模式化，甚至僵化的時候，存在於邊疆少數民族

地區的邊緣文化就對之發起新的挑戰，注入一種為教條模式難以約束的原始活力和新鮮思維，使整個文明在新的歷史臺階上實現新的重組和融合。可以這樣說，中華文明之所以具有世界上第一流的原創能力、相容能力和經歷數千年不墮不斷的生命力，一方面是由於中原文化在領先進行精深創造的過程中，保持著巨大的吸引力和凝聚力；另一方面是豐富的邊緣文化在各自的生存環境中保存著、吸收著、轉運著多姿多彩的激情、野性和靈氣，這兩個方面的綜合，使中華文明成為一潭活水，一條奔流不息的江河，一片波瀾壯闊的滄海。

而我們要在這裏研討的中國北方文學，就是中原文學與邊緣文學碰撞融合的極好範例，是游牧文明與農業文明衝突、互補、重組、昇華而得到的審美結晶體。

在討論中國古代北方文學的物質形態，以及對整個中國文學的四大功能和作用之前，我們先來分析一項關於一般意義上的南北文學的材料，然後再看北方民族政權下的北方文學，也許是必要的。

據1981年上海辭書出版社《辭海・文學分冊》統計：從公元前770年至公元1911年，收入辭海的文學作家761人，其中南方作家476人，北方作家272人。如果把中國文學史分成兩截，兩漢、魏晉、南北朝、隋唐這一千多年，北方作家181人，南方作家103人。也就是說這千年間文學的中心在北方的中原地區，河南省入典的人數在兩漢、魏晉、隋唐幾代，均居全國第一，南北朝時期居第一的是山東。這裏值得注意的是，由於南北分裂時期的永嘉衣冠南渡，許多祖籍在北方的作家，比如河南的謝氏家族的子弟，如謝靈運、謝惠連、謝莊、謝朓等等，文學活動主要在南朝，已顯示文學中心南移的趨勢。到了隋唐五代，南方的浙江、江蘇，入典的作家人數已接近，甚至超過北方的河南、河北、山西、陝西等文化大省。

宋代，即宋、遼、金對峙的時代是中國文學史上的一大轉折時

期。在宋、遼、金、元、明、清這一時期，入典的作家一直是浙江、江蘇兩省為最多，其次在文風轉移中，江西、福建、安徽、廣東諸省，依次引人注目。在宋以後的這一段時間，南方作家著錄369人，為北方著錄的80人的四倍多。我們在這裏簡略地檢閱了一幅中國文學地圖。如此說來，是否可以說宋以後北方文學衰落了呢？這完全是一種假象，這幅文學地圖是帶有成見或偏見，因而是殘缺不全的。它立論的主要根據是漢語書面文學文獻，而嚴重地忽略了大量存在的北方游牧民族的文學以及更為浩如煙海的游牧民族口承文學。游牧於大漠以北的回鶻，在9世紀中葉受其他民族的侵擾，分三支遷徙，一支南下河西走廊的張掖、酒泉，為甘州回鶻，後為西夏所滅，衍變為黃頭回鶻，即裕固族的祖先。一支進入吐魯番一帶，建立高昌回鶻王國。一支在喀什和中亞七河地區，建立喀喇汗王朝。喀喇汗王朝在公元11世紀，也就是北宋中期與歐陽修、蘇東坡相前後的那個時代，出現了兩部偉大的書，一部是穆罕默德‧喀什噶里編寫的百科全書式的《突厥語大辭典》，援引了三百多首詩歌，可以說是古代突厥回鶻文學精華的「詩三百」；另一部是尤素甫‧哈斯‧哈吉甫寫的長達一萬三千行的長詩《福樂智慧》，它設計了日出國王、月圓大臣、賢明大臣和覺醒隱士四個主要人物，對治國之道、人生哲理、宗教思潮和公正、福樂、智慧、知足等倫理道德問題進行富有戲劇性和象徵性的討論和爭辯。全詩充滿著智性之美和語言韻律之美。難道這樣長逾萬行的詩不應該認真研究，而只研究長僅數十字、百餘字的宋朝小令、慢詞，就能夠全面地描繪出中國文學的整體結構嗎？只要我們把視野擴大到中國文明史和世界文明史的角度，總攬五十六個民族無比豐富多彩的文學形式，那麼中國古代北方文學的重要性，就自然而然地凸顯出來了。

一 北方文學拓展了中國文學的總體格局

中國文學的本來性格比較踏實、內向，講究精微的生命體驗和天人合一的境界追求，因此膾炙人口的抒情短詩自先秦到唐宋都非常發達。與漢族文學形成對照，少數民族文學的神話史詩傳統非常發達。最著名的當然是「中國三大史詩」：藏族的《格薩爾王傳》、蒙古族的《江格爾》、柯爾克孜族的《瑪納斯》。它們以十幾萬、幾十萬詩行的篇幅，氣勢宏偉奇麗地展示了高原上、草原上游牧民族的人文生態，篇幅超過了包括古巴比倫的《吉爾伽美什》、古希臘的《伊利亞特》《奧德賽》、古印度的《羅摩衍那》《摩訶婆羅多》在內的「世界五大史詩」的總和。我甚至作過這樣大膽的推測：歷史有可能證明，在世界範圍內，公元前一千年最偉大的史詩是古希臘荷馬史詩，公元後第一個千年最偉大的史詩是印度史詩，公元後第二個千年最偉大的史詩很可能是以《格薩（斯）爾》為代表的中國史詩。而且應該認識到，「三大史詩」只是露出水面的冰山一角，在少數民族地區還流傳著數百種中小型神話史詩。這種情形為宋元以後中國敘事文學的大器晚成提供了由邊緣而及主體的深厚基礎。少數民族神話史詩與佛教俗講的內傳、勾欄瓦舍的市場娛樂的需求及宋元明以後出版業的興起，四路包抄，推動了中國古代包括小說戲曲在內的敘事文學的迅猛崛起和繁榮。

在南北文學融合的過程中，代言體的敘事文學——雜劇在元朝成為標誌性的最有活力的文體，改變了中國戲劇晚熟的局面，使整個文學格局形成了詩歌、散文、小說、戲曲並重，而戲曲小說佔據主流位置的局面。這種局面的形成，與北方作家有著深刻的關係。鍾嗣成《錄鬼簿》按輩分記錄元雜劇作家，作為雜劇開創者的「前輩已死名公才人」共56人，其籍貫基本上在北方，其中大都、真定、東平、平

陽四地就佔了35人。大都關漢卿的《竇娥冤》《單刀會》《救風塵》及大都王實甫的《西廂記》，代表了雜劇的最高水準。而且王實甫《西廂記》的人物、結構、故事結局，對唐人元稹的傳奇《鶯鶯傳》的根本改造，因緣於金代董解元的《西廂記諸宮調》。諸宮調改變了《鶯鶯傳》始亂終棄、文過飾非的結構，歌頌崔、張婚戀的合理性，這與北方游牧民族的倫理觀念以及游牧民族主政時期禮俗變得寬鬆存在著深刻的關係。

二　北方文學豐富了中國文學的內在特質

由於北方文學的地理和民族等原因，它對中國文學總體格局的參與和改造，豐富和改變了中國文學的內在特質，給它增加不少曠野氣息和陽剛之美。一個為中原文學罕見的意象，值得人們深思。柯爾克孜族的史詩《瑪納斯》中的主要英雄降生時一手握油，一手握血，油象徵財富，血象徵戰爭。《蒙古秘史》中成吉思汗降生時，也是右手握髀石般的血塊，這個傳說被《元史‧太祖本紀》記述為「手握凝血如赤石」。這種神話思維方式，出現在《紅樓夢》中，便是賈寶玉口銜玉石而生，它在疑似之間把異生現象的強悍性變得文雅化了。

這種吸取和化生，在山西忻州詩人元好問身上也表現得很突出。元好問是北魏鮮卑拓跋氏之後，他生長於雲、朔地區，親歷金源亡國、鼎革易代的社會巨變，為詩清雄豪暢，給詩壇增添了不少幽、并（古代燕趙之地）豪俠慷慨之氣，在南宋江西詩派和「四靈」、江湖詩派之外，另開中州雄健蒼涼的詩風。他的《論詩絕句三十首》相當系統地評述了漢魏到宋朝一千餘年間的作家作品，詩派詩風，推崇漢魏六朝的曹劉之慷慨、阮籍之沉鬱、陶潛之真淳以及唐代的陳子昂、杜甫、李白、元稹、柳宗元。這不足為奇，更奇的是他推崇《敕勒

歌》的英氣天然:「慷慨歌謠絕不傳,穹廬一曲本天然。中州萬古英雄氣,也到陰山敕勒川。」這本是北齊耶律金用鮮卑語唱的歌謠,可見元好問是有意從北方民族的清新蒼茫的樂府中尋找自己的詩學靈感的源頭的。應該認識到,28歲的詩人不是處在全面評價文學史的年歲,他主要在尋找精神源頭。他的名篇《岐陽三首》雖然在用典和格律上不同於這首歌謠,但是其中的「百二關河草不橫,十年戎馬暗秦京。岐陽西望無來信,隴水東流聞哭聲」,展示了開闊的時空意識;「野蔓有情縈戰骨,殘陽無意照空城。從誰細向蒼蒼問,爭遣蚩尤作五兵!」這裏與天地直接相對的問天意識,都帶有北方民族文學的某種特質。

　　區域民族的不同和宗教信仰的差異,並沒有降低各民族作家對中華文明的景仰和認同,而中華文明博大的內涵和胸襟,又能夠廣泛包容不同民族和宗教信仰的詩人所帶來的異質文化成分,從而出現了中國文明史上多元文化融合為一體的最有聲勢和色彩的景觀,尤其是元代色目詩人群體的出現,如馬祖常、貫雲石、薩都剌,以邊塞人寫邊塞詩,沒有苦澀相,而多有奔放、從容的風度,以西域人寫江南景物,別有一番新鮮感。他們給詩壇帶來了新的文化心態和審美感覺。也許有的詩較質樸,但不拘謹,不迂腐,呈現了疆域異常博大的元人詩的特異氣派。出身西域基督教世家的馬祖常寫有漢語文集《石田集》,他為文「專以先秦兩漢為法」,為詩則推崇李商隱,追求一種「金盤承露最多情」的詩風。《河湟書事》詩二首寫道:「陰山鐵騎角弓長,閒日原頭射白狼。青海無波春雁下,草生磧裏見牛羊。」元邊塞詩不同於唐邊塞詩的地方,在於它的抒情者以主人的身份代替了唐邊塞詩的客人身份,從而使全詩的氣質、情調盡變。「波斯老賈度流沙,夜聽駝鈴識路賒。採玉河邊青石子,收來東國易桑麻。」這裏寫邊塞的軍旅和商賈生活,在曠遠奇異中已露出幾分田園四季詩的情

調，其內在特質與盛唐王維「西出陽關無故人」的詠歎以及岑參東望故園，淚濕雙袖的無奈，是迥異其趣的。

三　北方文學改變了中國文學的運行軌跡

　　北方的少數民族作家一旦採用漢語寫作，在學習漢語文學的智慧和經驗的同時，總是頑強地表現著自己特有的民族氣質、文化體驗和走南闖北的生活閱歷。表現這種特異的氣質、體驗和閱歷的作家假如佔有相對的政治地位的優勢，或者聲氣相投而成為群體，便不可避免地給漢語文學染上特殊的色彩，不同程度地超出了原有的運行軌道。

　　11世紀，回鶻喀喇汗王朝的詩人，以《福樂智慧》的作者尤素甫・哈斯・哈吉甫為最。13世紀，高昌回鶻的詩人，以散曲家貫雲石為最。他也就是《酸甜樂府》中那位別號「酸齋」的散曲作家（甜齋為徐再思）。他卸去永州的武職之後，回到京城的外祖父廉希閔的萬柳堂，交遊大都文壇名流，成為最年輕（29歲）的翰林侍讀學士。如果說尤素甫用回鶻文寫作，對中國文學影響有限，那麼這位身歷翰苑的酸齋先生就對漢語文壇產生過不容忽視的影響。他作《蘆花被》詩，交換水滸英雄聚義地的梁山泊漁翁的蘆花被，體現了色目詩人的豪爽精神和追求新奇的作風，成為文壇上可以同王羲之寫「黃庭經」換鵝相媲美的千古佳話。他也因此得了蘆花道人的別號。在他生前身後，和《蘆花被》以及追和的詩篇，竟達到幾十篇，所謂「清風荷葉杯，明月蘆花被」成了詩人回歸自然和清逸襟懷的象徵。他的散曲被《太和正音譜》稱為「天馬脫韁」。用西域異地的特產「天馬」來形容他的藝術風格，顯示了西域將門之子特有的豪宕疏放。他的詩也不乏英豪奇縱之氣，如《神州寄友》：「十年故舊三生夢，萬里乾坤一寸心。秋水夜看燈下劍，春風時鼓壁間琴」，其雄偉壯闊的想像空間，

頗有一點盛唐人的氣象。他游東海普陀山時的《觀日行》，想像奇麗險怪，有所謂「元龍受鞭海水熱，夜半金烏變顏色」，有所謂「驚看月下墨花鮮，欲作新詩授龍女」，甚得李長吉之風，在怪異中顯示了邊塞民族審美想像的力度。

邊塞民族詩人由於缺乏家學淵源，未能自小沉潛在繁密的漢語詩詞格律之中，但這反而使他們不致斲傷天性，從而保持渾厚的本色，在中原詩家的熟套之外另闢詩的生命之路。出生在西域，自稱「隴西布衣」的李白，就是靠他未曾斲傷的天性、天才，改寫了盛唐詩的軌跡。對於元代最傑出的詩人薩都剌，也應作如是觀。薩都剌是將門之後，世居雁門的伊斯蘭教信奉者，卻在泰定四年與諸暨鐵崖山的楊維楨為同年進士。他的詩風雄厚、沉鬱、清麗兼備，《宮詞》敢於干涉宮廷政變這一禁區，指斥「周氏君臣空守信，漢家兄弟不相容」，顯示了游牧民族詩人的真率耿直，直言當時元文宗弒兄的宮廷陰謀。他的懷古之詞，如《滿江紅‧金陵懷古》《百字令‧登石頭城》，俯視古今興亡，氣勢蒼莽，在體驗著那種「一時人物風塵外，千古英雄草莽間」（《臺山懷古》）的歷史蒼涼感。詞自兩宋以後有衰落趨勢，振作其後勁的反而是一些邊疆民族的詩人。如果說李後主的清俊婉麗，賴才子納蘭性德以傳，那麼蘇東坡、辛棄疾的豪壯清逸，賴色目詩人薩都剌繼其遺響。這就說明了中原或江南的某種文體顯得衰老柔靡的時候，卻可以在少數民族詩人的新鮮別致的文化感覺中重新獲得生命。

這類詩家詞人也許缺乏足夠的修養在篇章上描彩鏤金，而且在文化態度上也不屑於奉行江西詩派的精嚴格律和繁密用典，而是以游牧民族的蒼茫眼光和浩蕩的思維，展開煙波浩渺的審美視境。即便是薩都剌寫江南採蓮的《芙蓉曲》，也寫得放浪不羈，波濤翻卷：「秋江渺渺芙蓉芳，秋江女兒即斷腸。絳袍春淺護雲暖，翠袖日暮迎風涼。鯉魚吹浪江波白，霜落洞庭飛木葉。蕩舟何處採蓮人，愛惜芙蓉好顏

色。」這裏以樂府詩的形式避開近體詩的嚴密格律，任自己的思維放蕩自由地跳躍於秋江採蓮女的身姿之間，無拘無束地拈來屈賦、杜詩和李賀詩的句子，使本顯明麗的採蓮曲帶上楚辭的浩渺氣質，抒情手法是帶點異類的。

四　北方文學參與營造中國文學的時代風氣

漢語寫作的大多數作家，自然還是中原人氏和江南人氏，但是由於朝廷的政策和一批邊塞民族作家以獨特姿態的大力參與，原本的江南和中原文風就不再是一個獨立自足的封閉體系，而是在開放、混合與相互吸收中形成新的時代文學風氣。

忽必烈平定江南後，派程鉅夫察訪江南遺佚，趙孟頫作為「首選」的二十餘位南士被起用，他與開國功臣後人貫雲石一同進入翰林院。

趙孟頫是大書法家，也是大畫家，以畫馬馳名。他以宋宗室之後入仕新朝，難免有點尷尬，卻在尷尬中推進了南北文化的融合。他最膾炙人口的詩，當然就是那首七律《岳鄂王墓》：「鄂王墓上草離離，秋日荒涼石獸悲。南渡君臣輕社稷，中原父老望旌旗。英雄已死嗟何及，天下中分遂不支。莫向西湖歌此曲，湖光山色不勝悲。」此詩隱含著趙孟頫作為宗室之後反省南宋滅亡的深刻的隱痛。異質文化的碰撞融合，不能不存在隱痛。而對這種隱痛允許其發洩，也足見元代文化政策的包容性。趙孟頫擅長畫馬，其間也有南北文化融合的蹤跡可尋。辛棄疾寫元宵節的《青玉案》說：「東風夜放花千樹，更吹落，星如雨。寶馬雕車香滿路。鳳簫聲動，玉壺光轉，一夜魚龍舞。」一般注解都把「寶馬雕車」注成富貴人家婦女出遊賞燈。但《宋史》卷一百五十《輿服志》說：「中興後，人臣無乘車之制」「詔許百官乘

轎，王公以下通乘之」。金人佔領淮河、大散關以北的中原地區以後，馬匹已成為南宋的奇缺的戰略物資，連賣一頭牛給北方都犯國法。百官人等只能坐轎子，轎子是從南宋發展起來的。因此辛棄疾所見的寶馬雕車，乃是皇室與民同樂，以驀然回首的冷峻眼光觀之。熟悉中國繪畫史的人都知道，唐人畫馬出了曹霸、韓幹這樣的名手，杜甫還作過《丹青引贈曹將軍霸》。但南宋人畫牛出名，朱銳的《溪山行旅圖》，畫出遠門坐牛車；李迪的《秋林放牧圖》，放牧的是牛群。到了元代，統治者是馬背上的征服者，大都街頭多見駿馬。所以趙孟頫畫馬馳名，有《人馬圖》《人騎圖》《浴馬圖》，其他如任仁發、任賢左、趙雍、趙麟，都是畫馬的好手。這是龐大的王朝建立之後，時代風氣潛在地塑造著藝術風氣。趙孟頫的詩風、畫風，都在被塑造之列。

當然，在這種混合型的新的時代文學風氣中，還是有人抱著堅定的歷史責任感，鍥而不捨地承續著中原和江南的文化血脈，但他們也不能不有所調節。「元四大家」之首虞集推崇程朱之學和主張「情性之正」的詩論，以江西人身份而走出江西詩派，推進宗唐復古的詩風。他認為「詩之為學」，盛於漢魏，備於諸謝，唐代大盛，李杜為正宗，宋不及唐。虞集是曾經挫敗金主完顏亮想飲馬江南的企圖，從而穩定南宋半壁江山的丞相虞允文的五世孫，入元之後，他為一位以氣節照耀古今的宋丞相賦輓歌《挽文山丞相》：「徒把金戈挽落暉，南冠無奈北風吹。子房本為韓仇出，諸葛寧知漢祚移。雲暗鼎湖龍去遠，月明華表鶴歸遲。不須更上新亭望，大不如前灑淚時。」這首詩的民族情緒近乎趙孟頫的《岳鄂王墓》，它們的先後出現，反映了元朝民族融合時特殊的文學尺度和文學風氣。據《蒙古秘史》記載，成吉思汗認為忠於原主的剛正之士，即使在戰場上射傷過他，只要敢於承認，就認為是可以交朋友的；反而那種賣主求榮，提著主子的人頭

來向他投降的人，他會鄙視和殺掉他們。《蒙古秘史》是成吉思汗黃金家族的家訓。當一個王朝坐穩江山之後，它遵照祖宗遺訓，敢於包容對歷史正氣的追念，這是其自信的體現。虞集是薩都剌考進士時的座主，他曾經以南臣北仕的庾信自擬，以北士南徙的賈誼比喻薩都剌，在難以排遣的隱痛中進行文化承傳和南北交融的工作。薩都剌有《和學士伯生虞先生寄韻》，說「白鬢眉山老，玉堂清晝閒」，把他比做蘇東坡，又說「才俊賈太傅，行高元魯山」，反而把他比做賈誼和元德秀了。這種典故的使用，傳遞了深刻的文化認同信息。

元代的文學風氣，在處理雅俗、文野、剛柔之間關係時，大體上是由雅入俗、以野犯文、崇剛抑柔的。這就容易產生怪傑，或鬼才。李賀詩風的風行，與此有關。楊維楨是元末詩壇最有色彩、最有個性的詩人。他的詩，就像他的同鄉、明末諸暨畫家陳老蓮的畫一樣，在怪異中閃爍著生命的光彩。「鐵崖體」取法李賀、李商隱，多作古樂府和竹枝詞，風靡江浙一帶文壇，自稱「吾鐵門稱能詩者，南北凡百餘人」（為袁華《可傳集》所作序）。元朝多民族文化的大激盪和大融合，激發出藝術創造的不少野性活力。色目詩人因為要表現他們的漢文修養高，對近體詩的格律有突破而不明言，而楊維楨作為文風極盛區域的江浙人，卻公開宣稱「詩至律，詩家之一厄也」（《蕉窗律選序》）。他那首《五湖遊》，以「謫世三千秋」的神仙道人自居，時而寫吳越水戰，時而寫宮廷苑囿荒涼，又招呼范蠡和水神遊戲，還有西施、鄭旦作伴，臥舟看天吹鐵笛，出入於東方朔偷王母蟠桃和精衛填海的神話世界，終至歎息人生短暫，「胡不為飲成春愁」。楊維楨曾說：「天仙快語為大李（李白），鬼仙癡語為小李（李賀）」，他的詩風放蕩不羈，出入於大、小李之間。狂怪的「鐵崖體」在元末文人薈萃的江浙地區的風靡一時，既是元代文風在雅俗、文野、剛柔之間推移的結果，又反過來加劇了這種文風的推移，因而是北風南進，北方文

學風氣影響了整個中國文學風氣的一個典型。「北方文學」對整個中國文學的功能作用和深刻影響，實質上反映了在游牧文明和農業文明的衝突融合中，中原文學的胡化和邊疆文學的漢化的過程，在「胡化」和漢化的雙向作用中，在新的歷史臺階上重建中國文化的總體結構和特質，重新開闢中國文學的軌跡與風氣。經過漫長的南北多民族文學的凝聚、吸引、滲透、變遷和融合，你中有我，我中有你，從而在文學的歷時性進程和共時性構成上，形成了博大精深、多元同構的中華民族文學的整體性。

中華文化思想叢書 A0100056

文學地圖與文化還原─從敘事學、詩學到諸子學　上冊

作　　　者	楊　義
責任編輯	楊家瑜
發 行 人	陳滿銘
總 經 理	梁錦興
總 編 輯	陳滿銘
副總編輯	張晏瑞
編 輯 所	萬卷樓圖書股份有限公司
排　　版	林曉敏
印　　刷	百通科技股份有限公司
封面設計	菩薩蠻數位文化有限公司

出　　版　昌明文化有限公司

桃園市龜山區中原街 32 號

電話 (02)23216565

發　　行　萬卷樓圖書股份有限公司

臺北市羅斯福路二段 41 號 6 樓之 3

電話 (02)23216565

傳真 (02)23218698

電郵 SERVICE@WANJUAN.COM.TW

大陸經銷

廈門外圖臺灣書店有限公司

　電郵 JKB188@188.COM

ISBN 978-986-496-081-1

2018 年 1 月初版

定價：新臺幣 320 元

如何購買本書：

1. 劃撥購書，請透過以下郵政劃撥帳號：

　帳號：15624015

　戶名：萬卷樓圖書股份有限公司

2. 轉帳購書，請透過以下帳戶

　合作金庫銀行　古亭分行

　戶名：萬卷樓圖書股份有限公司

　帳號：0877717092596

3. 網路購書，請透過萬卷樓網站

　網址 WWW.WANJUAN.COM.TW

大量購書，請直接聯繫我們，將有專人為您

服務。客服：(02)23216565 分機 610

如有缺頁、破損或裝訂錯誤，請寄回更換

版權所有·翻印必究

Copyright©2016 by WanJuanLou Books CO., Ltd.

All Right Reserved　　　　**Printed in Taiwan**

國家圖書館出版品預行編目資料

文學地圖與文化還原：從敘事學、詩學到諸
子學 / 楊義著.-- 初版.-- 桃園市：昌明文
化出版；臺北市：萬卷樓發行, 2018.01
　冊；　公分.--
ISBN 978-986-496-081-1(上冊：平裝).--
1.中國文學　2.文學哲學
820.1　　　　　　　　　　　　107001041